PANTALEÓN
Y LAS VISITADORAS

MARIO VARGAS LLOSA

PANTALEÓN
Y LAS VISITADORAS

Seix Barral 🏃 **Biblioteca Breve**

Primera edición: mayo 1973
Segunda edición: octubre 1973
Tercera edición: diciembre 1973
Cuarta edición: octubre 1974
Quinta edición: mayo 1975
Sexta edición: marzo 1976
Séptima edición: mayo 1977
Octava edición: mayo 1978
Novena edición: febrero 1979
Décima edición: marzo 1980
Undécima edición: febrero 1981
Decimosegunda edición: junio 1981
Decimotercera edición: noviembre 1981
Decimocuarta edición: junio 1983
Decimoquinta edición: junio 1983

ISBN: 84 322 7006 7

Depósito legal: B. 22.832 - 1983

Impreso en España

A José María Gutiérrez

Il y a des hommes n'ayant
pour mission parmi les autres
que de servir d'intermédiaires ; on
les franchit comme des ponts,
et l'on va plus loin.

FLAUBERT
L'éducation sentimentale

I

—DESPIERTA, Panta—dice Pochita—. Ya son las ocho. Panta, Pantita.

—¿Las ocho ya? Caramba, qué sueño tengo—bosteza Pantita—. ¿Me cosiste mi galón?

—Sí, mi teniente—se cuadra Pochita—. Uy, perdón, mi capitán. Hasta que me acostumbre vas a seguir de tenientito, amor. Sí, ya, se ve regio. Pero levántate de una vez, ¿tu cita no es a?

—Las nueve, sí—se jabona Pantita—. ¿Dónde nos mandarán, Pocha? Pásame la toalla, por favor. ¿Dónde se te ocurre, chola?

—Aquí, a Lima—contempla el cielo gris, las azoteas, los autos, los transeúntes Pochita—. Uy, se me hace agua la boca: Lima, Lima, Lima.

—No sueñes, Lima nunca, qué esperanza—se mira en el espejo, se anuda la corbata Panta—. Si al menos fuera una ciudad como Trujillo o Tacna, me sentiría feliz.

—Qué graciosa esta noticia en *El Comercio*—hace una mueca Pochita—. En Leticia un tipo se crucificó para anunciar el fin del mundo. Lo metieron al manicomio pero la gente lo sacó a la fuerza porque creen que es santo. ¿Leticia es la parte colombiana de la selva, no?

—Qué buen mozo te ves de capitán, hijito—dispone la mermelada, el pan y la leche sobre la mesa la señora Leonor.

—Ahora es Colombia, antes era Perú, nos la quitaron—unta de mantequilla una tostada Panta—. Sírveme otro poquito de café, mamá.

—Cómo nos mandaran de nuevo a Chiclayo—recoge las

migas en un plato y retira el mantel la señora Leonor—.
Después de todo, allá hemos estado tan bien ¿no es cierto?
Para mí, lo principal es que no nos alejen mucho de la costa.
Anda, hijito, buena suerte, llévate mi bendición.

—En el nombre del Padre y del Espíritu Santo y del Hijo
QUE MURIÓ EN LA CRUZ—eleva los ojos a la noche, baja
los ojos a las antorchas el Hermano Francisco—. Mis manos están amarradas, el leño es ofrenda, ¡persígnense por
mí!

—Me espera el coronel López López, señorita—dice el
capitán Pantaleón Pantoja.

—Y también dos generales—hace ojitos la señorita—.
Entre nomás, capitán. Sí, ésa, la puerta cafecita.

—Aquí está el hombre—se levanta el coronel López López—. Adelante, Pantoja, felicitaciones por ese nuevo fideo.

—La primera nota en el examen de ascenso y por unani-
midad del jurado—estrecha una mano, palmea un hombro
el general Victoria—. Bravo, capitán, así se hace carrera
y patria.

—Siéntese, Pantoja—señala un sofá el general Collazos—. Póngase cómodo y agárrese bien para oír lo que va
a oír.

—No me lo asustes, Tigre—mueve las manos el general
Victoria—. Se va a creer que lo mandamos al matadero.

—Que para comunicarle su nuevo destino hayan venido
los jefazos de Intendencia en persona, le indica que la cosa
tiene sus bemoles—adopta una expresión grave el coronel
López López—. Sí, Pantoja, se trata de un asunto bastante
delicado.

—La presencia de estos jefes es un honor para mí—hace
sonar los talones el capitán Pantoja—. Caramba, me deja
usted muy intrigado, mi coronel.

—¿Quiere fumar?—saca una cigarrera, un encendedor el Tigre Collazos—. Pero no se esté ahí parado, tome asiento. ¿Cómo, no fuma?

—Ya ve, por una vez el Servicio de Inteligencia acertó —acaricia una fotocopia el coronel López López—. Tal cual: ni fumador, ni borrachín ni ojo vivo.

—Un oficial sin vicios—se admira el general Victoria—. Ya tenemos quien represente al arma en el Paraíso, junto a Santa Rosa y a San Martín de Porres.

—Tampoco exageren—se ruboriza el capitán Pantoja—. Algunos vicios tendré que no se me conocen.

—Conocemos de usted más que usted mismo—alza y deposita otra vez en el escritorio un cartapacio el Tigre Collazos—. Se quedaría bizco si supiera las horas que hemos dedicado a estudiar su vida. Sabemos lo que hizo, lo que no hizo y hasta lo que hará, capitán.

—Podemos recitar su foja de servicios de memoria—abre el cartapacio, baraja fichas y formularios el general Victoria—. Ni un solo castigo de oficial y de cadete apenas media docena de amonestaciones leves. Por eso ha sido el elegido, Pantoja.

—Entre cerca de ochenta oficiales de Intendencia, nada menos—levanta una ceja el coronel López López—. Ya puede inflarse como un pavo real.

—Les agradezco el buen concepto que tienen de mí—se empaña la vista del capitán Pantoja—. Haré todo lo que pueda para responder a esa confianza, mi coronel.

—¿El capitán Pantaleón Pantoja?—sacude el teléfono el general Scavino—. Te oigo apenas. ¿Que me lo mandas para qué, Tigre?

—En Chiclayo ha dejado un magnífico recuerdo—hojea un informe el general Victoria—. El coronel Montes estaba

13

loco por conservarlo. Parece que el cuartel funcionó como un reloj gracias a usted.

—"Organizador nato, sentido matemático del orden, capacidad ejecutiva"—lee el Tigre Collazos—. "Condujo la administración del regimiento con eficacia y verdadera inspiración". Caracoles, el zambo Montes se enamoró de usted.

—Me confunden tantos elogios—baja la cabeza el capitán Pantoja—. Siempre he tratado de cumplir con mi deber y nada más.

—¿El Servicio de las qué?—suelta una carcajada el general Scavino—. Ni tú ni Victoria pueden tomarme el pelo, Tigre, ¿se han olvidado que soy calvo?

—Bueno, al toro por los cuernos—sella sus labios con un dedo el general Victoria—. El asunto exige la más absoluta reserva. Me refiero a la misión que se le va a confiar, capitán. Suéltale el cuco, Tigre.

—En síntesis, la tropa de la selva se anda tirando a las cholas—toma aliento, parpadea y tose el Tigre Collazos—. Hay violaciones a granel y los tribunales no se dan abasto para juzgar a tanto pendejón. Toda la Amazonía está alborotada.

—Nos bombardean a diario con partes y denuncias—se pellizca la barbilla el general Victoria—. Y hasta vienen comisiones de protesta de los pueblitos más perdidos.

—Sus soldados abusan de nuestras mujeres—estruja su sombrero y pierde la voz el alcalde Paiva Runhuí—. Me perjudicaron a una cuñadita hace pocos meses y la semana pasada casi me perjudican a mi propia esposa.

—Mis soldados no, los de la Nación—hace gestos apaciguadores el general Victoria—. Calma, calma, señor alcalde. El Ejército lamenta muchísimo el percance de su cuñada y hará cuanto pueda para resarcirla.

—¿Ahora le llaman percance al estupro?—se desconcierta el padre Beltrán—. Porque eso es lo que fue.

—A Florcita la agarraron dos uniformados viniendo de la chacra y se la montaron en plena trocha—se come las uñas y brinca en el sitio el alcalde Teófilo Morey—. Con tan buena puntería que ahora está encinta, general.

—Usted me va a identificar a esos bandidos, señorita Dorotea—gruñe el coronel Peter Casahuanqui—. Sin llorar, sin llorar, ya va a ver cómo arreglo esto.

—¿Se le ocurre que voy a salir?—solloza Dorotea—. ¿Yo solita delante de todos los soldados?

—Van a desfilar por aquí, frente a la Prevención—se esconde detrás de la rejilla metálica el coronel Máximo Dávila—. Usted los va espiando por la ventana y apenas descubra a los abusivos me los señala, señorita Jesús.

—¿Abusivos?—salpica babas el padre Beltrán—. Viciosos, canallas y miserables, más bien. ¡Hacerle semejante infamia a doña Asunta! ¡Desprestigiar así el uniforme!

—A Luisa Cánepa, mi sirvienta, la violó un sargento, y después un cabo y después un soldado raso—limpia sus anteojos el teniente Bacacorzo—. La cosa le gustó o qué sé yo, mi comandante, pero lo cierto es que ahora se dedica al puterío con el nombre de Pechuga y tiene como cafiche a un marica que le dicen Milcaras.

—Ahora indíqueme con cuál de estas personitas quiere casarse, señorita Dolores—pasea frente a los tres reclutas el coronel Augusto Valdés—. Y el capellán los casa en este instante. Elija, elija, ¿cuál prefiere para papá de su futuro hijito?

—A mi señora la pescaron en la propia iglesia—se mantiene rígido en el borde de la silla el carpintero Adriano Lharque—. No la catedral, sino la del Santo Cristo de Bagazán, señor.

—Así es, queridos radioescuchas—brama el Sinchi—. A esos sacrílegos lascivos no los contuvo el temor a Dios ni el respeto debido a Su santa casa ni las nobles canas de esa matrona dignísima, semilla ya de dos generaciones loretanas.

—Comenzaron a jalonearme, ay Jesús mío, querían tumbarme al suelo—llora la señora Cristina—. Se caían de borrachos y hay que oír las lisuras que decían. Delante del altar mayor, se lo juro.

—Al alma más caritativa de todo Loreto, mi general—retumba el padre Beltrán—. ¡La ultrajaron cinco veces!

—Y también a su hijita y a su sobrinita y a su ahijadita, ya lo sé, Scavino—sopla la caspa de sus hombreras el Tigre Collazos—. ¿Pero ese cura Beltrán está con nosotros o con ellos? ¿Es o no capellán del Ejército?

—Protesto como sacerdote y también como soldado, mi general—hunde vientre, saca pecho el mayor Beltrán—. Porque esos abusos hacen tanto daño a la institución como a las víctimas.

—Está muy mal lo que pretendían los reclutas con la dama, por supuesto—contemporiza, sonríe, hace venias el general Victoria—. Pero sus parientes casi los matan a palos, no lo olvide. Aquí tengo el parte médico: costillas rotas, hematomas, desgarrón de oreja. En este caso hubo empate, doctorcito.

—¿A Iquitos?—deja de rociar la camisa y alza la plancha Pochita—. Uy, qué lejos nos mandan, Panta.

—Con madera haces el fuego que cocina tus alimentos, con madera construyes la casa donde vives, la cama donde duermes y la balsa con que cruzas el río—cuelga sobre el bosque de cabezas inmóviles, caras anhelantes y brazos abiertos el Hermano Francisco—. Con madera fabricas el arpón que pesca al paiche, la pucuna que caza al ronsoco y el cajón donde entierras el muerto. ¡Hermanas! ¡Hermanos! ¡Arrodíllense por mí!

—Es todo un señor problema, Pantoja—cabecea el coronel López López—. En Contamana, el alcalde ha dado un bando pidiendo a los vecinos que los días francos de la tropa encierren a las mujeres en sus casas.

—Y sobre todo qué lejos del mar—suelta la aguja, remacha el hilo y lo corta con los dientes la señora Leonor—. ¿Habrá muchos zancudos allá en la selva? Son mi suplicio, ya sabes.

—Fíjese en esta lista—se rasca la frente el Tigre Collazos—. Cuarentaitrés embarazadas en menos de un año. Los capellanes del cura Beltrán casaron a unas veinte, pero, claro, el mal exige medidas más radicales que los matrimonios a la fuerza. Hasta ahora castigos y escarmientos no han cambiado el panorama: soldado que llega a la selva se vuelve un pinga loca.

—Pero el más desanimado con el sitio pareces tú, amor —va abriendo y sacudiendo maletas Pochita—. ¿Por qué, Panta?

—Debe ser el calor, el clima, ¿no cree?—se anima el Tigre Collazos.

—Muy posiblemente, mi general—tartamudea el capitán Pantoja.

—La humedad tibia, esa exuberancia de la naturaleza —se pasa la lengua por los labios el Tigre Collazos—. A mí me sucede siempre: llegar a la selva y empezar a respirar fuego, sentir que la sangre hierve.

—Si la generala te oyera—ríe el general Victoria—, ay de tus garras, Tigre.

—Al principio pensamos que era la dieta—se da un palmazo en la barriga el general Collazos—. Que en las guarniciones se usaba mucho condimento, algo que recrudecía el apetito sexual de la gente.

—Consultamos a especialistas, incluso a un suizo que costó una punta de plata—frota dos dedos el coronel López López—. Un dietista lleno de títulos.

—Pas d'inconvenient—anota en una libretita el profesor Bernard Lahoé—. Prepararemos una dieta que, sin disminuir las proteínas necesarias, debilite la libido de los soldados en un 85 por ciento.

—No se le vaya a pasar la mano—murmura el Tigre Collazos—. Tampoco queremos una tropa de eunucos, doctor.

—Horcones a Iquitos, Horcones a Iquitos—se impacienta el alférez Santana—. Sí, gravísimo, de suma urgencia. No hemos obtenido los resultados previstos con la operación Rancho Suizo. Mis hombres se mueren de hambre, se tuberculizan. Hoy se desmayaron otros dos en la revista, mi comandante.

—Nada de bromas, Scavino—sujeta el teléfono entre la oreja y el hombro mientras enciende un cigarrillo el Tigre Collazos—. Le hemos dado vueltas y más vueltas y es la única solución. Allá te mando a Pantojita con su madre y su mujer. Que te aproveche.

—Pochita y yo ya nos hicimos a la idea y estamos felices de ir a Iquitos—dobla pañuelos, ordena faldas, empaqueta zapatos la señora Leonor—. Pero tú sigues con el alma en los pies. Cómo es eso, hijito.

—Usted es el hombre, Pantoja—se pone de pie y lo coge por los brazos el coronel López López—. Usted va a poner fin a este quebradero de cabeza.

—Después de todo es una ciudad, Panta, y parece que linda—arroja trapos a la basura, hace nudos, cierra carteras Pochita—. No pongas esa cara, peor hubiera sido la puna ¿no?

—La verdad, mi coronel, no me imagino cómo—traga saliva el capitán Pantoja—. Pero haré lo que me ordenen, naturalmente.

—Por lo pronto, irse a la selva—coge un puntero y marca un lugar en el mapa el coronel López López—. Su centro de operaciones será Iquitos.

—Vamos a llegar a la raíz del problema y a liquidarlo en su mata—golpea su mano abierta con el puño el general Victoria—. Porque, como usted lo habrá adivinado, Pantoja, el problema no es sólo el de las señoras atropelladas.

—También el de los reclutas condenados a vivir como castas palomas en ese calor tan pecaminoso—chasquea la lengua el Tigre Collazos—. Servir en la selva es bravo, Pantoja, muy bravo.

—En los caseríos amazónicos todas las faldas tienen dueño—acciona el coronel López López—. No hay bulines ni niñas pendejas ni nada que se les parezca.

—Se pasan la semana encerrados, cumpliendo misiones en el monte, soñando con su día franco—imagina el general Victoria—. Caminan kilómetros hasta el pueblo más cercano. ¿Y qué ocurre cuando llegan?

—Nada, por la maldita falta de hembras—encoge los hombros el Tigre Collazos—. Entonces, los que no se la corren, pierden los estribos y a la primera copita de anisado se lanzan como pumas sobre lo que se les pone delante.

—Se han dado casos de mariconería y hasta de bestialismo—precisa el coronel López López—. Figúrese que un cabo de Horcones fue sorprendido haciendo vida marital con una mona.

—La simio responde al absurdo apelativo de Mamadera de la Cuadra Quinta—aguanta la risa el alférez Santana—.

O; más bien, respondía, porque la maté de un balazo. El degenerado está en el calabozo, mi coronel.

—Total, la abstinencia nos trae una corrupción de los mil diablos—dice el general Victoria—. Y desmoralización, nerviosismo, apatía.

—Hay que dar de comer a esos hambrientos, Pantoja—lo mira solemne a los ojos el Tigre Collazos—. Ahí entra usted, ahí es donde va a aplicar su cerebro organizador.

—¿Por qué te quedas todo atontado y calladito, Panta? —guarda el pasaje en su cartera y pregunta ¿por dónde la salida al avión? Pochita—. Tendremos un gran río, podremos bañarnos, hacer paseos a las tribus. Anímate, zonzo.

—Qué te pasa que estás tan raro, hijito—observa las nubes, las hélices, los árboles la señora Leonor—. En todo el viaje no has abierto la boca. ¿Qué te preocupa tanto?

—Nada mamá, nada Pochita—se abrocha el cinturón de seguridad Panta—. Estoy bien, no me pasa nada. Miren, ya estamos llegando. Ese debe ser el Amazonas ¿no?

—Todos estos días has estado hecho un idiota—se pone los anteojos de sol, se quita el abrigo Pochita—. No decías una palabra, soñabas con los ojos abiertos. Uy, qué infierno es esto. Nunca te he visto tan cambiado, Panta.

—Estaba un poco inquieto con mi nuevo destino, pero ya pasó—saca la cartera, alarga unos billetes al chofer Panta—. Sí, maestro, el número 549, el Hotel Lima. Espera, mamá, te ayudo a bajar.

—¿Eres militar, no?—lanza su bolsa de viaje sobre una silla, se descalza Pochita—. Sabías que te podían mandar a cualquier lado. Iquitos no está mal, Panta, ¿no ves que parece un sitio simpático?

—Tienes razón, me he portado como un tonto—abre el ropero, cuelga un uniforme, un terno Panta—. Quizá me había encariñado mucho con Chiclayo; palabra que ya pasó. Bueno, a deshacer maletas. Qué calorcito éste ¿no, chola?

—Por mí, me quedaría viviendo toda la vida en el hotel —se tumba de espaldas en la cama, se despereza Pochita—. Te hacen todo, no hay que preocuparse de nada.

—¿Y estaría bien recibir al cadete Pantoja en un hotelito?—se quita la corbata, la camisa Panta.

—¿Al cadete Pantoja?—abre los ojos, desabotona su blusa, apoya un codo en la almohada Pochita—. ¿De veras? ¿Ya podemos encargarlo, Pantita?

—¿No te prometí cuando llegue el tercer fideo?—estira su pantalón, lo dobla y cuelga Panta—. Será loretano, qué te parece.

—Maravilloso, Panta—ríe, aplaude, rebota en el colchón Pochita—. Uy, qué felicidad, el cadetito, Pantita Junior.

—Hay que encargarlo cuanto antes—abre y adelanta las manos Panta—. Para que llegue rapidito. Ven, chola, dónde te escapas.

—Oye, oye, qué te pasa—salta de la cama, corre hacia el cuarto de baño Pochita—. ¿Te has vuelto loco?

—Ven, ven, el cadetito—se tropieza con una maleta, vuelca una silla Panta—. Encarguémoslo ahora mismo. Anda, Pochita.

—Pero si son las once de la mañana, si acabamos de llegar—manotea, aparta, empuja, se enoja Pochita—. Suelta, nos va a oír tu mamá, Panta.

—Para estrenar Iquitos, para estrenar el hotel—jadea, lucha, abraza, se resbala Pantita—. Ven, amorcito.

—Ya ve lo que ha ganado con tanta denuncia y tanto parte—blande un oficio atestado de sellos y firmas el general Scavino—. También usted tiene culpa en esto, comandante Beltrán: mire lo que viene a organizar en Iquitos ese sujeto.

—Me vas a romper la falda—se escuda tras el ropero, lanza una almohada, pide paz Pochita—. No te reconozco, Panta, tú siempre tan formalito, qué te está pasando. Deja, yo me la quito.

—Quería curar un mal, no causarlo—lee y relee la cara abochornada del comandante Beltrán—. Nunca imaginé que el remedio sería peor que la enfermedad, mi general. Inconcebible, inicuo. ¿Va usted a permitir este horror?

—El sostén, las medias—transpira, se echa, se encoge, se estira Pantita—. El Tigre tenía razón: la humedad tibia, se respira fuego, la sangre hierve. Anda, pellízcame donde me gusta. La orejita, Pocha.

—Me da vergüenza de día, Panta—se queja, se envuelve en la colcha, suspira Pochita—. Te vas a quedar dormido, ¿no tienes que estar en la Comandancia a las tres?, siempre te quedas.

—Me pego una ducha—se arrodilla, se dobla, desdobla Pantita—. No me hables, no me distraigas. Pellízcame en la orejita. Así, asisito. Ay, ya siento que me muero, chola, ya no sé quién soy.

—Sé muy bien quién es usted y a qué viene a Iquitos —murmura el general Roger Scavino—. Y de entrada le disparo que no me alegra en absoluto su presencia en esta ciudad. Las cosas claras desde el principio, capitán.

—Disculpe, mi general—balbucea el capitán Pantoja—. Debe haber algún malentendido.

—No estoy de acuerdo con el Servicio que viene a organizar—acerca la calva al ventilador y entrecierra un instante los ojos el general Scavino—. Me opuse desde un comienzo y sigo pensando que es una barbaridad.

—Y, sobre todo, una inmoralidad sin nombre—se abanica con furia el padre Beltrán.

—El comandante y yo nos hemos callado porque la superioridad manda—despliega su pañuelo y se seca el sudor de la frente, de las sienes, del cuello el general Scavino—. Pero no nos han convencido, capitán.

—Yo no tengo nada que ver con este proyecto, mi general—transpira inmóvil el capitán Pantoja—. Me llevé la sorpresa de mi vida cuando me lo comunicaron, Padre.

—Comandante—corrige el padre Beltrán—. ¿No sabe contar los galones?

—Perdón, mi comandante—choca ligeramente los tacos el capitán Pantoja—. No he intervenido para nada, se lo aseguro.

—¿No es usted uno de los cerebros de Intendencia que han concebido esta porquería?—coge el ventilador, lo enfrenta a su cara, cráneo, y carraspea el general Scavino—. De todos modos, hay algunas cosas que deben quedar sentadas. No puedo evitar que esto prospere, pero haré que salpique lo menos posible a las Fuerzas Armadas. Nadie va a empañar la imagen que el Ejército ha conquistado en Loreto desde que estoy al frente de la Quinta Región.

—Ése es también mi deseo—mira por sobre el hombro del general el agua barrosa del río, una lancha cargada de plátanos, el cielo azul, el sol ígneo el capitán Pantoja—. Estoy dispuesto a hacer lo posible.

—Porque aquí se armaría la de Dios es Cristo, si trasciende la noticia—alza la voz, se levanta, apoya las manos en el alféizar de la ventana el general Scavino—. Los estrategas de Lima planean muy tranquilos cochinadas en sus escritorios, porque el que aguantará la tormenta si la cosa se hace pública es el general Scavino.

—Estoy de acuerdo con usted, tiene que creerme—suda, ve empaparse los brazos de su uniforme, implora el capitán

Pantoja—. Yo no hubiera pedido jamás esta misión. Es algo tan distinto de mi trabajo habitual que ni siquiera sé si seré capaz de cumplirla.

—Sobre madera tu padre y tu madre se juntaron para hacerte y sobre madera pujó y se abrió de piernas para parirte la que te parió—ulula y truena, allá arriba, en la oscuridad el Hermano Francisco—. La madera sintió su cuerpo, se enrojeció con su sangre, recibió sus lágrimas, se humedeció con su sudor. La madera es sagrada, el leño trae salud. ¡Hermanas! ¡Hermanos! ¡Abran los brazos por mí!

—Por esa puerta desfilarán decenas de personas, esta oficina se llenará de protestas, de pliegos con firmas, de cartas anónimas—se agita, da unos pasos, regresa, abre y cierra el abanico el padre Beltrán—. Toda la Amazonía pondrá el grito en el cielo y pensará que el arquitecto del escándalo es el general Scavino.

—Ya oigo al demagogo del Sinchi vomitando calumnias contra mí por el micrófono—se vuelve, se demuda el general Scavino.

—Mis instrucciones son que el Servicio funcione en el mayor secreto—se atreve a quitarse el quepí, a pasarse un pañuelo por la frente, a limpiarse los ojos el capitán Pantoja—. En todo momento tendré muy en cuenta esa disposición, mi general.

—¿Y qué diablos podría inventar para aplacar a la gente?—grita, contornea el escritorio el general Scavino—. ¿Han pensado en Lima el papelito que me tocará representar?

—Si usted lo prefiere, puedo pedir hoy mismo mi traslado—palidece el capitán Pantoja—. Para demostrarle que no tengo ningún interés en el Servicio de Visitadoras.

—Vaya eufemismo que se han buscado los genios—taconea de espaldas, mirando el río que destella, las cabañas, la llanura de árboles el padre Beltrán—. Visitadoras, visitadoras.

—Nada de traslados, me mandarían otro intendente en una semana—vuelve a sentarse, a ventilarse, a enjugarse la calva el general Scavino—. De usted depende que esto no perjudique al Ejército. Tiene sobre los hombros una responsabilidad del tamaño de un volcán.

—Puede dormir tranquilo, mi general—endurece el cuerpo, echa atrás los hombros, mira al frente el capitán Pantoja—. El Ejército es lo que más respeto y quiero en la vida.

—La mejor manera que tiene ahora de servirlo, es manteniéndose alejado de él—suaviza el tono y ensaya una expresión amable el general Scavino—. Mientras esté al mando de ese Servicio, al menos.

—¿Perdón?—pestañea el capitán Pantoja—. ¿Cómo dice?

—No quiero que ponga los pies jamás en la Comandancia ni en los cuarteles de Iquitos—expone a las aspas zumbantes e invisibles la palma, el dorso de las manos el general Scavino—. Queda exceptuado de asistir a todos los actos oficiales, desfiles, tedéums. También de llevar uniforme. Vestirá únicamente de civil.

—¿Debo venir de paisano incluso a mi trabajo?—sigue pestañeando el capitán Pantoja.

—Su trabajo va a estar muy lejos de la Comandancia—lo observa con recelo, con consternación, con piedad el general Scavino—. No sea ingenuo, hombre. ¿Se le ocurre que le podría abrir una oficina aquí, para el tráfico que va a organizar? Le he afectado un depósito en las afueras de Iquitos, a orillas del río. Vaya siempre de paisano. Nadie debe enterarse que ese lugar tiene la menor vinculación con el Ejército. ¿Comprendido?

—Sí, mi general—sube y baja la cabeza el boquiabierto

25

capitán Pantoja—. Sólo que, en fin, no me esperaba una cosa así. Va a ser, no sé, como cambiar de personalidad.

—Haga de cuenta que lo han destacado al Servicio de Inteligencia—abandona la ventana, se le acerca, le concede una sonrisa benevolente el comandante Beltrán—, que su vida depende de su capacidad para pasar desapercibido.

—Trataré de adaptarme, mi general—balbucea el capitán Pantoja.

—Tampoco conviene que viva en la Villa Militar, así que búsquese una casita en la ciudad—desliza el pañuelo por sus cejas, orejas, labios y nariz el general Scavino—. Y le ruego que no tenga relación con los oficiales.

—¿Quiere decir relación amistosa, mi general?—se atora el capitán Pantoja.

—No va a ser amorosa—ríe o ronca o tose el padre Beltrán.

—Ya sé que es duro, le va a costar—asiente con amabilidad el general Scavino—. Pero no hay otra fórmula, Pantoja. Su misión lo pondrá en contacto con toda la ralea de la Amazonía. La única manera de evitar que eso rebote sobre la institución, es sacrificándose usted mismo.

—En resumidas cuentas, debo ocultar mi condición de oficial—divisa a lo lejos un niño desnudo que trepa a un árbol, una garza rosada y coja, un horizonte de matorrales que llamean el capitán Pantoja—. Vestir como civil, juntarme con civiles, trabajar como civil.

—Pero pensar siempre como militar—da un golpecito en la mesa el general Scavino—. He designado un teniente para que nos sirva de enlace. Se verán una vez por semana y a través de él me rendirá cuenta de sus actividades.

—No se preocupe lo más mínimo: seré una tumba—empuña el vaso de cerveza y dice salud el teniente Bacacorzo—. Estoy al tanto de todo, mi capitán. ¿Le parece bien que nos veamos los martes? He pensado que el punto de reunión fueran siempre barcitos, bulines. Ahora tendrá que frecuentar mucho estos ambientes ¿no?

—Ha hecho que me sienta un delincuente, una especie de leproso—pasa revista a los monos, loros y pájaros disecados, a los hombres que beben de pie en el mostrador el capitán Pantoja—. ¿Cómo diablos voy a comenzar a trabajar si el mismo general Scavino me sabotea? Si la propia superioridad empieza por desanimarme, por pedirme que me disfrace, que no me deje ver.

—Fuiste a la Comandancia tan contento y otra vez vuelves con cara de lelo—se empina, le da un beso en la mejilla Pochita—. ¿Qué pasó, Panta? ¿Llegaste tarde y te resondró el general Scavino?

—Yo lo ayudaré en lo que pueda, mi capitán—le ofrece rajitas de chonta fritas el teniente Bacacorzo—. No soy un especialista, pero haré lo posible. No se queje, muchos oficiales darían cualquier cosa por estar en su pellejo. Piense en la libertad que va a tener; usted mismo decidirá sus horarios, su sistema de trabajo. Aparte de otras cosas ricas, mi capitán.

—¿Vamos a vivir aquí, en este sitio tan feo? —mira las paredes desconchadas, el entarimado sucio, las telarañas del techo la señora Leonor—. ¿Por qué no te han dado una casa en la Villa Militar que es tan bonita? Otra vez tu falta de carácter, Panta.

—No crea que me pongo derrotista, Bacacorzo, sólo que ando terriblemente despistado—prueba, mastica, traga, susurra rico el capitán Pantoja—. Soy un buen administrador, eso sí. Pero me han sacado de mi elemento y en esto no sé atar ni desatar.

—¿Ya echó un vistazo a su centro de operaciones?—llena de nuevo los vasos el teniente Bacacorzo—. El general Scavino ha pasado una circular: ningún oficial de Iquitos puede acercarse a ese depósito del río Itaya, so pena de treinta días de rigor.

—Todavía no, iré mañana temprano—bebe, se limpia la boca, contiene un eructo el capitán Pantoja—. Porque, seamos francos, para cumplir esta misión como se pide, habría que tener experiencia en la materia. Conocer el mundo noctámbulo, haber sido un poco farrista.

—¿Vas a ir a la Comandancia así, Panta?—se le aproxima, palpa la camisa sin mangas, olfatea el pantalón azul, la gorrita jockey Pochita—. ¿Y tu uniforme?

—Desgraciadamente, no es mi caso—se entristece, esboza un ademán avergonzado el capitán Pantoja—. No he sido nunca jaranista. Ni siquiera de muchacho.

—¿Que no podemos juntarnos con las familias de los oficiales?—esgrime el plumero, la escoba, un balde, sacude, limpia, barre, se espanta la señora Leonor—. ¿Que tenemos que vivir como si fuéramos civiles?

—Fíjese que, de cadete, los días de salida prefería quedarme estudiando en la escuela—recuerda nostálgico el capitán Pantoja—. Dándole duro a las matemáticas, sobre todo, es lo que más me gusta. Nunca iba a fiestas. Aunque le parezca mentira, sólo he aprendido los bailes más fáciles: el bolerito y el vals.

—¿Que ni los vecinos deben saber que eres un capitán? —refriega vidrios, baldea suelos, pinta paredes, se asusta Pochita.

—Así que lo que me ocurre es tremendo—mira alrededor con aprensión, le habla muy cerca del oído el capitán Pantoja—. ¿Cómo puede organizar un Servicio de Visitadoras alguien que no ha tenido contacto con visitadoras en su vida, Bacacorzo?

—¿Una misión especial?—encera puertas, empapela armarios, cuelga cuados Pochita—. ¿Vas a trabajar con el Servicio de Inteligencia? Ah, ya capto tanto misterio, Panta.

—Me imagino a esos millares de soldados que esperan, que confían en mí—escruta las botellas, se emociona, sueña el capitán Pantoja—, que cuentan los días y piensan ya vienen, ya van a llegar, y se me ponen los pelos de punta, Bacacorzo.

—Qué secreto militar ni qué ocho cuartos—ordena roperos, cose visillos, desempolva pantallas, enchufa lámparas la señora Leonor—. ¿Secretos con tu mamacita? Cuenta, cuenta.

—Yo no quiero defraudarlos—se angustia el capitán Pantoja—. ¿Pero por dónde miéchica voy a empezar?

—Si no me cuentas saldrás perdiendo—tiende camas, pone tapetes, barniza muebles, ordena vasos, platos y cubiertos en el aparador Pochita—. Nunca más pellizquitos donde te gusta, nunca más mordisquitos en la oreja. Como tú prefieras, hijito.

—Por el principio, mi capitán—lo anima con una sonrisa y un brindis el teniente Bacacorzo—. Si las visitadoras no vienen hacia el capitán Pantoja, el capitán Pantoja debe ir hacia las visitadoras. Es lo más sencillo, me parece.

—¿De espía, Panta?—se frota las manos, contempla la habitación, murmura cuánto hemos mejorado esta pocilga ¿no, señora Leonor? Pochita—. ¿Como en las películas? Uy, amor, qué emocionante.

—Dése una vueltecita esta noche por los sitios putañeros de Iquitos—apunta direcciones en la servilleta el teniente Bacacorzo—. El "Mao Mao", el "007", "El gato tuerto",

"El Sanjuancito". Para familiarizarse con el ambiente. Yo lo acompañaría encantado, pero, ya sabe, las instrucciones de Scavino son terminantes.

—¿Adónde tan pije, hijito?—la señora Leonor dice sí, nadie la reconocería, Pochita, nos merecemos un premio—. Caramba, cómo te has puesto, hasta corbata. Te vas a asar de calor. ¿Una reunión de alto nivel? ¿De noche? Qué chistoso que estés de agente secreto, Panta. Sí, shhht, shht, me callo.

—Pregunte en cualquiera de esos sitios por el Chino Porfirio—dobla y le guarda la servilleta en el bolsillo el teniente Bacacorzo—. Es un tipo que lo puede ayudar. Consigue 'lavanderas' a domicilio. ¿Sabe lo que son, no?

—Por eso ÉL no murió ahogado, ni quemado, ni ahorcado, ni apedreado ni despellejado—gime y llora sobre el chisporroteo de las antorchas y el rumor de los rezos el Hermano Francisco—. Por eso fue clavado en un leño, por eso prefirió la cruz. Oiga quien quiera oír, entienda quien quiera entender. ¡Hermanas! ¡Hermanos! ¡Dense tres golpes en el pecho por mí!

—Buenas noches, ejem, hmm, achís—se suena, se sienta en la banqueta, se apoya en la barra Pantaleón Pantoja—. Sí, una cerveza, por favor. Acabo de llegar a Iquitos, me estoy poniendo al día con la ciudad. ¿"Mao Mao" se llama este local? Ah, por eso las flechitas, los totems, ya veo.

—Aquí la tiene, heladita—sirve, seca el vaso, señala el salón el mozo—. Sí, "Mao Mao". Casi no hay nadie porque es lunes.

—Me gustaría averiguar algo, ejem, hmm, hmm—se aclara la garganta Pantaleón Pantoja—, si fuera posible. Para información, simplemente.

—¿Dónde se consiguen gilas?—forma una argolla con el

pulgar y el índice el mozo—. Aquí mismo, pero hoy se fueron a ver al Hermano Francisco, el santo de la cruz. Se vino desde el Brasil a patita, dicen, y también que hace milagros. Pero mire quién entra. Oye, Porfirio, ven acá. Te presento al señor, está interesado en informaciones turísticas.

—¿Bulines y polillas?—le guiña un ojo, le hace una reverencia, le da la mano el Chino Porfirio—. Pol supuesto, señol. Encantado lo pongo al tanto en dos minutos. Le va a costal apenas una celveciola, ¿balato, veldá?

—Mucho gusto—le indica que se siente en la banqueta vecina Pantaleón Pantoja—. Sí, claro, una cerveza. No se vaya a confundir, no tengo un interés personal en esto, sino más bien técnico.

—¿Técnico?—hace ascos el mozo—. Espero que no sea usted soplón, señor.

—Bulines, hay poquitos—muestra tres dedos el Chino Porfirio—. A su salud y buena vida. Dos decentes y uno bajetón, pa mendigos. Y hay también las polillas que van de casa en casa, pol su cuenta. Las 'lavandelas' ¿sabía?

—¿Ah, sí? Qué interesante—lo estimula con sonrisas Pantaleón Pantoja—. Pura curiosidad, yo no frecuento esos sitios. ¿Usted tiene vinculaciones? Quiero decir ¿amistades, contactos en esos lugares?

—El Chino está en su querencia donde hay puterío—se ríe el mozo—. Lo llaman el Fumanchú de Belén, ¿no, compadre? Belén, el barrio de las casas flotantes, la Venecia de la Amazonía, ¿ya se paseó por ahí?

—Yo he hecho de todo en la vida y no me pesa, señol —sopla la espuma y bebe un trago el Chino Porfirio—. No gané plata pelo sí expeliencia. Boletelo de cine, motolista de lancha, cazadol de sepientes pa la expoltación.

—Y de todos los empleos te botaron por putañero y pen-

31

dejo, hermano—le enciende un cigarrillo el mozo—. Cántale al señor lo que te profetizó tu mamacita.

*Chino que nace pobletón
Muele cafiche o ladlón*

canta y se celebra con carcajadas el Chino Porfirio—. Ay, mi mamacita linda que está en el santo cielo. Como sólo se vive una vez, hay que vivila ¿no es así? ¿Nos aventamos la segunda heladita de la noche, señol?

—Está bien, pero, ejem, hmm—se ruboriza Pantaleón Pantoja—, se me ocurre algo mejor. ¿Por qué no cambiamos de decorado, mi amigo?

—¿El señor Pantoja?—transpira miel la señora Chuchupe—. Encantadísima y adelante, ésta es su casa. Aquí tratamos bien a todo el mundo, salvo a los conchudos de los milicos, que piden rebaja. Hola, Chinito bandido.

—El señol Pantoja viene de Lima y es un amigo—besa mejillas, pellizca traseros el Chino Porfirio—. Va a ponel un negocito aquí. Ya sabes, sevicio de lujo, Chuchupe. Este enano se llama Chupito y es la mascota del local, señol.

—Más bien di capataz, barman y guardespaldas, conchetumadre—alcanza botellas, recoge vasos, cobra cuentas, enciende el tocadiscos, arrea mujeres a la pista de baile Chupito—. ¿O sea que es la primera vez que viene a Casa Chuchupe? No será la última, ya verá. Hay pocas chicas porque se han ido a ver al Hermano Francisco, el que levantó esa gran cruz junto al lago Morona.

—Yo también estuve ahí, había muchísima gente y los catelistas debían hacel su agosto—distribuye adioses el Chino Porfirio—. Un discuseadol fantástico, el Hemano. Se le entendía poco, pelo emocionaba a la gente.

—Todo lo que clavas en el leño es ofrenda, todo lo que

acaba en la madera sube y lo recibe EL QUE MURIÓ EN LA
CRUZ —salmodia el Hermano Francisco—. La mariposa de
colores que alegra la mañana, la rosa que perfuma el aire, el
murciélago de ojitos que fosforecen en la noche y hasta el
pique que se incrusta bajo las uñas. ¡Hermanas! ¡Hermanos!
¡Planten cruces por mí!

—Qué cara de hombre serio, aunque no lo será tanto si
anda con este Chino —limpia una mesa con el brazo, ofrece
sillas, se azucara Chuchupe—. A ver, Chupito, una cerveza
y tres vasos. La primera rueda invita la casa.

—¿Sabe qué es una chuchupe? —silba, enseña una puntita de lengua el Chino Porfirio—. La víbola más venenosa
de la Amazonía. Ya se imagina las cosas que dilá del génelo
humano esta señola pa ganase semejante apodo.

—Calla, zarrapastroso —le tapa la boca, sirve los vasos,
sonríe Chuchupe—. A su salud, señor Pantoja, bienvenido
a Iquitos.

—Una lengua vipelina —enseña los desnudos trenzados
de las paredes, el espejo lesionado, las pantallas coloradas,
los flecos danzantes del sillón multicolor el Chino Porfirio—. Sólo que es buena amiga y esta casa, aunque tiene
sus añitos, es la mejol de Iquitos.

—Échele una ojeada a lo que queda del material, si no
—va señalando Chupito—: zambitas, blancas, japonesas,
hasta una albina. Mucho ojo el de Chuchupe para escoger
a su gente, señor.

—Qué buena música, a uno le pican los pies —se levanta,
coge del brazo a una mujer, la arrastra a la pista, baila el
Chino Porfirio—. Un pemisito, pa sacudil el esqueleto. Ven
acá, potoncita.

—¿Puedo invitarle una cerveza, señora Chuchupe? —mi-

33

ma una incómoda sonrisa y susurra Pantaleón Pantoja—.
Me gustaría pedirle algunos datos, si no es molestia.

—Qué sinvergüenza simpático este Chino, nunca tiene
medio pero cómo alegra la noche—arruga un papel, lo lanza hacia la cabeza de Porfirio, da en el blanco Chuchupe—.
No sé qué le ven, todas se mueren por él. Mírelo cómo se
disloca.

—Cosas relacionadas con su, ejem, hmm, negocio—insiste Pantaleón Pantoja.

—Sí, encantada—se pone seria, asiente, lo autopsia con
la mirada Chuchupe—, pero yo no creía que había venido a
hablar de negocios sino a otra cosa, señor Pantoja.

—Me duele horriblemente la cabeza—se acurruca, se cubre con las sábanas Pantita—. Tengo descomposición de
cuerpo, escalofríos.

—Cómo no te va a doler, cómo no vas a tener, y además
me alegro mucho—taconea Pochita—. Te acostaste cerca
de las cuatro y llegaste cayéndote, idiota.

—Has vomitado tres veces—trajina entre ollas, lavadores y toallas la señora Leonor—, has dejado oliendo todo el
cuarto, hijito.

—Tú me vas a explicar qué significa esto, Panta—se acerca a la cama, echa chispas por los ojos Pochita.

—Ya te lo he dicho, amor, es cosa del trabajo—se queja
entre almohadas Pantita—. Sabes de sobra que no tomo,
que no me gusta trasnochar. Hacer estas cosas es un suplicio para mí, chola.

—¿Quiere decir que vas a seguir haciéndolas?—gesticula, hace pucheros Pochita—. ¿Acostarte al amanecer, embo-
rracharte? Eso sí que no, Panta, te juro que eso sí que no.

—Vamos, no se peleen—cuida el equilibrio del vaso, de la
jarra, de la bandeja la señora Leonor—. Anda, hijito, ponte

estos pañitos fríos y tómate este alka-seltzer. Rápido, con las burbujitas.

—Es mi trabajo, es la misión que me han dado —se desespera, se adelgaza, se pierde la voz de Pantita—. Si yo odio esto, tienes que creerme. No te puedo decir nada, no me hagas hablar, sería gravísimo para mi carrera. Ten confianza en mí, Pocha.

—Has estado con mujeres —estalla en sollozos Pochita—. Los hombres no se emborrachan hasta el amanecer sin mujeres. Estoy segura que estuviste, Panta.

—Pocha, Pochita, se me parte la cabeza, me duele la espalda —sujeta un paño sobre la frente, manotea bajo la cama, acerca una bacinica, escupe saliva y bilis Pantita—. No llores, me haces sentirme un criminal y no lo soy, te juro que no lo soy.

—Cierra los ojitos, abre la jetita —avanza una taza humeante, frunce la boca la señora Leonor—. Y ahora este cafecito calientito, hijito.

2

SVGPFA

Parte número uno

ASUNTO GENERAL: Servicio de Visitadoras para Guarniciones, Puestos de Frontera y Afines.
ASUNTO ESPECÍFICO: Acondicionamiento del puesto de mando y evaluación de lugar aparente para enganche.
CARACTERÍSTICAS: secreto.
FECHA Y LUGAR: Iquitos, 12 de agosto de 1956.

El suscrito, capitán EP (Intendencia) Pantaleón Pantoja, encargado de organizar y poner en funcionamiento un Servicio de Visitadoras para Guarniciones, Puestos de Frontera y Afines (SVGPFA) en toda la región amazónica, respetuosamente se presenta ante el general Felipe Collazos, jefe de Administración, Intendencia y Servicios Varios del Ejército, lo saluda y dice:

1. Que apenas llegado a Iquitos se apersonó a la Comandancia de la V Región (Amazonía) para presentar su saludo al general Roger Scavino, comandante en jefe, quien, luego de recibirlo con amabilidad y cordial simpatía, procedió a comunicarle algunas providencias tomadas para la más eficaz puesta en marcha de la misión que le ha sido confiada, a saber: que a fin de cautelar el buen nombre de la institución, conviene que el suscrito no se apersone nunca a la Comandancia ni a los cuarteles de esta ciudad, ni vista el uniforme, ni se domicilie en la Villa Militar, ni tenga relaciones con los ofi-

37

ciales de la plaza, es decir que actúe en todo momento como un civil, ya que las personas y ambientes que deberá frecuentar (la ralea, la sociedad prostibularia) no se condicen con las previsibles juntas de un capitán de la Fuerza Armada. Que acata estrictamente estas disposiciones, pese a lo triste que le resulta ocultar su condición de oficial de nuestro Ejército, de la que se siente orgulloso, y mantenerse apartado de sus compañeros de armas, a quienes considera sus hermanos, y pese a la delicada situación familiar que ello le crea, por cuanto también está obligado a guardar ante su señora madre y su propia esposa la más absoluta reserva sobre la misión, y por tanto a faltar a la verdad casi todo el tiempo en aras de la armonía familiar y buen éxito del trabajo. Que acepta estos sacrificios, consciente de lo impostergable de la operación que la superioridad le ha encargado y de los intereses de nuestros soldados que sirven a la Patria en las comarcas más remotas de la selva;

2. Que ya ha tomado posesión del emplazamiento sito a orillas del río Itaya, afectado por la Comandancia de la V Región para puesto de mando y centro logístico (reclutador/proveedor) del Servicio de Visitadoras. Que ya se han colocado a sus órdenes los soldados destacados al Servicio, quienes responden a los nombres de Sinforoso Caiguas y Palomino Rioalto y a quienes, con muy buen criterio, la superioridad ha elegido por sus dotes de excelente comportamiento, docilidad y cierta indiferencia ante personas del otro sexo, pues, caso contrario, el tipo de trabajo que tendrán y la idiosincrasia del medio que los envolverá, podrían suscitar en ellos tentaciones y consiguientes problemas para el Servicio. El suscrito desea hacer constar que el sitio donde se halla situado el puesto de mando y centro logístico reviste las mejores condiciones: ante todo, amplitud y vecindad del medio de transporte (río

Itaya); luego, estar protegido de miradas indiscretas, pues
la ciudad se halla bastante lejos y el lugar poblado más próxi-
mo, el molino de arroz Garote, se levanta en la orilla
opuesta (no hay puente). De otro lado, goza de buenas posibilidades topográficas para instalar un pequeño embarcadero,
de modo que todos los envíos y recepciones, cuando el Servicio de Visitadoras haya establecido su sistema circulatorio,
puedan efectuarse bajo la vigilancia directa del puesto de
mando;

3. Que la primera semana, el suscrito debió concentrar
todo su tiempo y esfuerzos en la limpieza y adecentamiento
del local, semi-cuadrilátero de 1.323 metros cuadrados (una
cuarta parte de cuya superficie se halla techada con calamina),
cercado de tabiques de madera y con dos portones, uno sobre
la trocha a Iquitos y otro sobre el río. La parte con techo
es de 327 metros cuadrados y está pavimentada; consta de
dos plantas, siendo la superior sólo un volado de madera con
baranda, al que conduce una escalerita de bombero. El suscrito ha instalado allí su puesto de mando, oficina particular,
caja y archivo. En la parte inferior—que puede ser observada,
en todo momento, desde el puesto de mando—se han colgado
hamacas para Sinforoso Caiguas y Palomino Rioalto, y erigido
un retrete de confección rústica (el desagüe es el río). La
parte descubierta es un canchón de tierra, con todavía
algunos árboles;

Que una semana para el acondicionamiento del lugar podría
parecer excesivo, sintomático de lenidad o pereza, pero lo
cierto es que el emplazamiento se encontraba en condiciones
inutilizables, y, con permiso de la expresión, inmundas, por
las razones que se exponen: aprovechando que el Ejército
lo tenía abandonado, este depósito había venido sirviendo
para prácticas heterogéneas e ilegales. Es así que se habían

posesionado de él unos seguidores del Hermano Francisco, sujeto de origen extranjero, fundador de una nueva religión y presunto hacedor de milagros, que recorre a pie y en balsa la Amazonía brasileña, colombiana, ecuatoriana y peruana, alzando cruces en las localidades por donde pasa, y haciéndose crucificar él mismo, para predicar en esta extravagante postura, sea en portugués, español o lenguas de chunchos. Acostumbra anunciar catástrofes y exhorta a sus devotos (innúmeros, pese a la hostilidad que le profesan la Iglesia Católica y las protestantes, debido al carisma del sujeto, sin duda muy grande, pues su prédica no sólo hace mella en gente simple e inculta, sino también en personas con educación, como ha ocurrido por ejemplo y por desgracia con la propia madre del suscrito), a desprenderse de sus bienes y a construir cruces de madera y hacer ofrendas para cuando llegue el fin del mundo, lo que asegura será prontísimo. Aquí en Iquitos, por donde el Hermano Francisco ha pasado estos días, existen numerosas 'arcas' (así se llaman los templos de la secta creada por este individuo en quien, si la superioridad lo juzga adecuado, el Servicio de Inteligencia debería quizás interesarse) y un grupo de 'hermanos' y 'hermanas', como se dicen entre ellos, había convertido este depósito en 'arca'. Tenían instalada una cruz para sus antihigiénicas y crueles ceremonias, que consisten en crucificar toda clase de animales, a fin de que su sangre bañe a los adictos arrodillados al pie de la cruz. Es así que el suscrito encontró en el local incontables cadáveres de monos, perros, tigrillos y hasta loros y garzas, lamparones y manchas de sangre por doquier y, sin duda, enjambres de gérmenes infecciosos. Que el día que el suscrito ocupó el local hubo que recurrir a la fuerza pública para desalojar a los Hermanos del Arca, en el momento que se disponían a clavar un lagarto, el mismo que fue decomisado y entregado a la Proveeduría Militar de la V Región;

Que, anteriormente, este infortunado local había sido usado por un brujo o curandero, al que los 'hermanos' expulsaron por métodos compulsivos, el Maestro Poncio, quien celebraba aquí ceremonias nocturnas con ese cocimiento de cortezas, la ayahuasca, que, al parecer, cura enfermedades y provoca alucinaciones, pero también, lamentablemente, transtornos físicos instantáneos, como abundantes esputos, caudalosos orines y masiva diarrea, excrecencias que, junto con los posteriores cadáveres de animales sacrificados y los muchos gallinazos y alimañas que llegaban hasta aquí imantados por los desperdicios y la carroña, habían convertido este lugar en un verdadero infierno para la vista y el olfato. El suscrito debió procurar a Sinforoso Caiguas y Palomino Rioalto lampas, rastrillos, escobas, baldes (véanse recibos 1, 2 y 3) para que, trabajando diligentemente bajo su control, quemaran las basuras, baldearan suelo y paredes y desinfectaran todo con creso. Luego ha sido preciso envenenar y taponear las madrigueras y sembrar trampas para atajar la invasión de roedores, tan abundantes y desaprensivos que, aunque parezca exageración, salían y caminaban con parsimonia ante los ojos del suscrito y hasta tropezaban en sus pies. Se ha procedido al encalado y pintura de las paredes, lo que reclamaban insistentemente los destrozos, inscripciones, dibujos desvergonzados (también escondite de amores culpables debió haber sido el recinto) y las crucesitas de los 'hermanos' que lucían. Asimismo, ha sido preciso adquirir en el Mercado de Belén, a precios de ocasión, algunos muebles de escritorio como mesa, silla, tablón y archivador para el puesto de mando (recibos 4, 5, 6 y 7). En cuanto al solar descubierto, en el que todavía aparecen muchos objetos abandonados por el Ejército desde la época en que lo utilizaba como depósito (latas, material motorizado en ruinas) que el Servicio de Visitadoras no ha querido destruir en espera de órdenes, ha sido acabado de desbrozar y debidamente limpiado (hasta una serpiente muerta se encontró bajo un matorral), con todo lo cual el suscrito tiene el honor de decir que en siete días, imponiéndose, eso sí, faenas de diez y hasta doce horas, ha conseguido convertir el indescriptible muladar que recibió, en un sitio habitable, sencillo pero ordenado, limpio y hasta grato, tal cual corresponde a toda dependencia de nuestro Ejército, aun clandestina como es el caso de la presente;

4. Que una vez acondicionado el emplazamiento, el suscrito ha procedido a levantar diversos mapas y organigramas para distinguir con la mayor exactitud el área que abarcará el SVGPFA, el número potencial de usuarios que tendrá y las rutas que seguirán sus convoyes. Que la primera evaluación topográfica sumariza las siguientes cifras: el Servicio de Visitadoras cubrirá un área aproximada de 400.000 kilómetros cuadrados, que incluye como centros usuarios potenciales a 8 Guarniciones, 26 Puestos y 45 Campamentos, hacia los cuales los medios de comunicación primordiales, a partir del puesto de mando y centro logístico, son el aire y la vía fluvial (véase mapa número 1), aunque en algunos casos excepcionales el transporte podría efectuarse por tierra (cercanías de Iquitos, Yurimaguas, Contamana y Pucallpa). Que para determinar el número potencial de usuarios del Servicio de Visitadoras, se permitió enviar (con el visto bueno del comandante en jefe de la V Región) a todas las Guarniciones, Puestos de Frontera y Afines, para que lo sometieran a los jefes de compañía o, en su defecto, de grupo, el siguiente *test* de su invención:

1. *¿Cuántos clases y soldados* solteros *se hallan bajo su mando?
Considere, antes de responder, que, para los fines que le
interesan, el* test *agrupa entre los* casados *no sólo a los
clases y soldados unidos en matrimonio por la Iglesia o el
Estado, sino también a quienes tienen convivientes (concu-
binas), e, incluso, a aquellos que, de manera irregular o
esporádica, mantienen alguna forma de cohabitación íntima
en las inmediaciones del emplazamiento en el que sirven.*

   OBSERVACIÓN: *el* test *quiere establecer, con la mayor
precisión, el número de hombres bajo su mando* que no
mantienen ninguna forma, permanente o pasajera, de
vida marital;

2. *Una vez averiguado, con la mayor exactitud, el número de
solteros a su mando (en la acepción del* test*), proceda a
restar de ese guarismo a todos los clases y soldados a quienes,
por alguna razón u otra, se podría catalogar como incapacitados para realizar actividades íntimas de tipo marital
normal. Es decir: invertidos, onanistas inveterados, impotentes y apáticos sexuales.*

   OBSERVACIÓN: *considerando el natural respeto de cada
cual por el qué dirán, los prejuicios humanos y el temor
lógico a ser objeto de burlas de quien reconociera hallarse
dentro de esta excepción, se alerta al oficial responsable del*
test *sobre lo arriesgado que sería, para realizar esta elimi-
nación estadística, confiar únicamente en el testimonio de
cada clase o soldado. Se recomienda, por eso, que para responder a este punto del* test *el oficial combine los datos del inte-
rrogatorio personal con los testimonios ajenos (confidencias de
amigos y compañeros del sujeto), la propia observación o
algún subterfugio inspirado y audaz;*

3. *Hecha esta resta y fijado el número de clases y soldados* solteros con capacidad marital *a su mando, proceda, con malicia y discreción, a averiguar entre quienes componen este grupo, el número de prestaciones de tipo marital que cada sujeto calcula o sabe requeriría mensualmente para satisfacer las necesidades de su virilidad.*

OBSERVACIÓN: *el* test *trata de establecer un cuadro de ambiciones maximalistas y otro minimalistas, según este ejemplo:*

Sujeto X $\begin{cases} \text{Ambiciones máximas por mes: } & 30 \\ \text{Ambiciones mínimas por mes: } & 4 \end{cases}$

4. *Establecido el cuadro precedente, procure determinar entre el mismo grupo de* solteros con capacidad marital *a su mando, mediante la misma técnica de sondeos indirectos, preguntas de apariencia casual, etc., cuánto tiempo calcula o sabe positivamente el sujeto que debe durar en su caso la prestación marital (desde los preliminares hasta su total conclusión), según el mismo esquema maximalista/minimalista:*

Sujeto X $\begin{cases} \text{Ambición máxima por prestación: } 2 \text{ horas} \\ \text{Ambición mínima por prestación: } 10 \text{ minutos} \end{cases}$

OBSERVACIÓN: *Tanto en el acápite 3 como en el 4 del* test, *saque* promedios *y envíe esa cifra, sin individualizar la información. El* test *quiere establecer la media normal mensual ambicionada del número de prestaciones necesarias a la virilidad de los clases y soldados a su mando, así como el tiempo medio normal ambicionado para cada prestación.*

Que el suscrito quiere dejar constancia del entusiasmo, la celeridad y la eficacia con que los oficiales de las Guarniciones,

44

Puestos y Campamentos han respondido al *test* en cuestión (sólo una quincena de Puestos no pudieron ser consultados por obstáculos en la comunicación debidos a desperfectos del equipo de transmisiones, mal tiempo, etc.), lo que ha permitido constituir el siguiente cuadro:

Número potencial de usuarios del Servicio de Visitadoras:
8.726 (ocho mil setecientos veintiséis)
Número de prestaciones mensuales (promedio ambicionado por usuario): 12 (doce)
Tiempo de prestación individual (promedio ambicionado): 30 minutos

Lo que significa que el Servicio de Visitadoras, para cumplir a plenitud su función, debería estar en condiciones de asegurar a todas las Guarniciones, Puestos de Frontera y Afines de la V Región (Amazonía) un promedio mensual de 104.712 (ciento cuatro mil setecientas doce) prestaciones, objetivo evidentemente lejano en las actuales circunstancias. Que el suscrito está consciente de la obligación de iniciar el Servicio fijándose metas modestas y alcanzables, teniendo en cuenta la realidad y la filosofía escondida en refranes como "despacio se va lejos" y "no por mucho madrugar amanece más temprano";

5. Que necesita saber si entre los usuarios potenciales del Servicio de Visitadoras deben incluirse a los grados intermedios (suboficiales). El suscrito solicita una aclaración rápida a este respecto, pues, de ser afirmativa la respuesta de la superioridad, las estimaciones obtenidas variarían considerablemente. Teniendo en cuenta el ya elevado número de usuarios potenciales y las crecidas ambiciones que manifiestan, el suscrito se permite sugerir que, por lo menos en la primera etapa de su funcionamiento, el Servicio

de Visitadoras *no comprenda* a los grados intermedios;

6. Que procedió asimismo a establecer los primeros contactos con miras al enganche. Gracias a la cooperación de un individuo que responde al nombre de Porfirio Wong, alias Chino, a quien conoció por obra de la casualidad en el centro nocturno denominado "Mao Mao" (calle Pebas 260), hizo una visita en horas de la noche al lugar de diversión concurrido por mujeres de vida airada que regenta doña Leonor Curinchila, alias Chuchupe, comúnmente conocido con el nombre de Casa Chuchupe y sito en la carretera al balneario de Nanay. Siendo la dicha Leonor Curinchila amiga de Porfirio Wong pudo éste presentarle al suscrito, quien, para el efecto, se hizo pasar por un negociante (importación/exportación) recién avecindado en Iquitos y en procura de esparcimiento. La nombrada Leonor Curinchila se mostró cooperativa y el suscrito consiguió—no teniendo otro remedio para ello que libar muchas copas de licor (recibo 8)— recoger interesantes datos relacionados con el sistema de trabajo y costumbres del personal del lugar. Es así que en Casa Chuchupe unas 16 mujeres forman lo que se puede llamar plantel estable, porque hay otras, de quince a veinte, que trabajan irregularmente, yendo unos días, faltando otros, por razones que abarcan desde enfermedades venéreas (v.g. gonorrea o chancro) contraídas en el ejercicio de las prestaciones hasta transitorios amancebamientos o contratos de temporada (v.g. maderero se hace acompañar en viaje de una semana al monte), que las alejan momentáneamente del centro de trabajo. En síntesis, el personal completo, entre estable y flotante, de Casa Chuchupe son unas treinta meretrices, aunque el plantel efectivo (pero renovable) de cada noche sea la mitad. El día que el suscrito efectuó la visita sólo registró 8 presentes, pero había un motivo excepcional: la llegada a Iquitos del ya

46

mentado Hermano Francisco. De las 8, la mayoría deben
haber superado los veinticinco años, aunque este cálculo es
incierto, pues en la Amazonía las mujeres envejecen prematu-
ramente, no siendo raro toparse en la calle con damitas de
apariencia muy seductora, caderas desarrolladas, bustos
turgentes y caminar insinuante, a las que, según los standards
costeños, se atribuirían 20 ó 22 años y resultan de 13 ó 14,
y, de otro lado, el suscrito realizaba sus observaciones medio
a oscuras, pues Casa Chuchupe está pobremente iluminada,
por falta de recursos técnicos o, tal vez, por picardía, pues la
penumbra es más tentadora que la claridad, y, si se permite
una chanza, por aquello de "en la sombra todos los gatos son
pardos". La mayoría, pues, progresando hacia la treintena,
con un buen lejos promedio casi todas, si se las evalúa con
criterio funcional y sin exquisiteces, es decir cuerpos atractivos y redondeados, sobre todo en caderas y senos, miembros
que tienden a ser generosos en este rincón de la Patria, y
caras presentables, aunque, en la inmediatez, aquí es dable
comprobar más defectos, no en cuanto a fealdad de nacimiento, sino adquirida por acné, viruela y caída de dientes,
accidente este último algo frecuente en la Amazonía, por el
debilitante clima e insuficiencias dietéticas. Entre las ocho
presentes dominaban las de piel blanca y rasgos indígenas
selváticos, luego las mulatas y finalmente las de tipo oriental.
La estatura promedio es más baja que alta, siendo común
denominador del personal la vitalidad y alegría característica
de esta tierra. El suscrito vio, durante su permanencia en el
local, que cuando no se hallaban brindando las prestaciones,
las meretrices bailaban y cantaban con entusiasmo y bullicio,
sin dar muestra de fatiga o desánimo, prorrumpiendo a me-
nudo en las bromas y disfuerzos de carácter desvergonzado
que es lógico esperar en este género de establecimiento. Pero,

al mismo tiempo, sin espíritu bochinchero, aunque, a juzgar por anécdotas que escaparon de boca de Leonor Curinchila y Porfirio Wong, algunas veces se producen accidentes y hechos de sangre;

Otrosí, dice: Que pudo también averiguar, gracias a la mencionada Chuchupe, que las tarifas por las prestaciones son variables y que sólo 2/3 revierten a quien presta el servicio pues el tercio restante es la comisión del local. Que la diferencia de tarifas tiene que ver con el mayor o menor atractivo físico de la meretriz, con el tiempo que dura la prestación (el cliente que desea efectuar varias o dormir junto a quien lo ha atendido desembolsa, naturalmente, más dinero que quien se contenta con una prestación expeditiva y fisiológica), y también y sobre todo con el grado de especialización y tolerancia de la meretriz. La señora Curinchila explicó al suscrito que, muy al contrario de lo que éste ingenuamente sospechaba, no es una mayoría sino una reducida minoría de clientes la que se contenta con una prestación simple y normal (tarifa: 50 soles; duración: 15 a 20 minutos), exigiendo los más una serie de variantes, elaboraciones, añadidos, distorsiones y complicaciones que encajan en lo que se ha dado en llamar aberraciones sexuales. Que entre la matizada gama de prestaciones que se brindan, figuran desde la sencilla masturbación efectuada por la meretriz (manual: 50 soles; bucal o "corneta": 200), hasta el acto sodomita (en términos vulgares "polvo angosto" o "con caquita": 250), el 69 (200 soles), espectáculo sáfico o "tortillas" (200 soles c/u), o casos más infrecuentes como los de clientes que exigen dar o recibir azotes, ponerse o ver disfraces y ser adorados, humillados y hasta defecados, extravagancias cuyas tarifas oscilan entre 300 y 600 soles. Que teniendo en cuenta la ética sexual imperante en el país y el reducido presupuesto del SVGPFA, el suscrito ha tomado la

decisión de limitar los servicios que exigirá de sus colaboradoras y a los que por tanto podrán aspirar los usuarios, a la
prestación simple y normal, excluyendo todas las deformaciones
enumeradas y parientes en espíritu. Que en función de esta
premisa establecerá el Servicio de Visitadoras el reclutamiento
y fijará el tiempo y la tarifa de las prestaciones. Lo cual no
impide que, cuando el Servicio haya llegado a cubrir plenamente la demanda en términos cuantitativos, si sus medios
financieros se incrementan y los parámetros morales del país
se anchan, se pueda considerar la conveniencia de introducir
un principio de diversificación cualitativa en las prestaciones,
para atender casos, fantasías o necesidades particulares (si
la superioridad así lo admite y autoriza);

Que no pudo el suscrito establecer, con la precisión que
aconsejan el cálculo de probabilidades y la estadística de
mercado (mercadotécnia) cuál es el promedio diario de prestaciones que tabula o está en condiciones de tabular una meretriz, para tener una idea tentativa de, primero, sus ingresos
mensuales, y, segundo, de su capacidad operacional, porque,
aparentemente, reina en este dominio la más extraordinaria
arbitrariedad. Es así que una meretriz puede ganar en una
semana lo que luego no consigue reunir en dos meses, depen-
diendo esto de factores múltiples, entre los que, posiblemente,
se hallen hasta el clima y aun los planetas (influencia astral
sobre glándulas y pulsiones sexuales de los varones) que
tampoco importa demasiado determinar. Que, al menos, el
suscrito pudo dejar en claro, mediante bromas y preguntas
capciosas, que las más agraciadas y eficientes pueden, en una
buena noche de trabajo (sábado o víspera de fiesta), efectuar
unas veinte prestaciones sin quedar excesivamente exhaustas,
lo que autoriza la siguiente formulación: un convoy de diez
visitadoras, elegidas entre las de mayor rendimiento, estaría

en condiciones de realizar 4.800 prestaciones simples y normales al mes (semana de seis días) trabajando *full time* y sin contratiempos. Es decir, que para cubrir el objetivo máximo ambicionado de 104.712 prestaciones mensuales haría falta un cuerpo permanente de 2.115 visitadoras de la máxima categoría que laboraran a tiempo completo y no tuvieran nunca percances. Posibilidad, naturalmente, quimérica a estas alturas;

· Otrosí, dice: Que aparte de las meretrices que trabajan en establecimientos (además de Casa Chuchupe hay en la ciudad otros dos del mismo género, aunque, al parecer, de inferior jerarquía) existen en Iquitos gran número de mujeres, apodadas 'lavanderas', que ejercen la vida airada de manera ambulante, ofreciendo sus servicios de casa en casa, de preferencia al oscurecer y al amanecer por ser horas de débil vigilancia policial, o apostándose en distintos lugares a la caza de clientes, como la Plaza 28 de Julio y alrededores del Cementerio. Que por esta razón parece obvio que el SVGPFA no tendrá dificultad alguna en reclutar personal pues la mano de obra nativa es sobradamente suficiente para sus módicas posibilidades iniciales. Que tanto el personal femenino de Casa Chuchupe, como el de los sitios afines y las 'lavanderas' que operan por su cuenta, tienen protectores masculinos (cafiches o macrós), por lo general individuos de malos antecedentes y algunos con deudas por saldar con la justicia, a quienes están obligadas (muchas lo hacen por motu propio) a entregar parte o la totalidad de su haberes. Este aspecto del asunto—existencia del cafichazgo o macronería—deberá ser tenido en cuenta por el Servicio de Visitadoras a la hora del reclutamiento del personal, pues es indudable que estos sujetos podrían ser una fuente de problemas. Pero el suscrito sabe bien, desde sus inolvidables tiempos de cadete, que no hay misión que no ofrezca dificultades y que no hay dificultad que no pueda ser vencida con energía, voluntad y trabajo;

Que la regencia y mantenimiento de Casa Chuchupe parecen llevarse a cabo únicamente gracias al esfuerzo de dos personas, la propietaria, Leonor Curinchila, y, cumpliendo funciones que van desde cantinero hasta encargado de la limpieza, un hombrecillo de muy baja estatura, casi enano, edad indefinible y raza mestiza, Juan Rivera, de apodo Chupito, que bromea familiarmente con el personal y al que éste obedece con prontitud y respeto y que es, asimismo, popular entre los clientes. Lo cual hace pensar al suscrito que, según dicho ejemplo, el Servicio de Visitadoras, siempre y cuando sea debidamente estructurado, podría funcionar con un mínimo personal administrativo. Que este reconocimiento de un posible lugar de enganche ha servido al suscrito para formarse una idea general del medio en el que forzosamente ha de obrar y para concebir algunos planes inmediatos, que, apenas ultimados, someterá a la superioridad para su aprobación, perfeccionamiento o rechazo;

7. Que en su afán de adquirir conocimientos científicos más amplios, que le permitan un dominio mejor de la meta por lograr y de la forma de lograrla, el suscrito intentó procurarse, en las bibliotecas y librerías de Iquitos, un stock de libros, folletos y revistas concernientes al tema de las prestaciones que el SVGPFA debe servir, lamentando tener que comunicar a la superioridad que sus esfuerzos han sido casi inútiles, porque en las dos bibliotecas de Iquitos—la Municipal y la del Colegio de los Padres Agustinos—no encontró ningún texto, ni general ni particular, específicamente dedicado al asunto que le interesaba (sexo y afines), pasando más bien unos momentos embarazosos al indagar a este respecto, pues mereció respues-

tas cortantes de los empleados, y, en el San Agustín, un religioso se permitió incluso faltarle llamándolo inmoral. Tampoco en las tres librerías de la ciudad, la "Lux", la "Rodríguez" y la "Mesía" (hay una cuarta, de los Adventistas del Séptimo Día, donde no valía la pena intentar la averiguación) pudo el suscrito hallar material de calidad; sólo obtuvo, para colmo a precios subidos (recibos 9 y 10) unos manuales insignificantes y fenicios, que responden a los títulos *Cómo desarrollar el ímpetu viril*, *Afrodisíacos y otros secretos del amor*, *Todo el sexo en veinte lecciones*, con los que, modestamente, ha inaugurado la biblioteca del SVGPFA. Que ruega a la superioridad, si lo tiene a bien, se sirva enviarle desde Lima una selección de obras especializadas en todo lo tocante a la actividad sexual, masculina y femenina, de teoría y de práctica, y en especial documentación sobre asuntos de interés básico como enfermedades venéreas, profilaxia sexual, perversiones, etcétera, lo que, sin duda, redundará en beneficio del Servicio de Visitadoras;

8. Para concluir con una anécdota personal algo risueña, a fin de aligerar la materia escabrosa de este parte, el suscrito se permite referir que la visita a Casa Chuchupe se prolongó hasta casi las cuatro de la madrugada y le provocó un serio percance gástrico, resultante de las copiosas libaciones que debió efectuar y a las que está poco acostumbrado, por su nula afición a la bebida y por prescripción médica (unas hemorroides afortunadamente ya extirpadas). Que ha debido curarse recurriendo a un facultativo civil, para no valerse de la Sanidad Militar, conforme a las instrucciones recibidas (recibo 11) y que no pocas dificultades domésticas le deparó recogerse en su hogar a esas horas y en estado poco idóneo.

Dios guarde a Ud.

Firmado:

> capitán EP (Intendencia) PANTALEÓN PANTOJA

c.c. al general Roger Scavino, comandante en jefe de la
V Región (Amazonía)

Adjuntos: 11 recibos y un mapa.

Noche del 16 al 17 de agosto de 1956

Bajo un sol radiante, la corneta de la diana inaugura la jornada en el cuartel de Chiclayo: agitación rumorosa en las cuadras, alegres relinchos en los corrales, humo algodonoso en las chimeneas de la cocina. Todo ha despertado en pocos segundos y reina por doquier una atmósfera cálida, bienhechora, estimulante, de disposición alerta y plenitud vital. Pero, minucioso, insobornable, puntual, el teniente Pantoja cruza el descampado —vivo aún en el paladar y la lengua el sabor de café con natosa leche de cabra y tostadas con dulce de lúcuma— donde está ensayando la banda para el desfile de Fiestas Patrias. Alrededor marchan, rectilíneas y animosas, las columnas de una compañía. Pero, rígido, el teniente Pantoja observa ahora el reparto del desayuno a los soldados: sus labios van contando sin hacer ruido y, fatídicamente, cuando llega mudo a 120 el cabo del rancho sirve el chorrito final de café y entrega el pedazo de pan número cientoveinte y la naranja cientoveinte. Pero ahora el

53

teniente Pantoja vigila, hecho una estatua, cómo unos soldados descargan del camión los costales de abastecimientos:
sus dedos siguen el ritmo de la descarga como un director
de orquesta los compases de una sinfonía. Tras él, una voz
firme, con un fondo casi perdido de ternura varonil que
sólo un oído aguzado como bisturí detectaría, el coronel
Montes afirma paternalmente: "¿Mejor comida que la chi-
clayana? Ni la china ni la francesa, señores: ¿qué podrían
enfrentar a las diecisiete variedades del arroz con pato?".
Pero ya el teniente Pantoja está probando cuidadosamente
y sin que se altere un músculo de su cara las ollas de la cocina. El zambo Chanfaina, sargento-jefe de cocineros, tiene
los ojos pendientes del oficial y el sudor de su frente y el
temblor de sus labios delatan ansiedad y pánico. Pero ya el
teniente Pantoja, de la misma manera meticulosa e inexpre-
siva, examina las prendas que devuelve la lavandería y que
dos números apilan en bolsas de plástico. Pero ya el teniente Pantoja preside, en actitud hierática, la distribución de
botines a los reclutas recién levados. Pero ya el teniente
Pantoja, con una expresión, ahora sí, animada y casi amorosa clava banderitas en unos gráficos, rectifica las curvas estadísticas de un pizarrón, añade una cifra al organigrama de
un panel. La banda del cuartel interpreta con vivacidad una
jacarandosa marinera.

Una húmeda nostalgia ha impregnado el aire, nublado el
sol, silenciado las cornetas, los platillos y el bombo, una
sensación de agua que se escurre entre los dedos, de escupi-
tajo que se traga la arena, de ardientes labios que al po-
sarse en la mejilla se gangrenan, un sentimiento de globo
reventado, de película que acaba, una tristeza que de pronto mete gol: he aquí que la corneta (¿de la diana?, ¿del rancho?, ¿del toque de silencio?) raja otra vez el aire tibio (¿de

la mañana?, ¿de la tarde?, ¿de la noche?). Pero en la oreja derecha ha surgido ahora un cosquilleo creciente, que rápidamente gana todo el lóbulo y se contagia al cuello, lo abraza y escala la oreja izquierda: ella también se ha puesto, íntimamente, a palpitar—moviendo sus invisibles vellos, abriéndose sedientos sus incontables poros, en busca de, pidiendo que—y a la nostalgia recalcitrante, a la feroz melancolía ha sucedido ahora una secreta fiebre, una difusa aprensión, una desconfianza que toma cuerpo piramidal como un merengue, un corrosivo miedo. Pero el rostro del teniente Pantoja no lo revela: escudriña, uno por uno, a los soldados que se disponen a entrar ordenadamente al almacén de prendas. Pero algo provoca una discreta hilaridad en esos uniformes de parada que observan allá, en lo alto, donde debía encontrarse el techo del almacén y se encuentra en cambio la Tribuna de Fiestas Patrias ¿Está presente el coronel Montes? Sí. ¿El Tigre Collazos? Sí. ¿El general Victoria? Sí. ¿El coronel López López? Sí. Se han puesto a sonreír sin agresividad, ocultando la boca con los guantes de cuero marrón, volviendo un poco la cabeza al costado ¿secreteándose? Pero el teniente Pantoja sabe de qué, por qué, cómo. No quiere mirar a los soldados que aguardan el silbato para entrar, recoger las prendas nuevas y entregar las viejas, porque sospecha, sabe o adivina que cuando mire, compruebe y positivamente sepa, la señora Leonor lo sabrá y Pochita también lo sabrá. Pero sus ojos cambian súbitamente de parecer y auscultan la formación: jajá qué risa, ay qué vergüenza. Sí, así ha ocurrido. Espesa como sangre fluye la angustia bajo su piel mientras observa, presa de terror frío, esforzándose por disimular sus sentimientos, cómo se han ido, se van redondeando los uniformes de los reclutas en el pecho, en los hombros, en las caderas, en los muslos, cómo de las cristinas empiezan a llover cabellos, cómo se suavizan, endulzan y sonrosan las facciones y cómo las masculinas miradas se tornan acariciadoras, irónicas, pícaras. Al pánico se ha superpuesto una sensación de ridículo sediciosa e hiriente. Toma la brusca decisión de *jugarse el todo por el todo* y, abombando ligeramente el pecho, ordena: "¡Desabrocharse las camisas, so carajos!". Pero ya van pasando bajo sus ojos, sueltos los botones, vacíos los ojales, danzantes las orlas pespuntadas de las camisas, los huidizos pezones erectos de los números, los balanceantes y alabastrinos, los mórbidos y terrosos pechos que se columpian al compás de la marcha. Pero ya el teniente Pantoja encabeza la compañía, la espada en alto, el perfil severo, la frente noble, los ojos limpios, pateando el asfalto con decisión: un-dos, un-dos. Nadie sabe que maldice su suerte. Su dolor es profundo, grande su humillación, infinita su vergüenza porque tras él, marcando el paso sin marcialidad, blandamente, como yeguas en el lodo, van los reclutas recién levados que no han sabido siquiera vendarse los pechos para aplastar las tetas, usar engañadoras camisas, cortarse los cabellos a los cinco centímetros del reglamento y limarse las uñas. Las siente marchar tras él y adivina: no intentan mimar expresiones viriles, exhiben agresivamente su condición mujeril, yerguen el busto, quiebran las cinturas, tiemblan las nalgas y sacuden las largas cabelleras. (Un escalofrío: está a punto de hacerse pipí en el calzoncillo, la señora Leonor al planchar el uniforme lo sabría, Pochita al coser el nuevo galón se reiría). Pero ahora hay que concentrarse cervalmente en el desfile porque cruzan frente a la Tribuna. El Tigre Collazos se mantiene serio, el general Victoria disimula un bostezo, el coronel López López asiente comprensivo y hasta jovial, y el trago no sería tan amargo si no estuvieran también allí, en un rincón, amonestándolo con tristeza, furia y decepción, los ojos grises del general Scavino.

Ahora ya no le importa tanto: el hormigueo de las orejas ha recrudecido violentamente y él, *dispuesto a jugarse el todo por el todo*, ordena a la compañía "¡Paso ligero! ¡Marchen!" y da el ejemplo. Corre a una cadencia rápida y armoniosa, seguido por las muelles pisadas cálidas e invitadoras, mientras siente ascender por su cuerpo una tibieza semejante al vaho de una olla de arroz con pato que sale del fuego. Pero ahora el teniente Pantoja se ha detenido en seco y tras él la turbadora compañía. Con un leve sonrojo en las mejillas hace un gesto no muy claro, que, sin embargo, todos comprenden. Se ha desatado un mecanismo, la deseada ceremonia ha comenzado. Desfila frente a él la primera sección y es enojoso que el alférez Porfirio Wong lleve tan descachalandrado el uniforme —atina a pensar: "Necesitará reprimenda y aleccionamiento sobre uso de las prendas"—, pero ya han comenzado los números, al pasar frente a él —que se mantiene inmóvil e inexpresivo— a desabotonarse la guerrera con rapidez, a mostrar los fogosos senos, a estirar la mano para pellizcarle con amor el cuello, los lóbulos, la curva superior y, luego, adelantando —una tras otra, otro tras uno— la cabeza (él les facilita la operación inclinándose) a mordisquearle deliciosamente los cantos de las orejas. Una sensación de placer ávido, de satisfacción animal, de alegría exasperada y tentacular, borran el miedo, la nostalgia, el ridículo, mientras los reclutas pellizcan, acarician y mordisquean las orejas del teniente Pantoja. Pero entre los números, algunos rostros familiares hielan por ráfagas la felicidad con una espina de inquietud: desancada y grotesca en su uniforme va Leonor Curinchila, y, enarbolando el estandarte, con brazalete de cabo furriel, viene Chupito, y ahora, cerrando la úl-

tima sección—angustia que surte como chorro de petróleo
y baña el cuerpo y el espíritu del teniente Pantoja—un soldado todavía borroso: pero él sabe—han regresado el miedo irrespirable, el ridículo tormentoso, la embriagadora melancolía—que bajo las insignias, la cristina, los bolsudos
pantalones y la esmirriada camisa de dril está sollozando la
tristísima Pochita. La corneta desafina groseramente, la señora Leonor le susurra: "Ya está tu arroz con pato, Pantita".

SVGPFA

Parte número dos

ASUNTO GENERAL: Servicio de Visitadoras para Guarni-
   ciones, Puestos de Frontera y Afines.
ASUNTO ESPECÍFICO: Rectificación de estimaciones, pri-
   meros enganches y distintivos del SVGPFA.
CARACTERÍSTICAS: secreto.
FECHA Y LUGAR: Iquitos, 22 de agosto de 1956.

El suscrito, capitán EP (Intendencia) Pantaleón Pantoja,
oficial responsable del SVGPFA, respetuosamente se presenta
ante el general Felipe Collazos, jefe de Administración, Intendencia y Servicios Varios del Ejército, lo saluda y dice:

1. Que en el parte número uno, del 12 de agosto, en el
acápite relativo al número de visitadoras que requeriría el
SVGPFA para cubrir la demanda de 104.712 prestaciones
mensuales que arrojó *grosso modo* la primera estimativa del
mercado (se pide permiso de la superioridad para el uso de
este nombre técnico), el suscrito calculó aquél en "*un cuerpo
permanente de 2.115 visitadoras de la máxima categoría*" (veinte

prestaciones diarias), trabajando *full time* y sin contratiempos. Que esta tabulación adolece de un grave error, del que es único culpable el suscrito, a causa de una visión masculinizada del trabajo humano, que, imperdonablemente, le hizo olvidar ciertos condicionamientos privativos del sexo femenino, los mismos que, en este caso, infligen a esa contabilidad una nítida corrección, por desgracia en sentido desfavorable para el SVGPFA. Es así que el suscrito olvidó deducir, en el número de días de trabajo de las visitadoras, los cinco o seis de sangre que evacuan mensualmente las mujeres (días de regla o período) y en los que, tanto por ser costumbre extendida en los varones no tener relación carnal con la hembra mientras menstrua como por hallarse sólidamente afincado en esta región de la Patria el mito, tabú o aberración científica de que mantener contactos íntimos con mujer sangrante produce impotencia, se las puede considerar inhabilitadas para conceder la prestación. Lo cual, claro está, traumatiza la anterior estimativa. Que tomando en consideración este factor y señalando, de manera laxa, un promedio mensual de 22 días hábiles por visitadora (excluidos los cinco de menstruación y sólo tres domingos, pues no es desatinado suponer que un domingo de cada mes coincida con la sangre cíclica) el SVGPFA requeriría un plantel de 2.271 visitadoras del máximo nivel, operando a tiempo completo y sin percances, es decir 156 más de lo que equivocadamente había calculado el parte anterior;

2. Que ha procedido a reclutar sus primeros colaboradores civiles en las personas, ya mencionadas en el parte número uno, de Porfirio Wong, (a) Chino, Leonor Curinchila, (a) Chuchupe y Juan Rivera, (a) Chupito. Que el primero de los mentados percibirá un haber básico de 2.000 (dos mil) soles mensuales y una bonificación de 300 (trescientos) soles por misión en el campo y cumplirá las funciones de enganchador,

para la cual lo sindican sus muchas relaciones en el medio de mujeres de vida disipada, tanto de establecimiento como 'lavanderas', y jefe de convoy encargado de la protección y control de los envíos de visitadoras a los centros usuarios. Que la contratación de Leonor Curinchila y su conviviente (ésta es la relación que la une a Chupito) resultó más fácil de lo que el suscrito suponía cuando les propuso una colaboración con el Servicio de Visitadoras en los momentos que les dejara libres su negocio. Es así que, habiéndose creado una cordial atmósfera de confidencias en la segunda visita efectuada por el suscrito a Casa Chuchupe, reveló a éste la dicha Leonor Curinchila que estaba a punto de quebrar y que venía considerando hacía algún tiempo el traspaso de su establecimiento. No por falta de clientela, pues los concurrentes al local aumentan a diario, sino debido a obligaciones onerosas de variada índole que debe distraer el negocio en favor de las Fuerzas Policiales y Auxiliares. Es así, por ejemplo, que para la renovación anual del permiso de funcionamiento que recaba en la Comandancia de la Guardia Civil, Leonor Curinchila debe desembolsar, aparte de los derechos legales, gruesas sumas en calidad de obsequio a los jefes de la sección Lenocinios y Bares para posibilitar el trámite. Fuera de ello, los miembros de la Policía de Investigaciones (PIP) de la ciudad, que son más de treinta, y un buen número de oficiales de la G. C., han contraído la costumbre de requerir gratuitamente los servicios de Casa Chuchupe, tanto en lo que se refiere a bebidas alcohólicas como a prestaciones, bajo amenaza de sentar parte acusando al local de escándalo público, que es motivo de cierre inmediato. Que fuera de esta sangría económica pertinaz, Leonor Curinchila ha tenido que resignarse a que le subieran de manera geométrica el alquiler del local (cuyo propietario es nada menos que el Prefecto del

Departamento), so pena de expulsión. Y, finalmente, que
Leonor Curinchila se hallaba ya fatigada por la intensa dedicación y el ritmo febril y desordenado que exige su trabajo
—malas noches, atmósfera viciada, amenaza de riñas, estafas
y chantajes, falta de vacaciones y de descanso dominical—,
sin que esos sacrificios redundaran en ganancias apreciables.
Por todo lo cual aceptó gustosa la oferta de colaborar con el
Servicio de Visitadoras tomando ella misma la iniciativa
de proponer no un trabajo eventual sino exclusivo y permanente, y demostrando mucho interés y entusiasmo al ser
informada de la naturaleza del svgpfa. Que Leonor Curinchila, quien ha llegado ya a un acuerdo con Humberto Sipa,
(a) Moquitos, dueño de una casa de diversión en el distrito
de Punchana, para traspasarle Casa Chuchupe, laborará en el
Servicio de Visitadoras en las siguientes condiciones: 4.000
(cuatro mil) soles mensuales de sueldo, más 300 (trescientos)
soles de bonificación por trabajo en el campo y derecho a
cobrar un porcentaje no mayor del 3 %, sólo durante un año,
sobre los haberes de las visitadoras contratadas por su intermedio. Sus funciones serán las de jefe de personal del svgpfa,
encargándose del reclutamiento, fijación de horarios, turnos
y elenco de los convoyes, control de operaciones y vigilancia
general del elemento femenino. Que Chupito percibirá un
salario básico de 2.000 (dos mil) soles, más 300 (trescientos)
soles por misión en el campo, y será responsable de mantenimiento del centro logístico (con dos adjuntos: Sinforoso
Caiguas y Palomino Rioalto) y jefe de convoy. Que estos tres
colaboradores se han incorporado al svgpfa el lunes 20 de
agosto a las 8 horas a.m.;

3. Que deseoso de dar una fisonomía propia y distinta al
svgpfa y dotarlo de signos representativos que, sin delatar
sus actividades al exterior, permitan al menos a quienes lo

sirven reconocerse entre sí, y a quienes servirá identificar a sus miembros, locales, vehículos y pertenencias, el suscrito ha procedido a designar el verde y el rojo como los colores emblemáticos del Servicio de Visitadoras, por el siguiente simbolismo:

a. verde por la exuberante y bella naturaleza de la región Amazónica donde el Servicio va a fraguar su destino y
b. rojo por el ardor viril de nuestros clases y soldados que el Servicio contribuirá a aplacar;

Que ha dado ya instrucciones para que tanto el puesto de mando como los equipos de transporte del Servicio de Visitadoras luzcan los colores emblemáticos y que ha mandado hacer, por la suma de 185 soles (recibo adjunto), en la hojalatería "El Paraíso de la Lata", dos docenas de pequeñas escarapelas rojiverdes (sin ninguna inscripción, por supuesto), susceptibles de ser llevadas en el ojal por los varones y prendidas en la blusa o el vestido por las visitadoras, insignias que, sin romper las normas de discreción exigidas al svGPFA, harán las veces de uniforme y carta credencial de quienes tienen y tendrán el honor de integrar este Servicio.

Dios guarde a Ud.

Firmado:
        capitán EP (Intendencia) PANTALEÓN PANTOJA

    c.c. al general Roger Scavino, comandante en jefe de la V Región (Amazonía)

Adjunto: un recibo.

3

Querida Chichi:

Perdona que no te haya escrito tanto tiempo, estarás rajando
de tu hermanita que tanto te quiere y diciendo furiosa por
qué la tonta de Pocha no me cuenta cómo le ha ido allá,
cómo es la Amazonía. Pero, la verdad, Chichita, aunque desde
que llegué he pensado mucho en ti y te he extrañado horrores,
no he tenido tiempo para escribirte y tampoco ganas (¿no
te enojes, ya?), ahora te cuento por qué. Resulta que Iquitos
no la ha tratado muy bien a tu hermanita, Chichi. No estoy
muy contenta con el cambio, las cosas aquí van saliendo mal y
raras. No te quiero decir que esta ciudad sea más fea que
Chiclayo, no, al contrario. Aunque chiquita, es alegre y simpática y lo más lindo de todo, claro, la selva y el gran río
Amazonas, que una siempre ha oído es enorme como mar,
no se ve la otra orilla y mil cosas más, pero en realidad no te lo
imaginas hasta que lo ves de cerca: lindísimo. Te digo que
hemos hecho varios paseos en deslizador (así llaman acá a las
lanchitas), un domingo hasta Tamshiyaco, un pueblito río
arriba, otro a uno de nombre graciosísimo, San Juan de
Munich y otro hasta Indiana, un pueblito río abajo que lo han
hecho prácticamente todo unos Padres y Madres canadienses,
formidable ¿no te parece?, que se vengan desde tan lejos
a este calor y soledad para civilizar a los chunchos de la selva.
Fuimos con mi suegra, pero nunca más la llevaremos en
deslizador, porque las tres veces se pasó el viaje muerta de

miedo, prendida de Panta, lloriqueando que nos íbamos a volcar, ustedes se salvarán nadando pero yo me hundiré y me comerán las pirañas (que ojalá fuera verdad, Chichita, pero las pobres pirañitas se envenenarían). Y después, a la venida, quejándose de las picaduras porque, te digo, Chichita, una de las cosas terribles aquí son los zancudos y los izangos (zancudos de tierra, se esconden en el pasto), la tienen a una todo el día pura roncha, echándose repelentes y rascándose. Ya ves, hija, los inconvenientes de tener la piel fina y la sangre azul, que a los bichitos les provoca picarte (jajá).

Lo cierto es que si a mí la venida a Iquitos no me ha resultado buena, para mi suegra ha sido fatal. Porque allá en Chiclayo ella estaba feliz, tú sabes cómo es de amiguera, haciendo vida social con los vejestorios de la Villa Militar, jugando canasta todas las tardes, llorando como una Magdalena con sus radioteatros y dando sus tecitos, pero lo que es aquí, eso que le gusta tanto a ella, eso que la hacíamos renegar diciéndole "su vida de conventillo" (uy, Chichi, me acuerdo de Chiclayo y me muero de pena) aquí no lo va a tener, así que le ha dado por consolarse con la religión, o mejor dicho con la brujería, como lo oyes. Porque, cáete muerta, ése fue el primer baldazo de agua fría que recibí: no vamos a vivir en la Villa Militar ni a poder juntarnos con las familias de los oficiales. Ni más ni menos. Y eso es terrible para la señora Leonor, que traía grandes ilusiones de hacerse amiga inseparable de la esposa del comandante de la V Región y darse pisto como se daba allá en Chiclayo por ser íntima de la esposa del coronel Montes, que sólo les faltaba meterse juntas en la cama a las dos viejas (para chismear y rajar bajo las sábanas, no seas mal pensada). Oye ¿te acuerdas del chiste ése? Pepito le dice a Carlitos ¿quieres que mi abuelita haga como el lobo?, sí quiero, ¿cuánto tiempo que no haces cositas con el abuelo, abuelita? Uuuuuuuuu! Lo cierto es que con esa orden nos han requetefregado, Chichi, porque las únicas casitas modernas y cómodas que hay en Iquitos son las de la Villa Militar, o las de la Naval, o las del Grupo Aeronáutico. Las de la ciudad son viejísimas, feísimas, incomodísimas. Hemos tomado una en la calle Sargento Lores, de ésas que construyeron a principios de siglo, cuando lo del caucho, que son las más pintorescas, con sus fachadas de azulejos de Portugal y sus balcones de madera; es grande y desde una ventana se ve el río, pero, eso sí, no se compara ni a la más pobre de la Villa Militar. Lo que más cólera me da es que ni siquiera podemos bañarnos en la piscina de la Villa, ni en la de los marinos ni en la de los aviadores, y en Iquitos sólo hay una piscina, horrible, la Municipal, donde va cuanto Dios existe: fui una vez y había como mil personas, qué asco, montones de tipos esperaban con caras de tigres que las mujeres se metieran al agua para, con el pretexto del amontonamiento, ya te imaginas. Nunca más, Chichi, preferible la ducha. Qué furia cuando pienso que la mujer de cualquier tenientito puede estar en estos momentos en la piscina de la Villa Militar, asoleándose, oyendo su radio y remojándose, y yo aquí pegada al ventilador para no asarme: te juro que al general Scavino le cortaría lo que ya sabes (jajá). Porque, además, resulta que ni siquiera puedo hacer las compras de la casa en el Bazar del Ejército, donde todo cuesta la mitad, sino en las tiendas de la calle, como cualquiera. Ni eso nos dejan, tenemos que vivir igual que si Panta fuera civil. Le han dado dos mil soles más de sueldo, como bonificación, pero eso no compensa nada, Chichi, así que ya ves, en lo que se refiere a platita la Pochita está jodidita (me salió en verso, menos mal que no he perdido el humor ¿no?).

Figúrate que a Panta me lo tienen vestido día y noche de

65

civil, con los uniformes apolillándose en un baúl, no podrá ponérselos nunca, a él que le gustan tanto. Y a todo el mundo tenemos que hacerle creer que Panta es un comerciante que ha venido a hacer negocios a Iquitos. Lo gracioso es que a mi suegra y a mí se nos arman unos enredos terribles con los vecinos, a veces les inventamos una cosa y a veces otra, y de repente se nos escapan recuerdos militares de Chiclayo que los deben dejar muy intrigados, y ya tendremos en todo el barrio fama de una familia rara y medio sospechosa. Te estoy viendo dar saltos en tu cama diciendo qué le pasa a esta idiota que no me cuenta de una vez por qué tanto misterio. Pero resulta, Chichi, que no te puedo decir nada, es secreto militar, y tan secreto que si se supiera que Panta ha contado algo lo juzgarían por traición a la Patria. Imagínate, Chichita, que le han dado una misión importantísima en el Servicio de Inteligencia, un trabajo muy peligroso y por eso nadie debe saber que es capitán. Uy, qué bruta, ya te conté el secreto y ahora me da flojera romper la carta y empezarla de nuevo. Júrame Chichita que no vas a decirle una palabra a nadie, porque te mato, y, además, no querrás que a tu cuñadito lo metan al calabozo o lo fusilen por tu culpa ¿no? Así que muda y sin correr a contarles el cuento a las chismosas de tus amigas Santana. ¿No es cómico que Panta esté convertido en un agente secreto? Te digo que doña Leonor y yo nos morimos de curiosidad por saber qué es lo que espía aquí en Iquitos, nos lo comemos a preguntas y tratamos de sonsacarle, pero tú ya lo conoces, no suelta sílaba aunque lo maten. Eso está por verse, tu hermanita también es terca como una mula, así que veremos quién gana. Sólo te advierto que cuando averigüe en qué anda metido Panta no pienso chismearte aunque te hagas pipí de curiosidad.

Ahora, será muy emocionante que el Ejército le haya dado

esa misión en el Servicio de Inteligencia, Chichita, y eso quizá
lo ayude mucho en su carrera, pero lo que es yo, te digo,
no estoy nada contenta con el asunto. En primer lugar porque
casi no lo veo. Tú sabes lo cumplidor y maniático que es
Panta con su trabajo, se toma todo lo que le mandan tan a
pecho que no duerme ni come ni vive hasta que lo termina,
pero en Chiclayo al menos tenía sus guardias con horario fijo
y yo sabía sus entradas y salidas. Pero aquí se pasa la vida
afuera, nunca se sabe a qué hora vuelve y, cáete muerta, ni en
qué estado. Te digo que no me acostumbro a verlo de civil,
con guayaberas y blue jeans y la gorrita jockey que le ha dado
por ponerse, me parece haber cambiado de marido y no sólo
por eso (uy, qué vergüenza, Chichi, eso sí que no me atrevo
a contártelo). Si sólo fuera durante el día yo feliz de que
trabaje. Pero tiene que salir también de noche, a veces hasta
tardísimo, y se me ha presentado tres veces cayéndose de
borracho, había que ayudarlo a desvestirse y al día siguiente
su mamacita tenía que ponerle pañitos en la frente y hacerle
mates. Sí, Chichi, te estoy viendo la cara de asombro, aunque
no te lo creas, Panta el abstemio, el que sólo tomaba Pasteu-
rina desde que tuvo hemorroides: cayéndose de borracho y
con la lengua enrevesada. Ahora me da risa porque me acuerdo
lo chistoso que era verlo irse de bruces contra las cosas y
oírlo quejarse, pero en el momento pasé unos colerones que
tenía ganas de cortarle a él también lo que ya sabes (contra,
me fregaría yo solita, jajá). El me jura y requetejura que tiene
que salir de noche por su misión, que debe buscar a unos tipos
que sólo viven en los bares, que hacen ahí sus citas para despistar, y a lo mejor es verdad (así se ve en las películas de
espionaje ¿no es cierto?), pero, oye, ¿tú te quedarías tan tranquila si tu marido se pasara la noche en los bares? No, pues,
hijita, ni que yo fuera boba para creer que en los bares sólo

67

ve a hombres. Ahí tiene que haber mujeres que se le acercan y le meten conversación y Dios sabe qué más. Le he hecho unos escándalos terribles y me ha prometido no salir más de noche salvo cuando sea de vida o muerte. Le he rebuscado con lupa todos sus bolsillos y camisas y ropa interior, porque te digo que si le encuentro la menor prueba de que ha estado con mujeres pobre Panta. Menos mal que en esto su mamacita me ayuda, está aterrada con las salidas nocturnas y las tranquitas de su hijito, al que siempre había creído un santito de sacristía y resulta que ahora ya no lo es tanto (uy, Chichi, te mueres si te cuento).

Y, además, por la bendita misión tiene que juntarse con una gente que pone los pelos de punta. Fíjate que la otra tarde había ido a la vermouth con una vecina de la que me he hecho amiga, Alicia, casada con un muchacho del Banco Amazónico, una loretana muy simpática que nos ayudó mucho con la instalación. Fuimos al cine Excelsior, a ver una de Rock Hudson (agárrame que me desmayo), y a la salida estábamos dando una vueltita tomando fresco, cuando al pasar por un bar que se llama "Camu Camu" lo veo a Panta, en una mesa del rinconcito, ¡con qué pareja! Un ataque, Chichi, la mujer una perica tan llena de pintura que no le cabía una gota más ni en las orejas, con unas teteras y un pompis que rebalsaban del asiento, y el tipo un hombrecito a medias, tan retaco que los pies no le llegaban al suelo, y encima con unos aires de castigador increíbles. Y Panta entre los dos, conversando lo más animado, como si fueran amigos de toda la vida. Le dije a Alicia mira, mi marido, y entonces ella me agarró del brazo, nerviosísima, ven, Pocha, vámonos, no te puedes acercar. Total que nos fuimos. ¿Quiénes crees que eran ese par? La perica es la mujer de más mala fama de todo Iquitos, el enemigo número uno de los hogares, le dicen Chuchupe y tiene una casa de pes en la carretera a Nanay, y el enanito su amante, para partirse de risa imaginársela haciendo cositas con el mamarracho ése, vaya depravada y él peor. ¿Qué te parece? Después se lo dije a Panta a ver qué cara ponía y, por supuesto, se comió un pavo tan terrible que comenzó a tartamudear. Pero no se atrevió a negármelo, reconoció que ese dúo son gente de mal vivir. Que tenía que buscarlos por su trabajo, que nunca que lo viera con ellos me le fuera a acercar ni menos su madre. Yo le dije allá tú con quién te juntas pero si alguna vez sé que te has ido a meter a la casa de la perica en Nanay tu matrimonio peligra, Panta. No, pues, hijita, figúrate la fama que vamos a hacernos aquí si Panta empieza a lucirse por las calles con esa gente. Otra de sus juntas es un chino, yo que creía que todos los chinos eran finitos, éste es Frankenstein. Aunque a Alicia le parece pintón, las loretanas tienen el gusto atravesado, hermana. Lo pesqué con él un día que fui a visitar el Acuario Moronacocha, a ver los peces ornamentales (lindos, te digo, pero se me ocurrió tocar una anguila y me soltó una descarga eléctrica con la cola que casi me tira al suelo), y la señora Leonor también lo ha pescado en una cantinita con el chino, y Alicia los chapó paseándose por la Plaza de Armas y por ella me enteré que el chino tiene fama de gran forajido. Que explota mujeres, que es un vividor y un vago: figúrate las amistades de tu cuñadito. Se lo he sacado en cara y la señora Leonor más que yo, porque a ella la enferman más que a mí las malas juntas de su hijito, sobre todo ahora que cree que se nos viene encima el fin del mundo. Panta le ha prometido que no se lucirá más en las calles ni con la perica ni con el enano ni con el chino, pero tendrá que seguir viéndolos a escondidas porque resulta que es parte de su trabajo. Yo no sé dónde va a ir a parar con esa misión y con esa clase de relaciones, Chichita, comprenderás que me tiene con los nervios alterados, saltoncísima.

Aunque en realidad no debería estarlo, quiero decir por el lado de los cuernos y la infidelidad, porque, ¿te cuento, hermana?, no te imaginas cómo ha cambiado Panta en lo que se refiere a esas cosas, las íntimas. ¿Te acuerdas cómo ha sido él siempre tan formalito desde que nos casamos que tú te burlabas tanto y me decías estoy segura que con Pantita tú ayunas, Pocha? Pues ya no te podrás burlar nunca más de tu cuñadito en ese aspecto, malhablada, porque desde que pisó Iquitos se volvió una fiera. Algo terrible, Chichi, a veces me asusto y pienso si no será una enfermedad, porque figúrate que antes, te he contado, le provocaba hacer cositas una vez cada diez o quince días (qué vergüenza hablarte de esto, Chichi), y ahora al bandido le provoca cada dos, cada tres días y tengo que estarle frenando los ímpetus, porque tampoco es plan, pues, ¿no?, con este calor y esta humedad tan pegajosa. Además, se me ocurre que le podría hacer mal, parece que afecta al cerebro, ¿no decía todo el mundo que el marido de la Pulpito Carrasco se volvió locumbeta de tanto hacer cositas con ella? Panta dice que es culpa del clima, un general ya lo previno allá en Lima que la selva vuelve a los hombres unos fosforitos. Te digo que me da risa ver a tu cuñadito tan fogoso, a veces se le antoja hacer cositas de día, después del almuerzo, con el pretexto de la siesta, pero claro que no lo dejo, y a veces me despierta de madrugada con la locura ésa. Imagínate que la otra noche lo chapé tomando tiempo con un cronómetro mientras hacíamos cositas, se lo dije y se confundió muchísimo. Después me confesó que necesitaba saber cuánto duraban las cositas entre una pareja normal: ¿se estará volviendo vicioso? Quién le va a creer que para su trabajo necesita averiguar esas porquerías. Le digo no te reconozco, Panta, tú eras tan educadito, me da la impresión de estarte metiendo cuernos con otro Panta. En fin, hija, basta de hablar de cochinadas que tú eres virgencita y te juro que me peleo contigo para siempre si se te ocurre comentar esto con alguien y sobre todo con las Santana, esas locas.

Por partes claro que me tranquiliza que Panta se haya vuelto tan cargoso en lo de las cositas, quiere decir que su mujer le gusta (ejem, ejem) y que no necesita buscar aventuras en la calle. Aunque hasta por ahí nomás, Chichi, porque aquí en Iquitos las mujeres son cosa muy, muy seria. ¿Sabes cuál es el gran pretexto que se ha inventado tu cuñadito para hacer cositas cuando se le antoja? ¡Pantita Junior! Sí, Chichi, como lo oyes, por fin se animó a que tengamos el bebe. Me había prometido apenas estrene el tercer galón y está cumpliendo, pero ahora, con el cambio de temperamento, ya no sé si es por darme gusto a mí o de puro sabido, para estar haciendo cositas mañana y tarde. Te digo que es para morirse de risa, entra de la calle como un ratoncito eléctrico, y me da vueltas y más vueltas hasta que se atreve, ¿esta noche podemos encargar al cadetito, Pocha?, jajá ¿no es lindo?, lo adoro, Chichi (oye, no sé cómo te cuento estas cochinadas a ti que eres soltera). Hasta ahora ni chus ni mus, flaca, a pesar de tanto encargo, ayer mismo me vino la regla normal, qué colerón, yo decía este mes sí. ¿Vendrás a cuidar a tu hermanita cuando esté barrigona, Chichi? Uy, que sea mañana, que ya hayas venido, qué ganas de tenerte aquí para chismear a gusto. Eso sí, te llevarás una prendida con los loretanos, para encontrar un churro hay que buscarlo como aguja, ya le iré echando el ojo a alguno que valga la pena para que no te aburras mucho cuando vengas. (¿Te fijas que esta carta me está saliendo kilométrica? Tienes que contestarme con igualito de páginas ¿okey?) ¿No será que no puedo tener bebes, Chichi? Me da un terror que todos los días le pido a Dios cualquier castigo menos ése, me moriría de pena si no tuviera al menos el hombrecito y la mujercita.

El médico dice que soy perfectamente normal, así que espero
que el otro mes ya. ¿Sabías que cada vez que el hombre hace
cositas le salen MILLONES de espermatozoides y que sólo
uno entra en el óvulo de la mujer y ahí se forma el bebito?
Estuve leyendo un folleto que me dio el doctor, todo muy
bien explicado, te quedas bizca con el milagro de la vida.
Si quieres te lo mando, así te vas instruyendo para cuando
sientes cabeza, te cases, pierdas la virginidad y sepas lo que es
manjar blanco, flaca bandida. Espero no ponerme muy fea,
Chichi, algunas se quedan horribles con el embarazo, se hinchan como sapos, les salen varices, uy qué asco. Ya no le voy a
gustar a tu cuñadito el fogoso y a lo mejor se busca un entretenimiento en la calle, te digo que no sé qué le hago. Me imagino que con el calor y la humedad de aquí el embarazo debe
ser atroz, sobre todo no viviendo en la Villa Militar sino
donde nosotros, los suertudos. Te digo que ésa es otra preocupación que me saca canas: yo feliz de tener el bebe, pero
¿y si con el pretexto de que me puse gorda el desgraciado de
Panta se enreda con alguna loretana, sobre todo ahora que le
ha dado la ventolera de hacer cositas hasta de dormido? Me
muero de hambre, Chichi, hace horas que te escribo, ya doña
Leonor está sirviendo el almuerzo, te imaginarás cómo estará
de contenta mi suegra con la idea del nieto, voy, almuerzo y
después sigo, así que no te suicides, todavía no me despido,
chaucito hermana.

Ya volví, Chichi, me demoré horrores, son cerca de las seis,
tuve que dormir una siesta porque comí como una boa. Fíjate
que Alicia nos trajo de regalo una fuente de tacacho, un plato,
típico de aquí, qué amable ¿no?, menos mal que me he encontrado una amiga en Iquitos. Había oído hablar tanto del
famoso tacacho, es plátano verde machacado con carne de
chancho, que había que ir a comerlo al Mercado de Belén, al

restaurante "La lámpara de Aladino Panduro", donde hay un gran cocinero, así que lo estuve cargoseando a Panta hasta que el otro día nos llevó. Tempranito, el Mercado funciona desde el amanecer y lo cierran pronto. Belén es lo más pintoresco de aquí, ya verás, un barrio entero de casitas de madera flotando sobre el río, la gente va en botecitos de un lado a otro, de lo más original te digo, la llaman la Venecia de la Amazonía, aunque se ve una pobreza tremenda. El Mercado está muy bien para ir a conocerlo y a comprar frutas, pescados o los collares y pulseras que hacen en las tribus, muy bonitos, pero no para ir a comer, Chichi. Casi nos morimos cuando entramos donde Aladino Panduro, no te puedes imaginar la suciedad y las nubes de bichos. Los platos que nos trajeron estaban negros y eran las moscas, las espantabas y ahí mismo volvían y se te metían por los ojos y por la boca. Total, ni yo ni doña Leonor probamos bocado, estábamos con náuseas, el bárbaro de Panta se comió los tres platos y también la cecina que el señor Aladino insistió había que comer con el tacacho.

Le conté a Alicia nuestro chasco y ella me dijo un día de estos te hago yo tacacho para que veas lo que es bueno y esta mañana nos trajo una fuente. Riquísimo, hermana, se parece a los chifles del Norte, aunque no tanto, el plátano tiene aquí otro gusto. Sólo que es un plomo de pesado, tuve que echarme a hacer la digestión, y mi suegra está torcida del dolor de estómago y con cólico de gases, verde de vergüenza porque no puede aguantarse y se le salen los peditos delante de mí, de repente de ésta revienta y se va al cielo de una vez. No, qué mala soy, pobre señora Leonor, en el fondo es buena, lo único que me fastidia es que trate a su hijito como si todavía fuera un bebe y un santito, qué vieja cojuda ¿no?

¿Te conté que la pobre se ha buscado el entretenimiento de la superstición? Me tiene la casa hecha un muladar. Figúrate que a los pocos días de estar nosotros aquí, hubo gran alboroto en Iquitos con la llegada del Hermano Francisco, a lo mejor has oído hablar de él, yo no había hasta que vine aquí. En la Amazonía es más famoso que Marlon Brando, ha fundado una religión que se llama los Hermanos del Arca, va por todas partes a patita y donde llega coloca una enorme cruz e inaugura arcas, que son sus iglesias. Tiene muchos devotos, sobre todo en el pueblo, y parece que los curas andan furias con la competencia que les hace, pero hasta ahora no dicen ni pío. Bueno, mi suegra y yo fuimos a oírlo en Moronacocha. Había muchísima gente, lo impresionante era que hablaba crucificado como Cristo, ni más ni menos. Anunciaba el fin del mundo, pedía a la gente que hiciera ofrendas y sacrificios para el Juicio Final. No se le entendía mucho, habla un español dificilísimo. Pero la gente lo oía hipnotizada, las mujeres lloraban y se ponían de rodillas. Yo misma me contagié de la emoción y hasta solté mis lagrimones, y mi suegra no te imaginas, a sollozo vivo y no la podíamos calmar, el brujo la flechó Chichi. Después en la casa decía maravillas del Hermano Francisco y al día siguiente volvió al arca de Moronacocha para hablar con los 'hermanos' y ahora resulta que la vieja también se ha hecho 'hermana'. Mira por dónde le vino a salir el tiro: ella que nunca le hizo mucho caso a la religión verdadera, termina beata de herejías. Figúrate que su cuarto está lleno de crucesitas de madera, y si fuera sólo eso tanto mejor que se distraiga, pero lo cochino del asunto es que la manía de esta religión es crucificar animales y eso ya no me gusta, porque en sus crucesitas cada mañana me encuentro pegadas cucarachas, mariposas, arañas y el otro día hasta un ratón, qué asco espantoso. Vez que le pesco una de esas porquerías se la echo a la basura y ya nos hemos agarrado buenas peleas. Es un plato porque apenas estalla una tormenta, y aquí

es a cada momento, la vieja se pone a temblar creyendo que
es el fin del mundo y todos los días le ruega a Panta que mande
hacer una gran cruz para la entrada. Mira cuántos cambios en
tan poco tiempo.

¿Qué te estaba contando enantes, cuando paré para ir a
almorzar? Ah sí, de las loretanas. Uy, Chichi, todo lo que
dicen había sido cierto y todavía mucho más, cada día descubro algo nuevo, me quedo mareada y digo qué es esto.
Iquitos debe ser la ciudad más corrompida del Perú, incluso
peor que Lima. A lo mejor es verdad y el clima tiene que ver
mucho, quiero decir en eso de que las mujeres sean tan terribles, ya ves cómo Panta pisó la selva y se volvió un volcán.
Lo peor es que las bandidas son guapísimas, los charapas tan
feos y sin gracia y ellas tan regias. No te exagero, Chichita,
creo que las mujeres más bonitas que hay en el Perú (con la
excepción de la que habla y su hermana, claro) son las de
Iquitos. Todas, las que se las nota decentes y las de pueblo y
hasta te digo que quizá las mejores sean las huachafitas. Unas
curvilíneas, hija, con una manerita de caminar coquetísima y
desvergonzada, moviendo el pompis con gran desparpajo
y echando los hombros atrás para que el busto se vea paradito.
Unas frescas, se ponen unos pantaloncitos como guantes,
¿y tú crees que se chupan cuando los hombres les dicen cosas?
Qué ocurrencia, les siguen la cuerda y los miran a los ojos con
una frescura que a algunas provoca jalonearlas de las mechas.
Ah, tengo que contarte una cosa que oí ayer, al entrar al "Almacén Record" (donde tienen el sistema del 3 × 4, tú compras
tres artículos y el cuarto te lo regalan ¿bestial, no?), entre dos
muchachas jovencitas. Una le decía a la otra: "¿Ya te has
besado con militar?". "No, ¿por qué me lo preguntas?".
"*Besan rrrrico*". Me dio una risa, lo decía con el cantito loretano
y en voz alta, sin importarle que todo el mundo la oyera. Son

así, Chichi, unas frescas como no hay. ¿Y tú crees que se quedan en los besos? Qué esperanza, según Alicia estas diablitas comienzan con travesuras mayores desde el Colegio y aprenden a cuidarse y todo y cuando se casan las muy sapas hacen el gran teatro para que sus maridos las crean sin estrenar. Algunas van donde las ayahuasqueras (esas brujas que preparan la ayahuasca, ¿has oído, no?, un cocimiento que hace soñar cosas rarísimas) para que las pongan nuevecitas otra vez. Figúrate, figúrate. Te juro que cada vez que salgo de compras o al cine con Alicia vuelvo colorada de las historias que me cuenta. Saluda a una amiga, le pregunto quién es y me dice una terrible, figúrate que, y la que menos ha tenido varios amantes, todas las casadas se han metido alguna vez con militar, aviador o marino, pero sobre todo militar, tienen un gran prestigio con las charapas, hijita menos mal que a Panta no me lo dejan usar uniforme. Estas locas aprovechan el menor descuido del marido y, sás, cuernos. De temblarles, flaca. ¿Y tú crees que hacen las cosas bien hechas, en su camita y sábanas? Alicia me dijo si quieres nos vamos a dar una vuelta a Moronacocha y verás la cantidad de autos donde las parejas están haciendo cositas (pero de verdad, ah), una al lado de la otra como si tal cosa. Figúrate que a una mujer la encontraron haciendo cositas con un teniente de la Guardia Civil en la última fila del cine Bolognesi. Dicen que se malogró la película, encendieron la luz y los chaparon. Pobres, ¿te imaginas el susto que se llevarían al ver que se prendía la luz, sobre todo ella? Se habían echado aprovechando que hay bancas en lugar de asientos y que la última fila estaba vacía. Un escándalo tremendo, parece que la esposa del teniente casi mata a la mujer, porque un locutor de Radio Amazonas que es terrible y suelta todas las verdades contó la historia con pelos y señales y al teniente acabaron sacándolo de Iquitos. Yo no quería creer semejante aventura, pero Alicia me enseñó a la tipa en la calle, una morena muy fachosa, con una carita de no mato una mosca. La miraba y le decía Alicia tú me estás mintiendo, ¿hacían *cositas cositas* en plena película, en esa incomodidad y con el susto de que los pescaran? Parece que sí, a la chica la chaparon sin calzón y al teniente con el pajarito al aire. Después de París, Iquitos la corrompida, flaca. No vayas a creer que Alicia es una habladora, yo le sonsaco, por curiosidad y también por prevenida, hijita, aquí hay que estar con cuatro ojos y ocho manos defendiéndote de estas loretanas, te volteas y te desaparecen al marido. Alicia, aunque charapa, es muy seriecita, aunque a veces me saca también uno de esos pantalones de calzador. Pero no anda provocando a los hombres, no los mira con la desfachatez de sus paisanas.

A propósito de lo bandidas que son las loretanas, qué tonta, me estaba olvidando de contarte lo más chistoso y lo mejor (o más bien lo peor). No te puedes imaginar el chasco que nos llevamos cuando estábamos a medio instalarnos en esta casita. ¿Tú habías oído hablar de las famosas 'lavanderas' de Iquitos? Toda la gente me ha dicho pero dónde vivías, Pocha, de dónde bajas, el mundo entero sabe lo que son las famosas 'lavanderas' de Iquitos. Pues yo seré tonta o caída del nido, hermana, pero ni en Chiclayo, ni en Ica ni en Lima había oído hablar jamás de las 'lavanderas' de Iquitos. Fíjate que llevábamos unos pocos días en la casita, y nuestro dormitorio queda en los bajos, con una ventana a la calle. Todavía no teníamos muchacha—ahora tengo una que se le pasea el alma, pero buenísima—y a las horas más raras de repente nos tocaban esa ventana y se oían voces de mujer: "¡lavandera! ¿tienen ropa para lavar?" Y yo sin siquiera abrir la ventana decía no, muchas gracias. Nunca se me ocurrió pensar qué raro que en Iquitos haya tantas lavanderas por las calles y en cambio sea tan difícil conseguir muchacha, porque había puesto el cartelito "Necesito empleada" y sólo caían candidatas muy de cuando en cuando. Total que un día, era muy temprano y estábamos todavía acostados, oigo el toquecito en la ventana, "¡lavandera! ¿tienen ropa?", y a mí se me había amontonado mucha ropa sucia, porque acá, te digo, con este calor es horrible, transpiras horrores, hay que cambiarse dos y hasta tres veces al día. Así que pensé regio, que me lave la ropa siempre que no cobre muy caro. Le grité espérese un ratito, me levanté en camisón y salí a abrirle la puerta. Ahí mismo debí sospechar que pasaba algo raro porque la niña tenía pinta de todo menos lavandera, pero yo, una boba, en la luna. Una huachafita de lo más presentable, cinchada para resaltar las curvas por supuesto, con las uñas pintadas y muy arregladita. Me miró de arriba abajo, de lo más asombrada y yo pensé qué le pasa a ésta, qué tengo para que me mire así. Le dije entre, ella se metió a la casa y antes de que le dijese nada vio la puerta del dormitorio y a Panta en la cama y pum se lanzó derechita, y, sin más ni más, se plantó frente a tu cuñado en una pose que me dejó bizca, la mano en la cadera y las piernas abiertas como gallito que va a atacar. Panta se sentó en la cama de un salto, se le salían los ojos de asombro por la aparición de la mujer. ¿Y qué te crees que hizo la tipa antes de que yo o Panta atináramos a decirle espere afuera, qué hace aquí en el dormitorio? Empezó a hablar de la tarifa, me tienen que pagar el doble, que ella no acostumbraba ocuparse con mujeres, señalándome a mí, flaca, cáete muerta, para darse esos gustos hay que chancar y no sé qué vulgaridades y de repente me di cuenta del enredo y me empezaron a temblar las piernas. Sí, Chichi, ¡era una pe, una pe!, las 'lavanderas' de Iquitos son las pes de Iquitos y van de casa en casa ofreciendo sus servicios con el cuento de la ropa. Ahora dime,

¿es o no Iquitos la ciudad más inmoral del mundo, hermana? Panta también cayó en la cuenta y comenzó a gritar fuera de aquí, zamarra, qué te has creído, vas presa. La tipa se pegó el susto de su vida, entendió la equivocación y salió disparada, tropezándose. ¿Te figuras qué chasco, flaca? Se creyó que éramos unos degenerados, que yo la había hecho entrar para que hiciéramos cositas los tres juntos. Quién sabe, bromeaba después Panta, a lo mejor valía la pena probar, ¿no te digo que ha cambiado tanto? Ahora que pasó ya puedo reírme y hacer chistes, pero te digo que fue un mal rato feísimo, todo el día estuve muerta de vergüenza acordándome de la escenita. Ya ves lo que es esta tierra, hermana, una ciudad donde las que no son pes tratan de serlo y donde si te descuidas un segundo te quedas sin marido, mira a la cuevita que he venido a caer.

Ya se me durmió la mano, Chichi, ya está oscuro, debe ser tardísimo. Tendré que mandarte esta carta en un baúl para que quepa. A ver si me contestas rapidito, larguísimo como yo y con montones de chismes. ¿Sigue siendo Roberto tu enamorado o ya cambiaste? Cuéntame todo y palabra que en el futuro te escribiré seguidito.

Miles de besos, Chichi, de tu hermana que te extraña y quiere,

POCHITA

Noche del 29 al 30 de agosto de 1956

Imágenes de la humillación, instantáneas de la agria e inflamada historia del cosquilleo atormentador: en la estricta, fastuosa formación del Día de la Bandera, ante el Monumento a Francisco Bolognesi, el cadete de último año de la Escuela Militar de Chorrillos, Pantaleón Pantoja, mientras ejecuta con gallardía el paso de ganso, es súbitamente transportado en carne y espíritu al infierno, mediante la conversión en avispero de la boca de su ano y tubo rectal: cien lancetas martirizan la llaga húmeda y secreta mientras él, apretando los dientes hasta quebrárselos, sudando gruesas gotas heladas marcha sin perder el paso; en la alegre, chispeante fiesta ofrecida a la Promoción Alfonso Ugarte por el coronel Marcial Gumucio, director de la Escuela Militar de Chorrillos, el joven alférez recién recibido Pantaleón Pantoja siente que súbitamente se le hielan las uñas de los pies cuando, apenas iniciados los compases del vals, flamante en sus brazos la veterana esposa del coronel Gumucio, recién abierto el baile de la noche por él y su invaporosa pareja, una incandescente comezón, un hormigueo serpentino, una tortura en forma de menudas, simultáneas y aceradas cosquillas anchan, hinchan e irritan la intimidad del recto y el ojal del ano: los ojos cuajados de lágrimas, sin aumentar ni disminuir la presión sobre la cintura y la mano regordetas de la esposa del coronel Gumucio, el alférez de Intendencia Pantoja, sin respirar, sin hablar, sigue bailando; en la tienda de campaña del Estado Mayor del Regimiento número 17 de Chiclayo, cercano el estruendo de los obuses, el rataplán de la metrallla y los secos eructos de los balazos de las compañías de vanguardia que acaban de iniciar las maniobras de fin de año, el teniente Pantaleón Pantoja, que, parado frente a una pizarra y a un panel de mapas, explica a la oficialidad, con voz firme y metálica, las existencias, sistema de distribución y previsiones de parque y abastecimientos, es de pronto invisiblemente elevado del suelo y de la realidad más inmediata por una corriente sobresaltada, ígnea, efervescente, emulsiva y crepitante, que arde, escuece, agiganta, multiplica, suplicia, enloquece el vestíbulo anal y pasillo rectal y se despliega como una araña entre sus nalgas, pero él, bruscamente lívido, súbitamente empapado de sudor, el culo secretamente fruncido con una obstinación de planta, la voz apenas velada por un temblor, sigue emitiendo números, produciendo fórmulas, sumando y restando. "Tienes que operarte, Pantita", susurra maternalmente la señora Leonor. "Opérate, amor", repite, quedo, Pochita. "Que te las saquen de una vez, hermano", hace eco el teniente Luis Rengifo Flores, "es más fácil que operarse una fimosis y en sitio menos peligroso para la virilidad". El mayor Antipa Negrón, de la Sanidad Militar, se carcajea: "Voy a decapitar esas tres almorranas de un solo tajo, como si fueran cabezas de niños de mantequilla, mi querido Pantaleón".

En torno a la mesa de operaciones, ocurren una serie de mudanzas, híbridos e injertos que lo angustian mucho más que el silencioso trajín de los médicos y enfermeras en sus zapatillas blancas o que las cegadoras cascadas de luz que le mandan los reflectores del cielorraso. "No le va a dolel, señol Pantoja", lo alienta el Tigre Collazos, que además de la voz tiene también los ojos sesgados, las manos vibrátiles y la sonrisa melosa del Chino Porfirio. "Más rápido, más fácil y con menos consecuencias que la extracción de una muela, Pantita", asegura una señora Leonor cuyas caderas, papada y pechos se han robustecido y desbordado hasta confundirse con los de Leonor Curinchila. Pero allí, inclinadas también sobre la mesa de operaciones, donde lo han instalado en posición ginecológica—entre sus piernas abiertas manipula bisturíes, algodones, tijeras, recipientes, el

81

doctor Antipa Negrón—hay dos mujeres tan inseparables y antagónicas como ciertos dúos que ahora giran en su cabeza y lo regresan a la infancia, a comienzos de la adolescencia (Laurel y Hardy, Mandrake y Lotario, Tarzán y Jane): una montaña de grasa arrebujada en una mantilla española y una niña-vieja, en blue jeans, con cerquillo y marcas de viruela en la cara. No saber qué hacen allí ni quiénes son —pero remotamente tiene la sensación de haberlas visto alguna vez, como de paso, entre un montón de gente—, le provoca una angustia sin límites, y, sin tratar de impedirlo, rompe a llorar: oye sus propios sollozos profundos y sonoros. "No les tenga miedo, son las primeras reclutas del Servicio de Visitadoras, ¿acaso no reconoce a Pechuga y a Sandra? Ya se las presenté la otra noche, en Casa Chuchupe", lo tranquiliza Juan Rivera, el popular Chupito, que ha disminuido aún más de tamaño y es un monito trepado sobre los hombros redondos, desnudos, débiles de la triste Pochita. Siente que podría morir de vergüenza, de cólera, de frustración, de rencor. Quisiera gritar: "¿Cómo te atreves a revelar el secreto delante de mi mamá, de Pocha? ¡Enano, engendro, feto! ¿Cómo te atreves a hablar de visitadoras delante de mi esposa, de la viuda de mi difunto papá?" Pero no abre la boca y sólo suda y sufre. El doctor Negrón ha terminado su faena y se incorpora con unas piezas sanguinolentas colgando de sus manos que él sólo entrevé un segundo, pues logra cerrar los ojos a tiempo. Cada instante está más herido, ofendido y asustado. El Tigre Collazos se ríe a carcajadas: "Hay que encarar las realidades y llamar al pan pan y al vino vino: los números necesitan cachar y usted les consigue con qué o lo fusilamos a cañonazos de semen". "Hemos elegido al Puesto de Horcones para la experiencia-piloto del Servicio de Visitadoras, Pantoja", le anuncia con desenvoltura el general Victoria, y aunque él, apuntando con los ojos, con las manos a la señora Leonor, a la frágil y desvaída Pochita, le implora discreción, reserva, aplazamiento, olvido, el general Victoria insiste: "Ya sabemos que además de Sandra y Pechuga, ha contratado a Iris y a Lalita. ¡Vivan las cuatro mosqueteras!" El se ha puesto a llorar otra vez, en el vértice de la impotencia.

Pero ahora, en torno a su cama de recién operado, la señora Leonor y Pochita lo miran con cariño y ternura, sin la más leve sombra de malicia, con una manifiesta, maravillosa, balsámica ignorancia retratada en los ojos: no saben nada. Siente un regocijo irónico que sube por su cuerpo y se burla de sí mismo: ¿cómo podrían saber del Servicio de Visitadoras si todavía no ha ocurrido, si aún soy teniente y feliz, si ni siquiera hemos salido de Chiclayo? Pero acaba de entrar el doctor Negrón acompañado de una enfermera joven y sonriente (él la reconoce y se ruboriza: ¡Alicia, la amiga de Pocha!) que acuna un irrigador en brazos, como un recién nacido. Pochita y la señora Leonor salen de la habitación haciéndole, desde la puerta, un adiós solidario, casi trágico. "Rodillas separadas, boca besando el colchón, culo arriba", ordena el doctor Antipa Negrón. Y explica: "Han pasado veinticuatro horas y ha llegado el momento de limpiar el estómago. Estos dos litros de agua salada le harán botar todos los pecados mortales y veniales de su vida, teniente". La introducción del vitoque en el recto, pese a estar recubierto de vaselina y a la habilidad de prestigitador del médico, le arranca un grito. Pero ahora el líquido está entrando con una tibieza que ya no es dolorosa, que es incluso grata. Durante un minuto, las aguas siguen entrando, burbujeantes, hinchando su vientre, mientras el teniente Pantoja, los ojos cerrados, piensa metódicamente: "¿El

Servicio de Visitadoras? No me dolerá, no me dolerá". Da otro gritito: el doctor Negrón ha sacado el vitoque y le ha puesto un algodoncito entre las piernas. La enfermera sale llevándose el irrigador vacío. "Hasta ahora no ha sentido ningún dolor post-operatorio ¿cierto?", pregunta el médico. "Cierto, mi mayor", contesta el teniente Pantoja, contorsionándose dificultosamente, sentándose, poniéndose de pie, una mano aplastada en el algodón que las dos nalgas pellizcan, y avanzando hacia el excusado, rígido como un Carnavalón, desnudo de la cintura para abajo, de brazo del doctor que lo mira con benevolencia y algo de piedad. Un leve ardor ha comenzado a insinuarse en el recto y el vientre elefantiásico sufre ahora retortijones, rápidos calambres y un repentino escalofrío electriza su espina dorsal. El médico lo ayuda a sentarse en el excusado, le da una palmadita en el hombro y le resume su filosofía: "Consuélese pensando que después de esta experiencia *todo lo que le ocurrirá en la vida será mejor*". Sale, juntando suavemente la puerta del baño. El teniente Pantoja sujeta ya una toalla entre los dientes y muerde con todas sus fuerzas. Ha cerrado los ojos, incrustado sus manos en las rodillas y dos millones de poros se han abierto como ventanas a lo largo de su cuerpo para vomitar sudor y hiel. Se repite, con toda la desesperación de que es capaz: "No cagaré visitadoras, no cagaré visitadoras". Pero los dos litros de agua han comenzado ya a bajar, a deslizarse, a caer, a irrumpir, ardorosos y satánicos, perniciosos, homicidas, alevosos, arrastrando sólidos bloques de llamas, cuchillos y punzones que abrasan, hincan, arden, ciegan. Ha dejado caer la toalla de la boca para poder rugir como león, hozar como chancho y reir como hiena al mismo tiempo.

4

Resolución confidencial de afectación del B A P *"Pachitea"*

El contralmirante Pedro G. Carrillo, jefe de la Fuerza
Fluvial del Amazonas,

CONSIDERANDO:
1. Que ha recibido una solicitud del capitán EP (Intendencia) Pantaleón Pantoja, jefe del Servicio de Visitadoras para
Guarniciones, Puestos de Frontera y Afines (SVGPFA), recientemente creado por el Ejército con miras a solucionar un
extendido problema biológico-psicológico de los clases y
soldados que sirven en regiones remotas, para que la Fuerza
Fluvial del Amazonas le preste ayuda y facilidades en la organización del sistema de transporte entre el puesto de mando
y centro logístico del Servicio de Visitadoras y sus centros
usuarios;
2. Que la solicitud mencionada tiene el visto bueno de la
Administración, Intendencia y Servicios Varios del Ejército
(general Felipe Collazos) y de la Comandancia de la V Región
(Amazonía) (general Roger Scavino);
3. Que la Dirección de Administración del Estado Mayor
de la Armada ha opinado favorablemente sobre la solicitud,
señalando al mismo tiempo la conveniencia de que el SVG-
PFA pudiera ampliar sus servicios a las bases que la Armada
tiene en las comarcas apartadas de la Amazonía y donde la
marinería se halla aquejada de las mismas necesidades y ape-

tencias de los clases y soldados del Ejército que motivaron la creación del Servicio de Visitadoras;

4. Que, consultado sobre el particular, el capitán EP (Intendencia) Pantaleón Pantoja ha respondido que el SVGPFA no tenía inconveniente en acceder a dicha sugerencia, precisando para esto que la Fuerza Fluvial del Amazonas efectuara, en las bases de la selva, un *test* de su concepción, encaminado a detectar el número potencial de usuarios Armada Peruana (AP) del SVGPFA, el mismo que, instrumentalizado por los oficiales responsables con la debida prontitud y esmero, arrojó un *número potencial de usuarios de 327*, con un *promedio ambicionado por usuario de 10 prestaciones mensuales* y un *tiempo promedio ambicionado de 35 minutos por prestación individual*;

RESUELVE:

1. Que se afecte provisionalmente al Servicio de Visitadoras, como medio de transporte por los ríos de la Hoya Amazónica entre su centro logístico y sus centros usuarios, al ex-Buque-Dispensario *Pachitea*, con una dotación permanente de cuatro hombres, al mando del suboficial primero Carlos Rodríguez Saravia;

2. Que el BAP *Pachitea*, antes de abandonar la base de Santa Clotilde, donde descansa desde que fue retirado, luego de medio siglo ininterrumpido de navegación al servicio de la Armada, historial que estrenó con una destacada participación en el conflicto con Colombia de 1910, sea despojado de banderas, insignias y demás distintivos que lo sindican como barco de la Armada Peruana, pintado del color que el capitán EP (Intendencia) Pantaleón Pantoja señale, siempre que no sea ni gris acero ni blanco nube, que son los colores de los barcos AP, y sustituido su nombre original *Pachitea* en la proa y

puente de mando por el de *Eva*, que el Servicio de Visitadoras ha elegido para él;

3. Que, antes de asumir su nuevo destino, el suboficial primero Carlos Rodríguez Saravia y la tripulación a su mando sean debidamente aleccionados por sus superiores sobre la delicadeza de la tarea que van a cumplir, la necesidad de que en el desempeño de la misma vistan sólo de civil y oculten su condición de miembros de la Armada, mantengan la máxima reserva sobre lo que vean y oigan en el curso de sus desplazamientos y, en general, eviten la menor confidencia y revelación en torno a la naturaleza del Servicio al que han sido destacados;

4. Que el combustible requerido en sus nuevas funciones por el BAP ex *Pachitea* sea proporcionalmente sufragado entre la Armada y el Ejército, según la respectiva utilización del Servicio de Visitadoras, lo que se puede determinar por el número de prestaciones brindadas al mes a cada institución, o por el número de desplazamientos a guarniciones militares o bases fluviales del BAP afectado al SVGPFA;

5. Que por ser de carácter confidencial, esta disposición no sea leída en el Orden del Día, ni exhibida en las bases, sino comunicada exclusivamente a los oficiales que deben hacerla cumplir.

Firmado:

contralmirante PEDRO G. CARRILLO,
jefe de la Fuerza Fluvial del Amazonas

Base de Santa Clotilde, 16 de agosto de 1956

c.c. al Estado Mayor de la Armada Peruana, a la Administración, Intendencia y Servicios Varios del Ejército y a la Comandancia de la V Región (Amazonía).

SVGPFA

Parte número tres

ASUNTO GENERAL: Servicio de Visitadoras para Guarniciones, Puestos de Frontera y Afines (SVGPFA).
ASUNTO ESPECÍFICO: Propiedades de la manteca de bufeo, del chuchuhuasi, el cocobolo, la clabohuasca, la huacapuruna, el ipururo y el viborachado, su incidencia sobre el SVGPFA, experiencias realizadas en la persona del suscrito y sugerencias que hace el mismo.
CARACTERÍSTICAS: secreto.
FECHA Y LUGAR: Iquitos, 8 de septiembre de 1956.

El suscrito, capitán EP (Intendencia) Pantaleón Pantoja, jefe del SVGPFA, respetuosamente se presenta ante el general Felipe Collazos, jefe de Administración, Intendencia y Servicios Varios del Ejército, lo saluda y dice:
1. Que en toda la Amazonía existe la creencia de que la variedad colorada del bufeo (pez-delfín de los ríos amazónicos) es un animal de una considerable potencia sexual, la misma que lo induce, con ayuda del demonio o espíritus malignos, a raptar cuanta mujer puede a fin de satisfacer sus instintos, adoptando para ello una forma humana tan varonil y apuesta que ningún ente femenino se le resiste. Que debido a dicha creencia se ha generalizado esta otra: que la manteca de bufeo incrementa el ímpetu viril y hace al varón irresistible a la hembra, siendo por eso un producto de enorme demanda en

tiendas y mercados. Que el suscrito decidió hacer personalmente una verificación, a fin de determinar en qué forma esta creencia folklórica, superstición o hecho científico, podía incidir en el problema que ha originado y cimenta la existencia del Servicio de Visitadoras, y, poniéndose manos a la obra, solicitó a su señora madre y a su señora esposa, bajo pretexto de receta médica, que durante una semana todas las comidas del hogar fueran elaboradas únicamente a base de manteca de bufeo, con los resultados que expone:

2. Que a partir del segundo día el suscrito experimentó un aumento brusco del apetito sexual, acentuándose la anomalía en los días sucesivos al punto de que en los dos últimos de la semana, los malos tocamientos y el acto viril fueron las únicas reflexiones que ocuparon su mente, tanto de día como de noche (sueños, pesadillas), con grave perjuicio de su poder de concentración, sistema nervioso en general y efectividad en el trabajo. Que en consecuencia se vio en el imperativo de solicitar de su esposa y obtener de ella, durante la semana en cuestión, un promedio de dos veces diarias de relaciones íntimas, con el consiguiente fastidio y sorpresa de la misma, puesto que el suscrito acostumbraba tener relaciones de intimidad matrimonial a un ritmo de una vez cada diez días antes de venir a Iquitos, y de una cada tres después de llegar, porque debido indudablemente a factores ya identificados por la superioridad (calor, atmósfera húmeda), el suscrito había registrado un aumento del impulso seminal desde el mismo día que pisó suelo amazónico. Que, al mismo tiempo, pudo comprobar que la función afrodisíaca de la manteca de bufeo se registra sólo sobre el varón, aunque no puede descartar que su cónyuge, afectada por el estímulo en cuestión, lo disimulara con mucho carácter por el natural sentimiento de pudor y corrección de toda dama que merece este apelativo,

como el suscrito tiene a orgullo decir es el caso de su digna esposa;

3. Que en su afán de no escatimar esfuerzos para el mejor cumplimiento de la misión que la superioridad le ha encomendado y aun a riesgo de su salud física y de la estabilidad familiar, el suscrito decidió igualmente probar en su persona algunas de las recetas que la sabiduría y la lujuria popular loretanas proponen para el retorno o el refuerzo de la virilidad, vulgarmente llamadas, con perdón de la expresión, levantamuertos o, peor todavía, parapingas, y dice sólo *algunas*, porque en esta región de la Patria la preocupación por todo lo que se refiere al sexo es tan acuciosa y múltiple que hay, literalmente, millares de compuestos de este tipo, lo que hace imposible, aun con la mejor buena voluntad, que un individuo aislado pueda agotar la lista ni siquiera estando dispuesto a inmolar su vida en la experiencia. Que el suscrito tiene el deber de reconocer que se trata de sabiduría popular y no de superstición: ciertas cortezas empleadas para preparar cocimientos que se beben con alcohol, como el chuchuhuasi, el cocobolo, la clabohuasca y la huacapuruna, producen un escozor viril instantáneo e interminable que nada, salvo el acto mismo de la hombría, puede aplacar. Particularmente efectivo, por la velocidad casi aeronáutica con que opera sobre el centro generador es la mezcla de ipururo con aguardiente, que, apenas ingerida, causó en el suscrito un enfebrecimiento indisimulable, con la vergüenza que cabe imaginar, pues infortunadamente la experiencia no se llevaba a cabo en el propio hogar sino en el centro nocturno "Las Tinieblas", del balneario de Nanay. Que aún peor y realmente satánico es el bebedizo llamado viborachado, aguardiente en el que se macera una víbora venenosa, de preferencia jergón, de efectos más clataclísmicos que los anteriores, porque, ofrecido esta

vez casualmente al autor de este parte en otro sitio nocturno de Iquitos, el club "La Selva", le comunicó un ardor y endurecimiento de tal ferocidad y urgencia que, con pesar que aún no merma, tuvo que recurrir en el incómodo lavabo del local mencionado, al vicio solitario que creía ya extinto desde los días de su infancia, para recobrar la temperancia y la paz;

4. Que, por todo lo expuesto, el suscrito se permite recomendar a la superioridad se impartan instrucciones a todas las guarniciones, puestos de frontera y afines prohibiendo terminantemente el uso de manteca de bufeo colorado en la confección del rancho de clases y soldados, así como su uso individual por parte de la tropa, y que, igualmente, se prohiba de inmediato y bajo castigo de rigor el consumo, solos o mezclados, en sólido o en líquido, del chuchuhuasi, el cocobolo, la clabohuasca, la huacapuruna, el ipururo y el viborachado, so pena de que el Servicio de Visitadoras se vea bombardeado por una demanda todavía mucho mayor de la ya desorbitada a que debe hacer frente;

5. Que suplica se guarde el más estricto secreto respecto de este parte (y si fuera posible se destruya una vez leído) por contener confidencias extremadamente íntimas sobre la vida familiar del suscrito, que éste se ha resignado a hacer pensando en la compleja misión que el Ejército le ha confiado, pero con desasosiego y natural aprensión por la malicia y burlas que seguramente le atraerían de parte de sus compañeros oficiales si se divulgaran.

Dios guarde a Ud.

Firmado:

       capitán EP (Intendencia) PANTALEÓN PANTOJA

c.c. al comandante general de la V Región (Amazonía), general Roger Scavino.

ANOTACIÓN:
a. *Conviértase en disposición reglamentaria la sugerencia del capitán Pantoja, y, por tanto, comuníquese a todos los jefes de cuartel, campamento y puestos de la V Región (Amazonía) que a partir de hoy queda categóricamente prohibido el uso en los ranchos de los ingredientes, bebedizos y especies enumerados en la parte precedente.*
b. *Conforme a la solicitud del capitán Pantoja, destrúyase por fuego este parte número 3 del SVGPFA por contener revelaciones indelicadas sobre la vida personal y familiar del mismo.*

general FELIPE COLLAZOS,
jefe de Administración, Intendencia y Servicios Varios del Ejército.

Lima, 18 de septiembre de 1956

Resolución secreta concerniente al FAP Hidro Catalina N. 37 "Requena"

El coronel FAP Andrés Sarmiento Segovia, comandante del Grupo Aéreo N. 42 de la Amazonía,

CONSIDERANDO:
1. Que el capitán EP (Intendencia) Pantaleón Pantoja, con autorización y respaldo de las instancias superiores del Ejér-

cito, ha solicitado ayuda del Grupo Aéreo N. 42 para el traslado continuo del personal del Servicio de Visitadoras de reciente creación, desde su centro logístico, a orillas del Itaya, hasta sus centros usuarios, muchos de los cuales se hallan tan aislados, sobre todo en período de lluvias, que el único medio funcional de transporte es el aéreo, y desde dichos puntos hasta el centro logístico;

2. Que la Comandancia de Administración y Culto del Estado Mayor de la Fuerza Aérea Peruana ha consentido en acceder a la solicitud por deferencia hacia el Ejército, pero dejando constancia formal de que tiene reservas ante la índole del Servicio de Visitadoras, pues le parece poco compatible con las tareas naturales y propias de las Fuerzas Armadas y peligroso para su buen nombre y prestigio, siendo ésta una simple conjetura y de ningún modo una tentativa de intromisión en las actividades de la institución hermana,

RESUELVE:

1. Que se destaque al SVGPFA, en calidad de préstamo, para que efectúe los servicios de transporte indicados, al FAP Hidro Catalina N. 37 *Requena*, una vez que la Sección Técnica y Mecánica del Grupo Aéreo N. 42 de la Amazonía lo haya puesto en condiciones de volver a volar;

2. Que, antes de despegar de la Base Aérea de Moronacocha, el FAP Hidro Catalina N. 37 sea debidamente camuflado, de tal manera que no pueda ser reconocido en ningún momento como perteneciente a la Fuerza Aérea Peruana mientras presta servicios al SVGPFA, cambiándosele para ello el color del fuselaje y las alas (de azul a verde con ribetes rojos) y el nombre (de *Requena* a *Dalila*, según deseo del capitán Pantoja);

3. Que se destaque, para pilotear el FAP Hidro Catalina N. 37, al suboficial del Grupo Aéreo N. 42 que haya tenido

el mayor número de castigos y amonestaciones en su foja de servicios en lo que va corrido del año;

4. Que en vista del estado de deterioro técnico en que se halla el FAP Hidro Catalina N. 37, debido a sus largos años de servicio, sea semanalmente revisado por un mecánico del Grupo Aéreo N. 42 de la Amazonía, quien para ello se trasladará, discretamente y en ropas civiles, al centro logístico del SVGPFA;

5. Rogar encarecidamente al capitán Pantoja que el Servicio de Visitadoras tenga los mayores cuidados y miramientos con el Hidro Catalina N. 37, por tratarse de una verdadera reliquia histórica de la FAP, pues fue en esta noble máquina que el 3 de marzo de 1929, el teniente Luis Pedraza Romero unió por primera vez en vuelo directo las ciudades de Iquitos y Yurimaguas;

6. Que el combustible así como todos los gastos que exija el mantenimiento y uso del FAP Hidro Catalina N. 37 sean de incumbencia exclusiva del propio SVGPFA;

7. Que esta Resolución sea comunicada únicamente a quienes afecta o menciona, y, por ser de máximo secreto, se castigue con 60 días de rigor a quienquiera divulgue o participe su contenido fuera de las mencionadas excepciones.

Firmado:

coronel FAP ANDRÉS SARMIENTO SEGOVIA

Base Aérea de Moronacocha, 7 de agosto de 1956.

c.c. a la Comandancia de Administración y Culto del Estado Mayor de la Fuerza Aérea Peruana, a la Administración,

Intendencia y Servicios Varios del Ejército y a la Comandancia de la V Región (Amazonía).

Disposición interna del Servicio de Sanidad del Campamento Militar Vargas Guerra

El comandante EP (Sanidad) Roberto Quispe Salas, jefe del Servicio de Sanidad del Campamento Militar Vargas Guerra, vistas las instrucciones confidenciales recibidas de la Comandancia General de la V Región (Amazonía), adopta las directivas siguientes:

1. El mayor EP (Sanidad) Antipa Negrón Azpilcueta seleccionará entre el equipo de enfermeros y prácticos sanitarios de la Sección "Enfermedades infecto-contagiosas" a la persona que considere más capacitada científica y moralmente para cumplir las funciones que las instrucciones de la Comandancia de la V Región (Amazonía) tipifican para el futuro Asistente Sanitario del Servicio de Visitadoras para Guarniciones, Puestos de Frontera y Afines (SVGPFA);

2. El mayor Negrón Azpilcueta impartirá, en el curso de la presente semana, al enfermero o sanitario elegido un entrenamiento teórico-práctico acelerado, en previsión de las tareas que deberá desempeñar en el SVGPFA, las que, en lo esencial, consistirán en detectar el domicilio de liendres, chinches, piojos, ladillas y ácaros en general, enfermedades venéreas y afecciones vulvo-vaginales infecto-contagiosas en las visitadoras integrantes de los convoyes, inmediatamente antes de la partida de éstos hacia los centros usuarios del SVGPFA;

3. El mayor Negrón Azpilcueta suministrará al Asistente

Sanitario un botiquín de primeros auxilios, con añadido de sonda, paleta y dedo de lástex para exploración vaginal, dos guardapolvos blancos, dos pares de guantes de jebe y un número adecuado de cuadernos, en los que, semanalmente, aquél deberá pasar parte al Servicio de Sanidad del Campamento Militar Vargas Guerra sobre el movimiento cuantitativo y cualitativo del Puesto de Asistencia Sanitaria del SVGPFA;

4. Comunicar esta disposición sólo al interesado y archivarla con la advertencia "Secreta".

Firmado:

comandante EP (Sanidad) ROBERTO QUISPE SALAS

Campamento Militar Vargas Guerra,
1 de septiembre de 1956.

c.c. a la Comandancia General de la V Región (Amazonía) y al capitán EP (Intendencia) Pantaleón Pantoja, jefe del Servicio de Visitadoras para Guarniciones, Puestos de Frontera y Afines (SVGPFA).

Informe del alférez Alberto Santana a la Comandancia General de la V Región (Amazonía) sobre la operación-piloto efectuada por el SVGPFA en el Puesto de Horcones a su mando.

Conforme a las instrucciones recibidas, el alférez Alberto Santana tiene el honor de remitir a la Comandancia General de la V Región (Amazonía), la siguiente relación de hechos

96

acaecidos en el Puesto a su mando sobre el río Napo:

Apenas informado por la superioridad de que el Puesto de Horcones había sido elegido sede de la experiencia inaugural del Servicio de Visitadoras para Guarniciones, Puestos de Frontera y Afines, se dispuso a prestar todas las facilidades para el éxito de la operación y preguntó por radio al capitán Pantaleón Pantoja qué disposiciones debía tomar en Horcones previas a la experiencia-piloto. A lo cual el capitán Pantoja le hizo saber que ninguna porque él personalmente se trasladaría al río Napo para supervigilar los preparativos y el desarrollo de la prueba.

Efectivamente, el día lunes 12 de septiembre, a las 10 y 30 de la mañana, aproximadamente, acuatizó en el río Napo, frente al Puesto, un hidroavión de color verde con el nombre *Dalila* pintado en letras rojas en el fuselaje, piloteado por un individuo al que apodan Loco , y, como pasajeros, el capitán Pantoja, quien vestía de civil, y una señora llamada Chuchupe, a quien fue preciso descender cargada por hallarse en estado de desmayo. La razón de su desvanecimiento fue haber pasado mucho susto durante el vuelo río Itaya-río Napo, debido a los sacudimientos impartidos por el viento al avión y a que el piloto, según afirmación de la susodicha, con intención de aumentar su terror para divertirse, había efectuado constantes, arriesgadas e inútiles acrobacias, que sus nervios no pudieron soportar. Una vez que la mencionada señora se hubo repuesto pretendió, con abuso de palabras y gestos soeces, agredir de obra al piloto, siendo preciso que el capitán Pantoja interviniera para poner fin al incidente.

Apaciguados los ánimos, luego de un rápido refrigerio, el capitán Pantoja y su colaboradora procedieron a dejar todo expedito para la realización de la experiencia, la que debía celebrarse al día siguiente, martes 13 de septiembre. Los prepa-

rativos fueron de dos órdenes: de participantes y topográficos.
En cuanto a los primeros, el capitán Pantoja, ayudado del
suscrito, estableció una *lista de usuarios*, preguntando para ello,
uno por uno, a los veintidós clases y soldados del Puesto —los
suboficiales fueron excluidos—si deseaban beneficiarse del
Servicio de Visitadoras, para lo cual se les explicó la índole
del mismo. La primera reacción de la tropa fue de incredulidad y desconfianza y todos respondieron negándose a participar en la experiencia, creyendo que se trataba de una estratagema, como cuando se piden ¡voluntarios para ir a Iquitos!
y a los que dan un paso adelante se los manda a limpiar las
letrinas. Fue preciso que la mencionada Chuchupe se hiciera
presente y hablara a los hombres en términos maliciosos para
que, a las sospechas y dudas, sucediera, primero, una gran
hilaridad, y luego una excitación de tal magnitud que fue
necesario a los suboficiales y al suscrito actuar con la máxima
energía para calmarlos. De los veintidós clases y soldados,
veintiuno se inscribieron como candidatos-usuarios, siendo la
excepción el soldado raso Segundo Pachas, quien indicó que
se exceptuaba porque la operación tendría lugar en día martes
13 y que, siendo él supersticioso, estaba seguro que le traería
mala suerte participar en ella. Según indicación del enfermero
de Horcones se eliminó igualmente de la lista de candidatos-
usuarios al cabo Urondino Chicote, por estar aquejado de una
erupción de sarna, susceptible de propagarse, vía la visitadora
respectiva, al resto de la unidad. Con lo cual quedó definitivamente establecida una lista de veinte usuarios, quienes,
consultados, admitieron que se les descontara por planilla la
tarifa fijada por el SVGPFA como retribución por el servicio
que se les ofrecería.

En cuanto a los preparativos topográficos consistieron
fundamentalmente en acondicionar cuatro emplazamientos

destinados a las visitadoras del primer convoy del S V G P F A y
se llevaron a cabo bajo la dirección exclusiva de la apodada
Chuchupe. Esta indicó que, como podía darse caso de lluvia,
los locales debían estar techados, y, de preferencia, no ser
contiguos para evitar interferencias auditivas o emulaciones,
lo que por desgracia no se pudo conseguir totalmente. Pasada
revista a las instalaciones techadas del Puesto, que, la
superioridad lo sabe, son escasas, se eligieron el depósito de
víveres, el puesto de radio y la enfermería como las más aparentes. Debido a su amplitud, el depósito de víveres pudo ser
dividido en dos compartimentos, utilizando como barrera
separatoria las cajas de comestibles. La indicada Chuchupe
solicitó luego que en cada emplazamiento se colocara una
cama con su respectivo colchón de paja o de jebe, o en su
defecto una hamaca, con un hule impermeable destinado a
evitar filtraciones y deterioro del material. Se procedió de
inmediato a trasladar a dichos emplazamientos cuatro camas
(elegidas por sorteo) de la cuadra de la tropa, con sus colchones, pero como no fue posible conseguir los hules deman-
dados, se los reemplazó con las lonas que se utilizan para
cubrir la maquinaria y el armamento cuando llueve. Asimismo, una vez forrados los colchones con las lonas, se procedió
a instalar mosquiteros para que los insectos, tan abundantes
en esta época, no obstaculizaran el acto de la prestación.
Habiendo resultado imposible dotar a cada emplazamiento de
la bacinica que la señora Chuchupe pedía, por no disponer el
Puesto de ni uno solo de dichos artefactos, se les suministró
cuatro baldes de pienso. No hubo dificultad en instalar sendos
lavadores con sus recipientes de agua respectivos en cada
emplazamiento, así como en proveer a cada uno de éstos de
una silla, cajón o banco para colocar la ropa, y de dos rollos
de papel higiénico, rogando el suscrito a la superioridad se

sirva ordenar a Intendencia le reponga cuanto antes estos
últimos elementos, por lo justas que son nuestras reservas en
dicho artículo, no habiendo en esta zona tan aislada nada con
qué sustituirlo, como papel periódico o de envolver y exis-
tiendo el antecedente de urticarias y graves irritaciones cutá-
neas en la tropa por emplear hojas de árboles. Asimismo, la
denominada Chuchupe precisó que era indispensable colocar
en los emplazamientos cortinas que, sin dejarlos en la total
oscuridad, amortiguaran la luz del sol y dieran una cierta
penumbra, la que, según su experiencia, es el ambiente más
adecuado para la prestación. La imposibilidad de conseguir
los visillos floreados que sugería la señora Chuchupe no fue
impedimento; el sargento primero Esteban Sandora impro-
visó ingeniosamente una serie de cortinas con las frazadas y
capotes de la tropa que cumplieron bastante bien su cometido,
dejando a los emplazamientos en la media luz requerida. Además, por si caía la noche antes de que terminara la operación,
la señora Chuchupe hizo que se recubrieran los mecheros de
los emplazamientos con trapos de color rojo, porque, aseguró,
la atmósfera colorada es la más conveniente para el acto.
Finalmente, la denominada señora, insistiendo en que los
locales debían tener cierto toque femenino, procedió ella
misma a confeccionar unos ramitos con flores, hojas y tallos
silvestres, que recogió ayudada por dos números, y que colo-
có artísticamente en los respaldares de las camas de cada
emplazamiento. Con lo cual los preparativos estuvieron ultimados y sólo quedó esperar la llegada del convoy.

Al día siguiente, martes 13 de septiembre, a las 14 horas
15 minutos de la tarde, acoderó en el embarcadero del Puesto
de Horcones el primer convoy del SVGPFA. Apenas fue visi-
ble el barco-transporte —recién pintado de verde y con su
nombre *Eva* inscrito en gruesas letras rojas en la proa—, la

tropa hizo un alto en sus tareas cotidianas, prorrumpió en exclamaciones de entusiasmo y arrojó las cristinas al aire en señal de bienvenida. Inmediatamente, siguiendo las instrucciones del capitán Pantoja, se instaló un sistema de guardia para impedir que se aproximara al Puesto algún elemento civil durante la experiencia-piloto, peligro en realidad improbable teniendo en cuenta que la población más cercana a Horcones es una tribu de indios quechuas a dos días de navegación aguas arriba del Napo. Gracias a la decidida colaboración de los números, el desembarco transcurrió con toda normalidad. El barco-transporte *Eva* venía comandado por Carlos Rodríguez Saravia (suboficial de la Marina camuflado de civil) y una dotación de cuatro hombres, quienes, por orden del capitán Pantoja permanecieron a bordo durante toda la estadía de *Eva* en Horcones. Presidían el convoy dos colaboradores civiles del capitán Pantoja: Porfirio Wong y un individuo de sobrenombre Chupito. En cuanto a las cuatro visitadoras, cuya aparición en la escalerilla de desembarco fue saludada con salvas de aplausos por la tropa, respondían a los siguientes apelativos (las cuatro rehusaron dar a conocer sus apellidos): LALITA, IRIS, PECHUGA y SANDRA. Las cuatro fueron inmediatamente concentradas por los llamados Chupito y Chuchupe en el depósito de víveres, para descansar y recibir instrucciones, y quedó vigilando la puerta el denominado Porfirio Wong. Teniendo en cuenta el desasosiego que la presencia de las visitadoras había provocado en los hombres del Puesto, resultó muy oportuno mantenerlas acuarteladas hasta la hora fijada para el comienzo de la operación (las cinco de la tarde), pero ello motivó un leve percance en el seno del SVGPFA. Porque, pasado un tiempo de recuperación de las fatigas del viaje, las nombradas visitadoras pretendieron abandonar el local, alegando que deseaban conocer las inmediaciones y pasear por el Puesto. Al no serles permitido por sus responsables, protestaron ruidosamente con gritos y lisuras y trataron incluso de forzar la salida. Para mantenerlas concentradas fue preciso que ingresara al depósito de víveres el propio capitán Pantoja. Como anécdota, se señala que el soldado raso Segundo Pachas solicitó poco después de la llegada del convoy que se le incluyera entre los usuarios, indicando que estaba dispuesto a desafiar la mala suerte, lo que le fue denegado por estar la lista definitivamente confeccionada.

A las 17 horas menos 5 minutos, el capitán Pantoja ordenó que las visitadoras ocuparan sus respectivos emplazamientos, los mismos que habían sido sorteados así: depósito de víveres, LALITA y PECHUGA; puesto de radio, SANDRA; enfermería, IRIS. Como controladores se situaron el propio capitán Pantoja a la puerta del depósito de víveres, el suscrito ante el puesto de radio y el suboficial Marcos Maravilla Ramos ante la enfermería, cada cual con su respectivo cronómetro. A las 17 horas exactas, es decir apenas terminadas las tareas y servicios de la tropa (con excepción de la guardia), se hizo formar a los veinte usuarios y se les pidió indicar a la visitadora de su elección, produciéndose entonces la primera dificultad seria, debido a que dieciocho de los veinte se pronunciaron resueltamente por la denominada PECHUGA y los dos restantes por IRIS, con lo que las otras dos quedaban sin candidatos-usuarios. Consultado sobre la decisión a tomarse, el capitán Pantoja sugirió y el suscrito puso en práctica la solución siguiente: los cinco hombres de mejor comportamiento en el mes, según foja de servicios, fueron dirigidos hacia el emplazamiento de la solicitada PECHUGA y los cinco de mayor número de castigos y amonestaciones al de la llamada SANDRA, por ser la de físico más perjudicado entre las cuatro visitadoras (abundantes marcas de viruela). Los otros fueron divididos en dos grupos y dirigidos, mediante sorteo, a los emplazamientos respectivos de IRIS y LALITA. Una vez formados los cuatro grupos de cinco hombres, se les explicó brevemente que no podrían excederse de una permanencia máxima de veinte minutos en el emplazamiento, tiempo-tope de una prestación normal según el reglamento del SVGPFA, y se ordenó a quienes esperaran, guardar el mayor silencio y compostura para no perturbar al compañero en acción. La segunda dificultad seria surgió en ese momento, pues todos los hombres pugnaban por ponerse a la cabeza de su grupo respectivo a fin de ser los primeros en obtener la prestación de cada visitadora, llegando a registrarse empujones y altercados verbales. Una vez más hubo que imponer la calma y acudir al sistema del sorteo para disponer el orden de colocación en las filas, todo lo cual significó una demora de unos quince minutos.

A las 17 y 15 se dio la orden de arranque. Conviene adelantar que, en su conjunto, la operación-piloto se llevó a cabo con todo éxito, más o menos dentro de los plazos previstos, y con un mínimo de percances. En cuanto al tiempo de permanencia con la visitadora tolerado a cada usuario, que el capitán Pantoja había temido resultara demasiado corto para una satisfactoria y completa prestación, resultó incluso excesivo. Por ejemplo, éstos son los tiempos empleados por los cinco usuarios del grupo SANDRA que el suscrito cronometró: el primero, 8 minutos; el segundo, 12; el tercero, 16; el cuarto, 10, y el quinto, quien obtuvo el récord, 3 minutos. Tiempos semejantes registraron también los hombres de los demás grupos. De todos modos, el capitán Pantoja hizo notar que estas marcas eran sólo relativamente válidas como síntoma general, ya que, por el aislamiento de Horcones, los usuarios aquí tenían una impaciencia viril acuartelada por plazos tan largos (algunos, seis meses) que tendían a ser anormalmente rápidos en el acto de la prestación. Teniendo en cuenta que entre prestación y prestación había un compás de espera de unos minutos, a fin de que los denominados Chupito y Chuchupe cambiaran el agua de los recipientes de cada emplazamiento, se puede concluir que la operación duró menos de dos horas desde su principio hasta su fin. Ciertos incidentes se suscitaron en el curso de la experiencia-piloto, pero sin revestir gravedad, siendo algunos, incluso, divertidos y útiles para relajar un poco la tensión nerviosa de los hombres que hacían cola. Así, por ejemplo, debido a un descuido del radio-operador del Puesto, que a diario sintoniza Radio Amazonas de Iquitos para escuchar el programa La Voz del Sinchi, que propalamos por el altavoz, al marcar los relojes las 18 horas, la voz de este locutor irrumpió intempestivamente sobre Horcones, pues la emisora estaba en encendido automático, lo que provocó risotadas y amenidad en los hombres, sobre todo cuando vieron asomar en paños menores a la visitadora SANDRA y al sargento primero Esteban Sandora, quienes, por estar efectuando la prestación en el puesto de radio, se alarmaron sobremanera al estallar el ruido. Otro breve incidente se produjo cuando, aprovechándose de que en el depósito de víveres se hallaban operando en compartimentos vecinos PECHUGA y LALITA, el soldado raso Amelio Sifuentes, de la cola de usuarios de esta última, pretendió maliciosamente introducirse en el emplazamiento de la apodada PECHUGA, la misma que, como la superioridad habrá percibido, fue la que conquistó más simpatías entre los hombres de Horcones. El capitán Pantoja sorprendió la mañosa intentona del número Sifuentes y lo reprendió con severidad. En el mismo depósito de víveres se registró igualmente otro percance, que sólo fue descubierto por el suscrito cuando el convoy del SVGPFA había partido. Es así que durante el tiempo dedicado a las prestaciones, o antes, mientras las visitadoras se hallaban concentradas allí, alguien aprovechó la contingencia para abrir una lata de comestibles y sustraer siete conservas de atún, cuatro paquetes de galletas de agua y dos gaseosas, sin que hasta el momento haya sido posible identificar al o a los culpables. En resumen, y con la sola excepción de estos incidentes de orden menor, a las siete de la noche la operación había terminado con todo éxito y reinaba en el Puesto un ambiente de gran satisfacción, paz y alegría entre clases y soldados. El suscrito olvidaba señalar que varios usuarios, al terminar la prestación respectiva, inquirieron si era posible volver a hacer cola (la misma o una distinta) para obtener una segunda prestación, lo que fue denegado por el capitán Pantoja. Éste explicó que se estudiaría la posibilidad de autorizar que se repita la prestación cuando el SVGPFA haya alcanzado su máximo volumen operacional.

Apenas terminada la exgeriencia-piloto, las cuatro visitadoras y los colaboradores civiles Chupito, Chuchupe y Porfirio Wong embarcaron en *Eva* para regresar al centro logístico del río Itaya, en tanto que el capitán Pantoja partía en *Dalila*. Por más que el piloto dio seguridades a la denominada Chuchupe de que conduciría el aparato debidamente y de que no se repetirían los incidentes del día anterior, ésta se negó a volver en avión. Antes de abandonar Horcones, entre los aplausos y gestos reconocidos de clases y soldados, el capitán Pantoja agradeció al suscrito por las facilidades prestadas y por su contribución al éxito de la operación-piloto del SVGPFA y le indicó que esta experiencia, muy provechosa para él, le permitiría perfeccionar y programar en todo detalle el sistema de trabajo, control y desplazamientos del Servicio de Visitadoras.

Sólo queda por someter a la consideración de la superioridad, junto con este informe que ojalá le sea útil, la solicitud
firmada por los cuatro suboficiales del Puesto de Horcones
para que en lo venidero se permita también ser usuarios del
SVGPFA a los mandos intermedios, lo que tiene recomendación favorable del suscrito, debido al buen efecto psicológico
y físico que la experiencia está demostrando haber tenido en
clases y soldados.

Dios guarde a Ud.

Firmado:

alférez ALBERTO SANTANA,
jefe del Puesto de Horcones, sobre el río Napo

16 de septiembre de 1956

ADMINISTRACIÓN, INTENDENCIA
Y SERVICIOS VARIOS DEL EJERCITO

DEPARTAMENTO DE CONTABILIDAD Y FINANZAS

Resolución confidencial N. 069

Los oficiales jefes de Intendencia o suboficiales encargados
de dicha función en los cuarteles, campamentos y puestos de
la V Región Militar (Amazonía), quedan facultados a partir de
hoy, 14 de septiembre de 1956, a descontar por planilla de las
propinas de los soldados y de los haberes de los clases la
remuneración correspondiente a las prestaciones que les brin-
de el Servicio de Visitadoras (SVGPFA). Dichos descuentos

deberán ceñirse estrictamente a las siguientes disposiciones:

1. Las tarifas por prestación, fijadas por el S V G P F A con el visto bueno de la superioridad, serán únicamente de dos tipos, en todos los casos y circunstancias, a saber:

> *Soldados rasos*: veinte (20) soles por prestación.
> *Clases* (de cabo a sargento primero): treinta (30) soles por prestación.

2. El límite máximo de prestaciones mensuales admitidas será de 8 (ocho), no señalándose límite mínimo.

3. La suma descontada será dirigida por el oficial de Intendencia o suboficial encargado, al S V G P F A, organismo que remunerará a las visitadoras mensualmente, de acuerdo al número de prestaciones que hayan servido.

4. Para la verificación y control del sistema, se seguirá el siguiente procedimiento: el oficial de Intendencia o suboficial encargado recibirá con esta Resolución un número adecuado de cupones de cartón, de dos tipos, cada uno de ellos en uno de los colores simbólicos del S V G P F A y sin ninguna indicación escrita: los de color rojo destinados a los soldados y en consecuencia cada uno valdrá veinte (20) soles y los de color verde para clases y por consiguiente cada uno representará treinta (30) soles. El día primero de cada mes se distribuirán a cada clase y soldado de la unidad el número de cupones equivalentes al máximo de prestaciones a que tiene derecho, es decir ocho (8). Un cupón será entregado por el usuario a la visitadora cada vez que se beneficie de una prestación. El día último del mes el clase o soldado devolverá a Intendencia los cupones no usados, haciéndose entonces el correspondiente descuento en función del número de cupones no devueltos (en los casos de extravío o pérdida del cupón, el perjuicio será para la visitadora y no para el S V G P F A).

5. Siendo imprescindible por razones de decoro y moral conservar el máximo de discreción sobre la naturaleza de esta operación contable, en los libros del cuartel, campamento o puesto los descuentos por prestaciones del S V G P F A figurarán camuflados mediante contraseñas. Para el efecto, el oficial o suboficial de Intendencia podrá usar cualquiera de las siguientes fórmulas:

a. Descuento para gastos de vestuario
b. Descuento por deterioro del arma
c. Adelanto por desplazamiento familiar
d. Descuento por actividades deportivas
e. Descuento por sobrealimentación

Esta Resolución N. 069 no será exhibida en las unidades ni comunicada a través de partes o del Orden del Día. El oficial o suboficial de Intendencia participará verbalmente de su contenido a los soldados y clases de su unidad, instruyéndolos al mismo tiempo para que guarden la mayor reserva sobre esta materia, por ser susceptible de echar sombras o atraer críticas malévolas sobre la institución.

Firmado:

coronel EZEQUIEL LÓPEZ LÓPEZ,
jefe del Departamento de Contabilidad y Finanzas

Cúmplase y distribúyase:

general FELIPE COLLAZOS

Lima, 14 de septiembre de 1956

Misiva del capitán (CCC) Avencio P. Rojas, capellán de la Unidad de Caballería N. 7 Alfonso Ugarte, de Contamana, a la Jefa-

tura del Cuerpo de Capellanes Castrenses (CCC) de la V Región (Amazonía).

Contamana, 23 de Noviembre de 1956

Comandante (CCC)
Godofredo Beltrán Calila
Iquitos, Loreto.

Mi comandante y caro amigo:

Cumplo con el deber de informarle que, por dos veces consecutivas en el espacio del presente mes, mi unidad ha recibido la visita de grupos de prostitutas, oriundas de Iquitos y venidas hasta aquí por barco, que fueron alojadas en el cuartel y quienes pudieron ejercer comercio carnal con la tropa a ojos vistas y con la total anuencia de la oficialidad. Entiendo que las dos veces capitaneaba el equipo de mujerzuelas un individuo contrahecho y enano, a quien, se dice, conocen con el alias de Chupo o Pupo en los medios prostibularios de Iquitos. No puedo darle mayores detalles sobre este acontecimiento, que conozco sólo de oídas, ya que en ambas ocasiones fui previamente alejado de aquí por el mayor Zegarra Avalos. La primera vez, y sin considerar que me hallo aún convaleciendo de la hepatitis que tantos estragos hizo a mi organismo, como usted sabe de sobra, el mayor me envió a dar la extremaunción a un proveedor de la unidad, un pescador supuestamente moribundo, que vive a ocho horas de marcha por una trocha de lodazales pestilentes, y a quien encontré borracho y con apenas una insignificante herida en el brazo causada por la mordedura de un mono shimbillo. La segunda vez el mayor me envió a bendecir una tienda de campaña, refugio de exploradores, a catorce horas aguas arriba del Huallaga, misión absolutamente disparatada, como usted se hará cargo, pues jamás en toda su historia ha acostumbrado el Ejército bendecir semejantes instalaciones de tan precaria existencia. Ambas consignas, es evidente, fueron pretextos para evitarme el ser testigo de la conversión en lenocinio de la Unidad N. 7 de Caballería, aunque, le aseguro, por doloroso que hubiera sido para mí ese espectáculo no me habría causado las fatigas físicas y la frustación psicológica que significaron ese par de expediciones inútiles.

Una vez más me permito rogarle, mi querido y respetado comandante, se sirva apoyar con el peso de la influencia que le ha ganado merecidamente su alto prestigio, mi solicitud de traslado a una unidad más llevadera y donde pueda ejercer con más beneficio espiritual mi misión de hombre de Dios y pastor de almas. Le repito, a riesgo de cansarlo, que no hay fortaleza moral ni sistema nervioso que aguante las infinitas burlas y el escarnio constante de que soy objeto aquí, tanto por parte de los oficiales como de la tropa. Todos parecen convencidos de que el capellán es el entretenimiento y haz-merreir de la unidad, y no pasa día sin que me hagan víctima de alguna vileza, a veces tan impía como encontrar un ratón en lugar de hostias en el copón de la Eucaristía en plena celebración de la Misa, o ir despertando la hilaridad general porque me ha sido pegoteado sin que yo lo notara un dibujo obsceno a las espaldas, o invitarme a beber cerveza que luego resulta ser orines, y otras cosas todavía más humillantes, ofensivas y hasta riesgosas para mi salud. Mi sospecha de que el propio mayor Zegarra Avalos instiga y atiza estas perfidias contra mí, ha pasado ya a ser certidumbre.

Pongo en su conocimiento estos hechos, rogándole se sirva indicarme si debería elevar una denuncia a la Comandancia

General de la V Región sobre la venida de las rameras, o si convendría que usted mismo tomara en sus manos el asunto, o si en aras de intereses superiores conviene guardar piadoso silencio sobre el particular.

En espera de su esclarecido consejo y haciendo votos por su buena salud y mejor ánimo, lo saluda muy afectuosamente su subordinado y amigo,

capitán (ccc) AVENCIO P. ROJAS, capellán de la Unidad de Caballería N. 7 Alfonso Ugarte, de Contamana. V Región Militar (Amazonía)

Misiva del comandante (CCC) Godofredo Beltrán Calila, jefe del Cuerpo de Capellanes Castrenses de la V Región (Amazonía) al capitán (CCC) Avencio P. Rojas, capellán de la Unidad de Caballería N. 7 Alfonso Ugarte, de Contamana.

Iquitos, 2 de Diciembre de 1956

Capitán (CCC)
Avencio P. Rojas
Contamana, Loreto.

Capitán:
Una vez más debo lamentar que viva en la luna de Paita. Las delegaciones femeninas que visitaron la Unidad de Caballería N. 7 Alfonso Ugarte, pertenecen al Servicio de Visitadoras para Guarniciones, Puestos de Frontera y Afines (svgpfa), organismo creado y administrado por el Ejército y sobre el cual usted y todos los capellanes a mi mando fueron informados por mí hace varios meses mediante la Circular (ccc)

N. 04606. La existencia del S V G P F A no alegra en absoluto al Cuerpo de Capellanes Castrenses, y todavía menos a mí mismo, pero no necesito recordarle que en nuestra institución donde manda capitán no manda marinero y por lo tanto no queda sino cerrar los ojos y rogar a Dios que ilumine a nuestros superiores para que rectifiquen lo que, a la luz de la religión católica y de la ética castrense, sólo puede ser considerado una grave equivocación.

En cuanto a las quejas que ocupan el resto de su carta, debo reconvenirlo severamente. El mayor Zegarra Avalos es su superior y le corresponde a él, y no a usted, juzgar sobre la utilidad o inutilidad de las misiones que se le confían. La obligación suya es cumplirlas con la mayor celeridad y eficacia posible. Respecto a las burlas de que es objeto, y que por supuesto deploro, responsabilizo de ellas tanto y quizá más a su falta de carácter que a los malos instintos de los otros. ¿Debo recordarle que a usted compete, antes que a nadie, hacerse tratar con la alta deferencia que exige su doble condición de sacerdote y de soldado? Sólo una vez en mi vida de capellán, hace de esto 15 años, me faltaron el respeto y le aseguro que el atrevido debe estar todavía sobándose la cara. Llevar sotana no es llevar faldas, capitán Rojas, y en el Ejército no toleramos a los capellanes con propensión mujeril. Lamento que por su mal entendida noción de la mansedumbre evangélica, o por simple pusilanimidad, contribuya usted a mantener la abyecta especie de que los religiosos no somos varones enteros y de pelo en pecho, capaces de imitar al Cristo que arremetió a latigazos contra los mercaderes que vejaban el Templo.

¡Más dignidad y más coraje, capitán Rojas!

Su amigo,

comandante (C C C) GODOFREDO BELTRÁN CALILA, jefe del C C C de la V Región Militar

5

—Despierta, Panta—dice Pochita—. Pantita, ya son las seis.

—¿Se ha movido el cadetito?—se frota los ojos Panta—. Deja tocal baliguita.

—No hables como idiota, qué te ha dado por imitar a los chinos—hace un gesto de fastidio Pochita—. No, no se ha movido. Toca, ¿sientes algo?

—Estos locos de los 'hermanos' resultaron cosa seria —agita *El Oriente* Bacacorzo—. ¿Vio lo que hicieron en Moronacocha? Para meterles bala, carajo. Menos mal que la policía les está dando una batida en regla.

—Despiete, cadete Pantojita—pega la oreja al ombligo de Pochita Panta—. ¿No ha oído la diana? Qué espela, despiete, despiete.

—No me gusta que hables así, ¿no ves que estoy tan nerviosa con lo del niñito de Moronacocha?—reniega Pochita—. No me aprietes la barriga tan fuerte, vas a hacerle daño al bebe.

—Pero, amor, estoy bromeando—se estira los ojos con dos dedos Panta—. Se me pega la manera de hablar de uno de mis ayudantes. ¿Te vas a enojar por ese adefesio? Anda, dame un besito.

—Tengo miedo de que el cadete se haya muerto—se soba la barriga Pochita—. No se movió anoche, no se mueve esta mañana. Le pasa algo, Panta.

—Nunca he visto un embarazo tan normal, señora Pantoja—la tranquiliza el doctor Arizmendi—. Todo va muy bien, no se preocupe. Lo único, cuidar los nervios. Y para eso, ya sabe, ni acordarse ni hablar de la tragedia de Moronacocha.

—Bueno, a levantase y hacel los ejecicios, señol Pantoja—salta de la cama Panta—. Aliba, aliba.

—Te odio, muérete, por qué no me das gusto—le tira una almohada Pochita—. No hables como chino, Panta.

—Es que estoy contento, chola, las cosas van marchando—abre y cierra los brazos, se levanta y se agacha Panta—. Nunca creí sacar adelante la misión que me dio el Ejército. Y en sólo seis meses he progresado tanto que yo mismo me asombro.

—Al principio te fastidiaba ser espía, tenías pesadillas y llorabas y gritabas de dormido—le saca la lengua Pochita—. Pero ahora estoy notando que el Servicio de Inteligencia te encanta.

—Claro que estoy enterado de ese horror—asiente el capitán Pantoja—. Imagínese que mi pobre madre alcanzó a ver el espectáculo, Bacacorzo. Se desmayó de la impresión, por supuesto, y ha pasado tres días en la clínica, bajo tratamiento médico, con los nervios hechos trizas.

—¿No tenías que salir a las seis y media, hijito?—asoma la cabeza la señora Leonor—. Ya está tu desayuno servido.

—Me ducho en un dos pol tles, mamacita—hace flexiones, boxea con su sombra, salta la cuerda Panta—. Buenos días, señola Leonol.

—Qué le pasa a tu marido que anda así—se sorprende la señora Leonor—. Tú y yo con el alma en un hilo por lo que ha pasado en esta ciudad y él más alegre que un canario.

—El sequeto es la Blasileña—murmura el Chino Porfirio—. Te lo julo, Chuchupe. La conoció anoche, donde Aladino Pandulo y quedó bizco. No podía disimulal, se le tocían los ojos de la admilación. Esta vez cayó, Chuchupe.

—¿Sigue tan bonita o ya se desmejoró algo?—dice Chuchupe—. No la veo desde antes que se fuera a Manaos. Entonces no se llamaba Brasileña, Olguita nomás.

—Tumba al suelo de buena moza, y además de ojos, tetitas y pienas, que toda la vida fuelon de escapalate, ha echado un magnífico culo   silba, manosea el aire el Chino Porfirio—. Se entiende que dos tipos se matalan pol ella.

—¿Dos?—niega con la cabeza Chuchupe—. Sólo el gringuito misionero, que yo sepa.

—¿Y el estudiante, mamy?—se hurga la nariz Chupito—. El hijo del Prefecto, el ahogado de Moronacocha. También se suicidó por ella.

—No, ése fue accidente—le aparta la mano de la nariz y le alcanza un pañuelo Chuchupe—. El mocoso ya se había consolado, venía otra vez a Casa Chuchupe y se ocupaba con las chicas de lo más bien.

—Pero en la cama las hacía llamarse a todas Olguita—se suena y devuelve el pañuelo Chupito—. ¿No te acuerdas cómo nos reíamos espiándolo, mamy? Se arrodillaba y les besaba los pies imaginándose que eran ella. Se mató por amor, estoy seguro.

—Yo sé pol qué dudas, mujel de hielo—se toca el pecho el Chino Porfirio—. Poque a ti te falta lo que a Chupón y a mí nos sobla: colazón.

—Pobre, la compadezco señora Leonor—se estremece Pochita—. Si yo, que sólo conozco el crimen de oídas y de leídas, tengo pesadillas y me despierto creyendo que están crucificando al cadedito, cómo no va a estar usted medio loca, habiendo visto a la criatura con sus propios ojos. Ay, señora Leonor, hablo de eso y se me escarapela el cuerpo, le digo.

—Vaya Olguita, se ha pasado la vida haciendo estragos —filosofa Chuchupe—. Y apenas regresa de Manaos me la pescan trabajando en plena vermouth del cine Bolognesi con un teniente de la Guardia Civil. ¡Las cosas que habrá hecho en el Brasil!

—Una mujer de rompe y raja, como a mí me gustan—se muerde los labios Chupito—. Bien servida de aquí y de acá, un álamo de alta y hasta parece que inteligente.

—¿Quieres que te ahogue en el río, feto de piojo?—le da un empujón Chuchupe.

—Era una broma para hacerte rabiar, mamy—brinca, la besa, suelta una carcajada Chupito—. Para mi corazoncito sólo tú existes. A las otras, las veo con los ojos de la profesión.

—¿Y el señor Pantoja ya la contrató?—dice Chuchupe—. Qué bueno sería verlo caer por fin en las redes de una mujer: los enamorados siempre se ponen blandos. Él es demasiado recto, le hace falta.

—Quiele, pelo no le alcanza la platita—bosteza el Chino Porfirio—. Ah, qué sueño, lo único que no me gusta del Sevicio son estas levantadas al alba. Ahí llegan las muchachas, Chupón.

—Pude darme cuenta desde que bajé del taxi—se entrechocan los dientes de la señora Leonor—. Pero no me di, Pochita, pese a que noté el Arca más llena que otras veces y a que todo el mundo estaba, no sé, medio histérico. Rezaban, lloraban a gritos, había electricidad en el aire. Y, encima, esos truenos y relámpagos.

—Buenos días, visitadoras contentas y alegres—canta Chupito—. A ver, me van formado cola para la revista médica. Por orden de llegada y sin pelearse. Como en el cuartel, como le gusta a Pan-Pan.

—Qué ojos de mala noche, Pichuza—la pellizca en la

mejilla el Chino Porfirio—. Se nota que no te basta el Sevicio.

—Si sigues trabajando por tu cuenta, no durarás mucho aquí—advierte Chuchupe—. Ya se lo has oído mil veces a Pan-Pan.

—Hay incompatibilidad entre visitadora y puta, con perdón de la expresión—sentencia el señor Pantoja—. Ustedes son funcionarias civiles del Ejército y no traficantes del sexo.

—Pero si no he hecho nada, Chuchupe—le muestra las uñas a Porfirio, se da una palmada en el trasero y zapatea Pichuza—. Tengo mala cara porque estoy con gripe y me desvelo en las noches.

—Ya no hable de eso, señora Leonor—la abraza Pochita—. El médico le ha recetado no pensar en ese niño y lo mismo a mí, acuérdese. Dios mío, pobre criatura. ¿Seguro que ya estaba muertecito cuando lo vio? ¿O agonizaba todavía?

—Juré que no pasaría más la revista médica y no la voy a pasar, Chupo—se coloca los puños en las caderas Pechuga—. Ese enfermero es un vivo, a mí no me pone nunca más la mano encima.

—Entonces te la pondré yo—grita Chupito—. ¿No has leído ese cartel? Lee, lee ¿qué mierda dice?

—"Las órdenes se obedecen sin dudas ni murmuraciones" —lee Chuchupe.

—¿No has leído este otlo?—grita el Chino Porfirio—. Ya tiene más de un mes colgado ahí.

—"Sólo se puede alegar contra una orden después de cumplirla"—lee Chuchupe.

—No los he leído porque no sé leer—se ríe Pechuga—. Y a mucha honra.

—La Pechuga tiene razón, Chuchupe—se adelanta Peludita—. Ése es un abusivo, la revista médica es su gran vive-za para aprovecharse. Con el cuento de buscar enfermeda-des, nos mete la mano hasta el cerebro.

—La última vez tuve que darle un sopapo—se rasca la espalda Coca—. Me mandó un mordisco aquí, justo donde me dan esos calambres que usted sabe.

—A la cola, a la cola y no protesten que el enfermero tam-bién tiene su corazoncito—da palmadas, sonríe, las arrea Chuchupe—. No sean malagradecidas, qué más quieren que el Servicio las haga examinar y las tenga siempre sanitas.

—¡Formen cola y vayan pasando, chuchupitas!—ordena Chupito—. Pan-Pan quiere que los convoyes estén listos para la partida cuando él llegue.

—Sí, creo que ya estaba, ¿acaso no dicen que lo clavaron apenas comenzó el aguacero?—le tiembla la voz a la señora Leonor—. Por lo menos, cuando yo lo vi no se movía ni lloraba. Y mira que lo vi desde muy, muy cerca.

—¿Le trasmitió al general Scavino mi solicitud?—apun-ta a una garza que se asolea en la rama de un árbol, dispara y falla el capitán Pantoja—. ¿Acepta recibirme?

—Lo espera en la Comandancia a las diez de la mañana —mira al animal alejarse aleteando frenético sobre los árbo-les el teniente Bacacorzo—. Pero aceptó a regañadientes, ya sabe que el Servicio de Visitadoras no ha contado nunca con su aprobación.

—Lo sé de sobra, en siete meses sólo he podido verlo una vez—vuelve a levantar la escopeta y dispara contra la capa-razón vacía de una tortuga y la hace brincar en el polvo el capitán Pantoja—. ¿Cree que es justo, Bacacorzo? Encima de que se trata de una misión difícil, Scavino me tiene entre ojos, me cree un personaje tenebroso. Como si yo hubiera inventado el Servicio.

—No lo ha inventado, pero ha hecho maravillas con él, mi capitán—se tapa los oídos el teniente Bacacorzo—. El Servicio de Visitadoras es ya una realidad y en las guarniciones no sólo es aprobado sino aclamado. Debe sentirse satisfecho de su obra.

—Todavía no puedo, qué esperanza—arroja los cartuchos vacíos, se limpia la frente, vuelve a cargar la escopeta y se la pasa al teniente el capitán Pantoja—. ¿No se da cuenta? La situación es dramática. A costa de economías y de grandes esfuerzos, aseguramos 500 prestaciones semanales. Eso nos saca muelas, nos tiene boqueando. ¿Y sabe qué demanda deberíamos cubrir? ¡Diez mil, Bacacorzo!

—Tiempo al tiempo—apunta apenas a un arbusto, dispara y mata una paloma el teniente Bacacorzo—. Estoy seguro de que con su tenacidad y su sistema de trabajo, conseguirá llegar a esos diez mil polvitos, mi capitán.

—¿Diez mil semanales?—arruga la frente el general Scavino—. Es una exageración delirante, Pantoja.

—No, mi general—se colorean las mejillas del capitán Pantoja—: una estadística científica. Mire estos organigramas. Se trata de un cálculo cuidadoso y, más bien, conservador. Aquí, vea: diez mil prestaciones semanales corresponden a la "necesidad psicológico-biológica primaria". Si intentáramos cubrir la "plenitud viril" de clases y soldados, la cifra sería de 53, 200 prestaciones semanales.

—¿Cierto que el pobre angelito sangraba todavía de sus manitos y de sus piececitos, señora?—balbucea, abre mucho los ojos, la boca Pochita—. ¿Que todos los 'hermanos' y 'hermanas' se empapaban con la sangre que chorreaba del cuerpecito?

—Me va a dar un síncope—jadea el padre Beltrán—. ¿Quién le ha metido en la mollera esa aberración? ¿Quién le ha dicho que la "plenitud viril" sólo se alcanza fornicando?

—Los más destacados sexólogos, biólogos y psicólogos, Padre—baja los ojos el capitán Pantoja.

—¡Le he dicho que me llame comandante, carajo!—ruje el padre Beltrán.

—Perdón, mi comandante—choca los talones, se confunde, abre un maletín, saca papeles el capitán Pantoja—. Me he permitido traerle estos informes. Son extractos de obras de Freud, de Havelock Ellis, de Wilhelm Steckel, de *Selecciones* y del doctor Alberto Seguín, nuestro compatriota. Si prefiere consultar los libros, los tenemos en la biblioteca del centro logístico.

—Porque además de mujeres, también distribuye pornografía por los cuarteles—golpea la mesa el padre Beltrán—. Lo sé muy bien, capitán Pantoja. En la guarnición de Borja, su ayudante el enano repartió estas inmundicias: *Dos noches de placer* y *Vida, pasión y amores de María la Tarántula*.

—A fin de acelerar la erección de los números y ganar tiempo, mi comandante—explica el capitán Pantoja—. Lo hacemos de manera regular, ahora. El problema es que no tenemos suficiente material. Son ediciones fenicias, se deterioran al primer manoseo.

—Tenía sus ojitos cerrados, la cabecita caída sobre el corazón, como un Cristo chiquito—junta las manos la señora Leonor—. De lejos parecía un monito, pero el cuerpo tan blanco me llamó la atención. Me fui acercando, llegué al pie de la cruz y entonces me di cuenta. Ay, Pochita, me estaré muriendo y todavía veré al pobre angelito.

—O sea que no fue una vez, ni iniciativa de ese enano satánico—aceza, suda, se ahoga el padre Beltrán—. Es el mismísimo Servicio de Visitadoras quien regala esos folletos a los soldados.

—Los prestamos, no hay presupuesto para regalarlos—aclara el capitán Pantoja—. Un convoy de tres a cuatro visitadoras tiene que despachar en una jornada a cincuenta, sesenta, ochenta clientes. Las novelitas han dado buen resultado y por eso las usamos. El número que va leyendo estos folletos mientras hace la cola, termina la prestación dos y tres minutos antes que el que no. Está explicado en los partes del Servicio, mi comandante.

—Lo habré oído todo antes de morirme, Dios mío —manotea en el perchero, coge su quepí, se lo pone y se cuadra el padre Beltrán—. Nunca imaginé que el Ejército de mi Patria iba a caer en semejante podredumbre. Esta reunión es muy lastimosa para mí. Permítame retirarme, mi general.

—Siga nomás, comandante —le hace una venia el general Scavino—. Ya ve en qué estado lo pone a Beltrán el maldito Servicio de Visitadoras, Pantoja. Y con razón, claro. Le ruego que en el futuro nos ahorre los detalles escabrosos de su trabajo.

—Cuánto siento lo de tu suegra, Pochita —destapa la olla, prueba con la punta de la cuchara, sonríe, apaga la cocina Alicia—. Habrá sido terrible para ella ver eso. ¿Sigue siendo 'hermana'? ¿No la han molestado? Parece que la policía está metiendo presa a toda la gente del Arca, en busca de los culpables.

—¿Para qué ha pedido esta audiencia? Ya sabe que no quiero verlo por aquí —consulta su reloj el general Scavino—. Cuanto más claro y más breve sea, mejor.

—Estamos totalmente desbordados —se angustia el capitán Pantoja—. Hacemos esfuerzos sobrehumanos para ponernos a la altura de nuestras responsabilidades. Pero es imposible. Por radio, por teléfono, por carta nos abruman con solicitudes que no estamos en condiciones de satisfacer.

—Qué mierda pasa, en tres semanas no ha llegado un solo convoy de visitadoras a Borja—se enfurece, sacude el auricular, grita el coronel Peter Casahuanqui—. Tiene usted a mis hombres melancólicos, capitán Pantoja, me voy a quejar a la superioridad.

—Pedí un convoy y me mandaron una muestra—mordisquea la uña del dedo meñique, escupe, se indigna el coronel Máximo Dávila—. ¿Se le ocurre que dos visitadoras pueden atender a ciento treinta números y a dieciocho clases?

—Y qué quieres que haga si no hay más chicas disponibles—mueve las manos, ensaliva el aparato de radio Chuchupe—. ¿Que ponga putas como las gallinas ponen huevos? Además, te mandamos sólo dos pero una era Pechuga, que vale diez. Y por último ¿desde cuándo me usteas tú, Cocodrilo?

—Voy a quejarme a la Comandancia de la V Región por sus discriminaciones y preferencias, punto seguido—dicta el coronel Augusto Valdés—. La guarnición del río Santiago recibe un convoy cada semana y yo uno cada mes, punto. Si cree que los artilleros son menos hombres que los infantes, coma, estoy dispuesto a demostrarle lo contrario, coma, capitán Pantoja.

—No, a mi suegra no la han molestado, pero Panta tuvo que ir a la Comisaría a explicar que la señora Leonor no tenía nada que ver con el crimen—Pochita prueba también la sopa y exclama te salió regia, Alicia—. Y un policía vino a la casa, a hacerle preguntas sobre lo que había visto. Qué va a seguir siendo 'hermana', no quiere oir hablar del Arca y al Hermano Francisco lo crucificaría por el mal rato que pasó.

—Todo eso lo sé de sobra y me entristece—asiente el general Scavino—. Pero no me sorprende, cuando se juega con fuego uno se quema. La gente se ha enviciado y, naturalmente, quiere más y más. El error estuvo en comenzar. Ahora no se podrá parar la avalancha, cada día seguirán aumentando las solicitudes.

—Y cada día voy a poder servirlas menos, mi general— se aflige el capitán Pantoja—. Mis colaboradoras están exhaustas y no puedo exigirles más, corro el riesgo de perderlas. Es imprescindible que el Servicio crezca. Le pido autorización para ampliar la unidad a quince visitadoras.

—En lo que a mí concierne, denegado—respinga, agrava el rostro, se frota la calva el general Scavino—. Por desgracia, la última palabra la tienen los estrategas de Lima. Trasmitiré su pedido, pero con recomendación negativa. Diez meretrices a sueldo del Ejército son más que suficientes.

—Le he preparado estos informes, evaluaciones y organigramas sobre la ampliación—despliega cartulinas, señala, subraya, se afana el capitán Pantoja—. Es un estudio muy cuidadoso, me ha costado muchas noches de desvelo. Observe, mi general: con un aumento presupuestario del 22%, dinamizaríamos el volumen operacional en un 60%: de 500 a 800 prestaciones semanales.

—Concedido, Scavino—decide el Tigre Collazos—. La inversión vale la pena. Resulta más barato y más efectivo que el bromuro en los ranchos, que nunca dio resultado. Los partes hablan: desde que entró en funciones el SVGPFA han disminuido los incidentes en los pueblos y la tropa está más contenta. Déjalo que reclute esas cinco visitadoras.

—¿Pero y la Aviación, Tigre?—se revuelve en la silla, se levanta, se sienta el general Scavino—. ¿No ves que tenemos a toda la Fuerza Aérea en contra? Nos ha hecho saber varias veces que desaprueba el Servicio de Visitadoras. También hay oficiales del Ejército y de la Marina que lo piensan: ese organismo no congenia con las Fuerzas Armadas.

—Mi pobre vieja se había encariñado con esos locos del Arca, señor Comisario—cabecea avergonzado el capitán Pantoja—. Iba de cuando en cuando a Moronacocha a verlos y a llevarles ropita para sus niños. Una cosa rara, ¿sabe?, ella nunca había sido dada a las cosas de la religión. Pero esta experiencia la ha curado, le aseguro.

—Dale esa plata, cucufato, y no reniegues tanto—se ríe el Tigre Collazos—. Pantoja lo está haciendo bien y hay que apoyarlo. Y dile que a las nuevas reclutas las elija ricotonas, no te olvides.

—Me da usted una inmensa alegría con la noticia, Bacacorzo—respira hondo el capitán Pantoja—. Ese refuerzo va a sacar al Servicio de un gran apuro, estábamos al borde del colapso por exceso de trabajo.

—Ya ve, salió con su gusto, puede contratar a cinco más —le entrega un comunicado, le hace firmar un recibo el teniente Bacacorzo—. Qué le importa tener en contra a Scavino y a Beltrán si los jefazos de Lima, como Collazos y Victoria, lo respaldan.

—Naturalmente que no molestaremos a su señora mamá, no se preocupe, capitán—lo toma del brazo, lo acompaña hasta la puerta, le da la mano, le hace adiós el Comisario—. Le confieso que va a ser difícil encontrar a los crucificadores. Hemos detenido a 150 'hermanas' y a 76 'hermanos' y todos lo mismo. ¿Sabes quién clavó al niño? Sí. ¿Quién? Yo. Uno para todos y todos para uno, como en *Los tres mosqueteros*, esa película de Cantinflas, ¿la vió?

—Además, me va a permitir dar un cambio cualitativo al Servicio—relee el comunicado, lo acaricia con la yema de los dedos, dilata la nariz el capitán Pantoja—. Hasta hoy

124

elegía al personal por factores funcionales, era sólo cuestión de rendimiento. Ahora, por primera vez entrará en juego el factor estético-artístico.

—Carambolas —aplaude el teniente Bacacorzo—. ¿Quiere decir que se ha encontrado una Venus de Milo aquí en Iquitos?

—Pero con los brazos completos y una carita de resucitar cadáveres —tose, pestañea, se toca la oreja el capitán Pantoja—. Discúlpeme, tengo que irme. Mi señora está donde el ginecólogo y quiero saber cómo la encuentra. Sólo faltan dos meses para que nazca el cadetito.

—¿Y si en vez de cadetito le nace una visitadorcita, señor Pantoja? —echa a reir, calla, se asusta Chuchupe—. No se moleste, no me mire así. Ah, nunca se le pueden hacer bromas, es usted demasiado serio para sus años.

—¿No has leído esa consigna, tú que debes dar aquí el ejemplo? —señala la pared el señor Pantoja.

—"Ni bromas ni juegos durante el servicio", mamy —lee Chupito.

—¿Por qué no está lista la unidad para la inspección? —mira a derecha e izquierda, chasquea la lengua el señor Pantoja—. ¿Terminó la revista médica? Qué esperan para hacer formar y pasar lista.

—¡Formen fila, visitadoras! —hace bocina con las manos Chupito.

—¡Vuela volando, mamacitas! —corea el Chino Porfirio.

—Y ahora nómbrense y numérense —taconea entre las visitadoras Chupito—. Vamos, vamos, de una vez.

—¡Uno, Rita!

—¡Dos, Penélope!

—¡Tres, Coca!

—¡Cuatro, Pichuza!

—¡Cinco, Pechuga!

—¡Seis, Lalita!

—¡Siete, Sandra!

—¡Ocho, Maclovia!

—¡Nueve, Iris!

—¡Diez, Peludita!

—Entelitas y completas, señol Pantoja —se dobla en una reverencia el Chino Porfirio.

—Se le ha quitado la superstición, pero se está volviendo beata, Panta —traza una cruz en el aire Pochita—. ¿Sabes adónde eran las escapadas de tu mamá que nos tenían tan intrigados? A la iglesia de San Agustín.

—Parte del servicio médico —ordena Pantaleón Pantoja.

—"Efectuada la revista, todas las visitadoras se hallan en condiciones de salir en operación" —descifra Chupito—. "La llamada Coca muestra algunos hematomas en la espalda y brazos, que tal vez perjudiquen su rendimiento en el trabajo. Firmado: Asistente Sanitario del SVGPFA".

—Mentira, ese degenerado me odia por el sopapo que le aventé, quiere vengarse —se baja el cierre, expone el hombro, el brazo, mira con odio a la Enfermería Coca—. Sólo tengo unos rasguñitos que me hizo mi gato, señor Pantoja.

—Bueno, en todo caso eso está mejor, chola —se encoge bajo las sábanas Panta—. Si con los años le ha dado por la religión, mejor que sea por la verdadera y no por creencias bárbaras.

—Un gato que se llama Juanito Marcano y es idéntico a Jorge Mistral —susurra Pechuga al oído de Rita.

—Que tú ya te lo quisieras aunque sea para Fiestas Patrias —zigzaguea como una víbora Coca—. Tetas de chancha.

—Diez soles de multa a Coca y Pechuga por hablar en filas —no pierde la calma, saca un lápiz, un cuaderno el se-

126

ñor Pantoja—. Si crees que estás en condiciones de salir en el convoy, puedes hacerlo, Coca, ya que te autoriza el servicio sanitario, así que no te pongas histérica. Y ahora, plan de trabajo de la jornada.

—Tres convoyes, dos de 48 horas y uno que regresa esta misma noche—emerge de detrás de la formación Chuchupe—. Ya hice el sorteo con los palitos, señor Pantoja. Un convoy de tres chicas al campamento de Puerto América, en el río Morona.

—Quién lo comanda y quiénes lo integran—moja la punta del lápiz en los labios y anota Pantaleón Pantoja.

—Lo comanda este cristiano y van conmigo Coca, Pichuza y Sandra—indica Chupito—. Loco ya está dándole su mamadera a *Dalila*, así que podemos partir en diez minutos.

—Que Loco se porte bien y no haga las travesuras de siempre, señor Pan-Pan—señala al hidroavión que se balancea en el río y a la figurita que lo cabalga Sandra—. Mire que si me mato, usted sale perdiendo. Le he dejado mis hijitas en herencia. Y tengo seis.

—Diez soles a Sandra, por el mismo motivo que a las otras—levanta el índice, escribe Pantaleón Pantoja—. Lleva tu convoy hacia el embarcadero, Chupito. Buen viaje y a trabajar con temperamento y convicción, muchachas.

—Convoy a Puerto América, nos fuimos—manda Chupito—. Cojan sus maletines. Y ahora, en dirección a *Dalila*, vuela volando, chuchupitas.

—Los convoyes dos y tres salen en *Eva* dentro de una hora—da parte Chuchupe—. En el dos, Bárbara, Peludita, Penélope y Lalita. Lo llevo yo, a la guarnición Bolognesi, en el río Mazán.

—¿Y si con tanto susto por el niñito crucificado, el cade-

te nace fenómeno? —hace pucheros Pochita—. Qué tragedia tan horrible sería, Panta.

—Y el tecelo sigue conmigo aguas aliba, hasta Campo
Yavalí—surca el aire con la mano el Chino Porfirio—. La
vuelta el jueves a mediodía, señol Pantoja.

—Bien, vayan embarcando y a portarse como se pide
chumbeque—hace adiós a las visitadoras Pantaleón Pantoja—. Ustedes vengan un momento a mi oficina, Chino y
Chuchupe. Tengo que hablarles.

—¿Cinco chicas más? Qué buena noticia, señor Pantoja
—se frota las manos Chuchupe—. Apenas regrese este convoy, se las consigo. No habrá ninguna dificultad, hay lluvia
de solicitantes. Ya se lo he dicho, nos estamos haciendo fa-
mosos.

—Muy mal hecho, nosotros no debemos salir de la clandestinidad—muestra el cartel que dice «En boca cerrada no
entran moscas» Pantaleón Pantoja—. Preferiría que me tra-
jeras unas diez candidatas, para elegir yo a las cinco mejores. A cuatro, en realidad, porque la otra, he pensado . . .

—¡En Olguita la Blasileña!—esculpe senos, caderas, muslos el Chino Porfirio—. Una idea luminosa, señol Pan-Pan.
Ese monumento nos dalá fama. Vuelvo del viaje y con las
mismas se la busco.

—Búscala ahorita y me la traes sin más—se ruboriza, cambia de voz Pantaleón Pantoja—. Antes de que Moquitos la
enrole para sus bulines. Tienes todavía una hora, Chino.

—Vaya, qué apuradito, señor Pantoja—rezuma mermelada, azúcar, merengue Chuchupe—. Me están dando unas
ganas de volver a verle la cara a la bella Olguita.

—Cálmate, amor, no pienses más en eso—se preocupa,
recorta un cartón, lo pintarrajea, lo cuelga Panta—. Desde
ahora, queda terminantemente prohibido hablar en esta ca-

sa del niño crucificado y de los locos del Arca. Y para que no se te olvide a ti tampoco, mamá, voy a clavar un cartel.

—Encantada de verlo de nuevo, señor Pantoja —se come todo con los ojos, se curva, perfuma el aire, pía la Brasileña—. Así que ésta es la famosa Pantilandia. Vaya, había oído hablar tanto y no podía imaginarme cómo sería.

—¿La famosa qué? —avanza la cabeza, acerca una silla Pantaleón Pantoja—. Siéntate, por favor.

—Pantilandia, así le llama la gente a esto —abre los brazos, luce las axilas depiladas, se ríe la Brasileña—. No sólo en Iquitos, por todas partes. Oí hablar de Pantilandia en Manaos. Qué nombrecito raro ¿vendrá de Disneylandia?

—Me temo que más bien venga de Panta —la observa de arriba abajo, de lado a lado, le sonríe, se pone serio, sonríe de nuevo, transpira el señor Pantoja—. Pero tú no eres brasileña sino peruana ¿no? Por tu manera de hablar, al menos.

—Nací aquí, me pusieron eso porque he vivido en Manaos —se sienta, se sube la falda, saca una polvera, se empolva la nariz, los hoyuelos de las mejillas la Brasileña—. Pero, ya ve, todos vuelven a la tierra en que nacieron, como en el vals.

—Mejor sacas de ahí ese cartel, hijito —se tapa los ojos la señora Leonor—. Eso de estar leyendo "Prohibido hablar del mártir" hace que Pochita y yo no hablemos de otra cosa todo el santo día. Tienes unas ideas, Panta.

—¿Y qué cosas se dicen de Pantilandia? —tamborilea en el escritorio, se hamaca en el asiento, no sabe qué hacer con sus manos Pantaleón Pantoja—. ¿Qué has oído por ahí?

—Exageran mucho, no se le puede creer a la gente —cruza las piernas, los brazos, hace dengues, guiños, se humedece los labios mientras habla la Brasileña—. Figúrese que en Manaos decían que era una ciudad de varias manzanas y con centinelas armados.

9

—Bueno, no te decepciones, sólo estamos comenzando —sonríe, se muestra amable, sociable, conversador Pantaleón Pantoja—. Te advierto que, por lo pronto, ya tenemos un barco y un hidroavión. Pero esa publicidad internacional sí que no me gusta nada.

—Decían que había trabajo para todo el mundo en condiciones fabulosas—alza y baja los hombros, juega con sus dedos, agita las pestañas, cimbra el cuello, ondea los cabellos la Brasileña—. Por eso me ilusioné y tomé el barco. En Manaos dejé a ocho amigas de una casa buenísima haciendo maletas para venirse a Pantilandia. Se van a llevar la misma prendida que yo.

—Si no te importa, te ruego que llames a este lugar el centro logístico en vez de Pantilandia—se esfuerza por parecer serio, seguro y funcional el señor Pantoja—. ¿Te explicó Porfirio para qué te he hecho venir?

—Me adelantó algo—frunce la nariz, las pestañas, entorna los párpados, incendia las pupilas la Brasileña—. ¿Es verdad que hay posibilidades de trabajo para mí?

—Sí, vamos a ampliar el Servicio—se enorgullece, contempla un panel con gráficos Pantaleón Pantoja—. Empezamos con cuatro, luego aumentamos a seis, a ocho, a diez, y ahora habrá quince visitadoras. Quién sabe algún día seremos eso que se dice.

—Me alegro mucho, ya pensaba regresarme a Manaos porque veía aquí la cosa negra—se muerde los labios, se limpia la boca, se examina las uñas, sacude una mota de polvo de su falda la Brasileña—. Me pareció que no le había hecho buena impresión el día que nos conocimos en "La lámpara de Aladino Panduro".

—Te equivocas, me hiciste muy buena, muy buena—ordena lápices, cartapacios, abre y cierra los cajones del escritorio, tose Pantaleón Pantoja—. Te habría contratado antes, pero no lo permitía el presupuesto.

—¿Y se pueden saber el sueldo y las obligaciones, señor Pantoja?—estira el cuello, hace un ramillete con sus manos, trina la Brasileña.

—Tres convoyes semanales, dos por aire y uno por barco—enumera Pantaleón Pantoja—. Y diez prestaciones mínimas por convoy.

—¿Convoyes son los viajes a los cuarteles?—se asombra, palmotea, suelta una carcajada, hace un guiño pícaro, se disfuerza la Brasileña—. Y prestaciones deben ser, ay, qué risa.

—Ahora que déjame decirte una cosa, Alicia—besa la estampita del niño-mártir la señora Leonor—. Sí, hicieron una monstruosidad sin nombre. Pero, en el fondo, no era maldad sino miedo. Estaban aterrados con tanta lluvia y creyeron que con el sacrificio Dios aplazaría el fin del mundo. No querían hacerle daño, pensaban que era mandarlo derechito al cielo. ¿No has visto cómo en todas las arcas que descubre la policía, le han levantado altares?

—En cuanto al porcentaje, es 50% de lo deducido a los clases y soldados por planilla—escribe en una hoja, se la entrega, puntualiza Pantaleón Pantoja—. El otro 50% se invierte en mantenimiento. Y ahora, aunque sé que contigo no es necesario, porque lo que vales, hmm, está a la vista, tengo que cumplir con la norma. Quítate el vestido un segundo, por favor.

—Ay, qué lástima—pone cara de duelo, se levanta, ensaya unos pasos de maniquí, hace un mohín la Brasileña—. Estoy con mi cosa, señor Pantoja, me vino ayer justamente. ¿Le importaría entrar por la puerta falsa, esta vez? En el Brasil les encanta, incluso lo prefieren.

—Sólo quiero verte, darte el visto bueno—queda rígido,

palidece, encrespa las cejas, articula Pantaleón Pantoja—. Es el examen de presencia que deben pasar todas. Tienes una imaginación calenturienta.

—Ah, bueno, ya decía yo dónde va a ser la cosa, si aquí no hay ni siquiera una alfombra—da un golpecito con el pie en el entarimado, sonríe aliviada, se desviste, dobla su ropa, posa la Brasileña—. ¿Le parezco bien? Estoy un poco flaquita, pero en una semana recupero mi peso. ¿Cree que tendré éxito con los soldaditos?

—Sin la menor duda—mira, asiente, se estremece, carraspea Pantaleón Pantoja—. Tendrás más que Pechuga, nuestra estrella. Bueno, aprobada, ya puedes vestirte.

—Y no sólo eso, señora Leonor—examina la imagen, se persigna Alicia—. Figúrese que, además de estampitas y oraciones, también han comenzado a aparecer estatuas del niñito-mártir. Y dicen que en vez de disminuir, ahora hay más 'hermanos' del Arca que antes.

—¿Qué hacen ustedes ahí?—brinca del asiento, va a trancos hacia la escalerilla, acciona furioso Pantaleón Pantoja—. ¿Con qué permiso? ¿No saben que cuando tomo examen está terminantemente prohibido subir al puesto de mando?

—Es que lo busca un señor que se llama Sinchi, señor Pantoja—tartamudea, queda boquiabierto Sinforoso Caiguas.

—Que es urgente y muy importante, señor Panta—observa hipnotizado Palomino Rioalto.

—Fuera de aquí los dos—les obstruye la visión con su cuerpo, da un manazo en la baranda, estira el brazo Pantaleón Pantoja—. Que ese sujeto espere. Fuera, prohibido mirar.

—Bah, no se moleste, a mí no me importa, esto no se gasta—se va poniendo la enagua, la blusa, la falda la Brasileña—. ¿Así que usted se llama Panta? Ahora entiendo lo de Pantilandia. Ah, las ocurrencias de la gente.

—Mi nombre de pila es Pantaleón, como mi padre y mi abuelo, dos militares ilustres—se emociona, se acerca a la Brasileña, alarga dos dedos hacia los botones de su blusa el señor Pantoja—. Ten, deja que te ayude.

—¿No podrías aumentarme el porcentaje a 70%?—ronronea, retrocede hasta pegarse contra él, le echa su aliento a la cara, busca con la mano y aprieta la Brasileña—. La casa está haciendo una buena adquisición, te lo demostraré cuando se me pase la cosa. Sé comprensivo, Panta, no te arrepentirás.

—Suelta, suelta, no me agarres ahí—da un brinquito, se inflama, se avergüenza, se irrita Pantaleón Pantoja—. Tengo que advertirte dos cosas: no puedes tutearme sino tratarme de usted, como todas las visitadoras. Y nunca más esas confianzas conmigo.

—Pero si tenía la bragueta hinchadita, fue para hacerle un favor, no quise ofenderlo—se compunge, apena, asusta la Brasileña—. Perdóneme, señor Pantoja, le juro que nunca más.

—Por una excepción especialísima te daré el 60%, considerando que eres un aporte de categoría para el Servicio —se arrepiente, se serena, la acompaña hasta la escalerilla Pantaleón Pantoja—. Y, además, porque viniste desde tan lejos. Pero ni una palabra, me crearías un lío terrible con tus compañeras.

—Ni una, señor Pantoja, será un secretito entre los dos, un millón de gracias—recobra la risa, las gracias, las coqueterías, baja los peldaños la Brasileña—. Ahora me voy, ya veo que tiene visita. ¿Cuando nadie nos oiga podré decirle señor Pantita? Es más bonito que Pantaleón o que Pantoja. Adiós, hasta lueguito.

—Claro que me parece horrible lo que hicieron, Pochita
—levanta el matamoscas, espera unos segundos, golpea y
ve caer al suelo el cadáver la señora Leonor—. Pero si los
conocieras como yo, te darías cuenta que no son malos de
naturaleza. Ignorantes sí, no perversos. Yo los he visitado
en sus casas, hablado con ellos: zapateros, carpinteros, alba-
ñiles. La mayoría ni siquiera saben leer. Desde que se hacen 'hermanos' ya no se emborrachan ni engañan a sus mujeres ni comen carne ni arroz.

—Encantado, mucho gusto, choque esos cinco—hace
una reverencia japonesa, cruza el puesto de mando como
un emperador, chupa su puro y sopla humo el Sinchi—. A
sus órdenes, para todo lo que se le ofrezca.

—Buenos días—olfatea la atmósfera, se desconcierta, tiene un acceso de tos Pantaleón Pantoja—. Tome asiento.
¿En qué puedo servirle?

—Ese portento de mujer que me encontré en la puerta
me dio mareos—señala la escalera, silba, se entusiasma, fuma el Sinchi—. Caramba, me habían dicho que Pantilandia
era el paraíso de las mujeres y veo que es cierto. Qué lindas
flores crecen en su jardín, señor Pantoja.

—Tengo mucho trabajo y no puedo malgastar mi tiempo,
así que apúrese—respinga, coge un cartapacio y trata de di-
sipar la nube que lo envuelve Pantaleón Pantoja—. En cuanto a eso de Pantilandia, le prevengo que no me hace gracia.
No tengo sentido del humor.

—El nombre no lo inventé yo, sino la fantasía popular
—abre los brazos y discursea como ante una rugiente multi-
tud el Sinchi—, la imaginación loretana, siempre tan buida
y sápida, tan ingeniosa. No lo tome a mal, señor Pantoja,
hay que ser sensitivo para con las creaciones populares.

—Me está usted dando miedo, señora Leonor—se toca la

134

barriga Pochita—. Aunque se haya salido del Arca, en el fondo sigue siendo 'hermana', con qué cariño habla de ellos. Ojalá nunca se le ocurra crucificar al cadetito.

—¿Usted no dirige un programa en Radio Amazonas? —tose, se ahoga, se seca los ojos llorosos Pantaleón Pantoja—. ¿A las seis de la tarde?

—Yo mismo, aquí tiene a la famosísima Voz del Sinchi en persona—engola la voz, empuña un micro invisible, declama el Sinchi—. Terror de autoridades corrompidas, azote de jueces venales, remolino de la injusticia, voz que recoge y prodiga por las ondas las palpitaciones populares.

—Sí, en alguna ocasión he oído su programa, ¿bastante popular, no?—se pone de pie, va en busca de aire puro, respira con fuerza Pantaleón Pantoja—. Muy honrado con su visita. Qué se le ofrece.

—Soy un hombre de mi tiempo, desprejuiciado, progresista, así que vengo a echarle una mano—se levanta, lo persigue, lo arrebosa de humo, le tiende unos dedos fláccidos el Sinchi—. Además, me cae usted simpático, señor Pantoja, y sé que podemos ser buenos amigos. Yo creo en las amistades a primera vista, mi olfato no me falla. Quiero servirlo.

—Muy agradecido—se deja sacudir, palmear los hombros, se resigna a volver al escritorio, a seguir tosiendo Pantaleón Pantoja—. Pero, la verdad, no necesito sus servicios. Al menos por el momento.

—Eso es lo que se cree, hombre cándido e inocente—abarca todo el espacio con un ademán, se escandaliza medio en serio medio en broma el Sinchi—. En este enclave erótico vive lejos del mundanal ruido y, por lo visto, no se entera de las cosas. No sabe lo que se anda diciendo por las calles, los peligros que lo rodean.

—Dispongo de muy poco tiempo, señor—mira la hora,

se impacienta Pantaleón Pantoja—. O me indica de una vez lo que quiere o me hace el favor de irse.

—Si no le exiges que me pida disculpas, no pongo más los pies en esta casa—llora, se encierra en su cuarto, no quiere comer, amenaza la señora Leonor—. ¡Crucificar a mi futuro nieto! ¿Crees que voy a aguantarle una malacrianza así, por más nerviosa que esté con su embarazo?

—Estoy sometido a presiones irresistibles—aplasta el puro en el cenicero, lo despedaza, se aflige el Sinchi—. Amas de casa, padres de familia, colegios, instituciones culturales, iglesias de todo color y pelo, hasta brujas y ayahuasqueros. Soy humano, mi resistencia tiene un límite.

—Qué chanfaina es ésa, de qué me habla—sonríe viendo desvanecerse la última nubecilla de humo Pantaleón Pantoja—. No entiendo palabra, sea más explícito y vaya al grano de una vez.

—La ciudad quiere que hunda a Pantilandia en la ignominia y que lo mande a usted a la quiebra—sintetiza risueñamente el Sinchi—. ¿No sabía que Iquitos es una ciudad de corazón corrompido pero de fachada puritana? El Servicio de Visitadoras es un escándalo que sólo un tipo progre-, sista y moderno como yo puede aceptar. El resto de la ciudad está espantado con esta vaina y, hablando en cristiano, quiere que lo hunda.

—¿Que me hunda?—se pone muy serio Pantaleón Pantoja—. ¿A mí? ¿Que hunda al Servicio de Visitadoras?

—No existe nada lo bastante sólido en toda la Amazonía que La Voz del Sinchi no pueda echar abajo—da un tincanazo en el vacío, resopla, se envanece el Sinchi—. Modestia aparte, si yo le pongo la puntería, el Servicio de Visitadoras no dura una semana y usted tendrá que salir pitando de Iquitos. Es la triste realidad, mi amigo.

—O sea que ha venido a amenazarme—se endereza Pantaleón Pantoja.

—Nada de eso, al contrario—da estocadas a fantasmas, se ciñe el corazón como un tenor, cuenta billetes que no existen el Sinchi—. Hasta ahora he resistido las presiones por espíritu combativo y por una cuestión de principios. Pero, en adelante, puesto que yo también tengo que vivir y el aire no alimenta, lo haré por una compensación mínima. ¿No le parece justo?

—O sea que ha venido a chantajearme—se pone de pie, se demacra, vuelca la papelera, corre hacia la escalerilla Pantaleón Pantoja.

—A ayudarlo, hombre, pregunte y verá la fuerza ciclónica de mi emisión—saca músculos, se levanta, se pasea, gesticula el Sinchi—. Tumba jueces, subprefectos, matrimonios, lo que ataca se desintegra. Por unos cuantos miserables soles estoy dispuesto a defender radialmente al Servicio de Visitadoras y a su cerebro creador. A dar la gran batalla por usted, señor Pantoja.

—Que me pida disculpas a mí esa vieja bruja que no entiende chistes—rompe tazas, se tira bocabajo en la cama, araña a Panta, solloza Pochita—. Entre tú y ella me van a hacer perder el bebe a punta de colerones. ¿Crees que se lo dije en serio, pedazo de idiota? Fue de mentiras, fue bromeando.

—¡Sinforoso! ¡Palomino!—da palmadas, grita Pantaleón Pantoja—. ¡Sanitario!

—Qué le pasa, nada de ponerse nervioso, cálmese—queda quieto, suaviza la voz, mira a su alrededor alarmado el Sinchi—. No necesita responderme de inmediato. Haga sus consultas, averigüe quién soy yo y discutimos la próxima semana.

—Sáquenme a este zamarro de aquí y zambúllanlo en el río—ordena a los hombres que aparecen corriendo en la boca de la escalera Pantaleón Pantoja—. Y no le vuelvan a permitir la entrada al centro logístico.

—Oiga, no se suicide, no sea inconsciente, yo soy un superhombre en Iquitos—manotea, empuja, se defiende, se resbala, se aleja, desaparece, se empapa el Sinchi—. Suéltenme, qué significa esto, oiga, se va a arrepentir, señor Pantoja, yo venía a ayudarlo. ¡Yo soy su amigoooo!

—Es un gran zamarro, sí, pero su programa lo oyen hasta las piedras—curiosea una revista abandonada en una mesa del "Lucho's Bar" el teniente Bacacorzo—. Ojalá que ese remojón en el Itaya no le traiga problemas, mi capitán.

—Prefiero los problemas antes que ceder a un sucio chantaje—un titular que pregunta "¿Sabe quién es y qué hace el Yacuruna?" intriga al capitán Pantoja—. He dado parte al Tigre Collazos y estoy seguro que él comprenderá. Más bien, me preocupa otra cosa, Bacacorzo.

—¿Las diez mil prestaciones, mi capitán?—"Un príncipe o demonio de las aguas que provoca los remolinos o malos pasos de los ríos" se llega a leer entre los dedos del teniente Bacacorzo—. ¿Subieron a quince mil con el calorcito del verano?

—Las habladurías—"Cabalga en el lomo de los caimanes o sobre la piel de las gigantescas boas del río" dice una ilustración sobre la que ha inclinado la cabeza el capitán Pantoja—. ¿Cierto que hay tantas? Aquí, en Iquitos. Sobre el Servicio, sobre mi persona.

—Anoche me soñé otra vez lo mismo, Panta—se toca la sien Pochita—. A ti y a mí nos crucificaban en la misma cruz, uno de cada lado. Y la señora Leonor venía y nos clavaba una lanza, a mí en la barriga y a ti en el pajarito. ¿Qué sueño más loco, no amor?

—Es usted el hombre más famoso de la ciudad, naturalmente—"Calza sus pies con la caparazón de las tortugas" asegura una frase interrumpida por el codo del teniente Bacacorzo—. El más odiado por las mujeres, el más envidiado por los hombres. Y Pantilandia, con su perdón, el centro de todas las conversaciones. Pero como usted no ve a nadie y sólo vive para el Servicio de Visitadoras, qué le importa.

—No me importa por mí sino por la familia—"Y en las noches duerme protegido por cortinas hechas con alas de mariposas" consigue leer por fin el capitán Pantoja—. Mi esposa es muy sensible y en su estado actual, si descubre esto, le haría una impresión tremenda. Y no se diga a mi madre.

—A propósito de habladurías—arroja la revista al suelo, se vuelve, recuerda el teniente Bacacorzo—. Tengo que contarle algo muy gracioso. Scavino ha recibido a una comisión de vecinos notables de Nauta, encabezados por el Alcalde. Venían a traerle un memorial, jajá.

—Consideramos un privilegio abusivo que el Servicio de Visitadoras sea exclusividad de los cuarteles y de las bases de la Naval—se cala los lentes, mira a sus compañeros, adopta una postura solemne y lee el alcalde Paiva Runhuí—. Exigimos que los ciudadanos mayores de edad y con libreta militar de los abandonados pueblos amazónicos, tengan derecho a utilizar ese Servicio, y a las mismas tarifas reducidas que los soldados.

—Ese Servicio sólo existe en sus mentes podridas, mis amigos—lo interrumpe, les sonríe, los mira con benevolencia, con afecto paternal el general Scavino—. ¿Cómo se les ocurre pedir audiencia para semejante disparate? Si la prensa se enterara de esta petición, no le duraría mucho la Alcaldía, señor Paiva Runhuí.

—Estamos dando el mal ejemplo a los civiles, llevando tentaciones a pueblos que vivían en una pureza bíblica—se demuda el padre Beltrán—. Espero que cuando lean este memorial, se les tuerza la cara de vergüenza a los estrategas de Lima.

—Escucha esto y cáete de espaldas, Tigre—estruja el teléfono, lee el memorial con ira el general Scavino—. Ya empezó a circular la noticia por todas partes, mira lo que piden esos tipos de Nauta. Se nos viene encima el escándalo que tanto te advertí.

—Qué cuentas saca con los dedos—alza la presa de pollo y da un mordisco el teniente Bacacorzo—. Como dice Scavino, ustedes los de Intendencia terminan siempre con la locura matemática.

—Vaya conchudos, antes protestaban porque la tropa se tiraba a sus mujeres y ahora porque les hacen falta mujeres para tirarse—juguetea con un secante el Tigre Collazos—. No hay manera de tenerlos contentos, lo que les gusta es protestar. Ponlos de patitas en la calle y no les recibas solicitudes tan cojudas, Scavino.

—Horror de los horrores—se cuelga la servilleta en el pecho, condimenta la ensalada con aceite y vinagre, empuña el tenedor y come el capitán Pantoja—. Si ampliaran el Servicio a los civiles, teniendo en cuenta la población masculina de la Amazonía la demanda subiría de diez mil a un millón de prestaciones mensuales cuando menos.

—Tendría que importar visitadoras del extranjero—liquida los últimos restos de carne, deja el hueso blanquísimo, bebe un trago de cerveza, se limpia la boca y las manos y delira el teniente Bacacorzo—. La selva se convertiría en un solo bulín y usted, en su oficinita del Itaya, tomaría el tiempo de ese diluvio de polvos con un millón de cronómetros. Confiese que le gustaría, mi capitán.

—No te imaginas lo que he visto, Pochita—pone la canasta en el repostero, saca un paquete y lo ofrece Alicia—. En la panadería de Abdón Laguna, que es 'hermano', han comenzado a hacer panes del mártir de Moronacocha. Les llaman los panes-niño y la gente los compra a montones. Te traje uno, mira.

—Te pedí diez y me traes veinte—observa desde la baranda las cabezas lacias, crespas, morenas, pelirrojas, castañas Pantaleón Pantoja—. ¿Crees que voy a pasarme el día tomando examen a las candidatas, Chuchupe?

—No es mi culpa—va bajando la escalerilla prendida del pasamanos Chuchupe—. Se corrió la voz que había cuatro vacantes y empezaron a salir mujeres como moscas de todos los barrios. Hasta de San Juan de Munich y de Tamshiyaco vinieron. Qué quiere, señor Pantoja, a todas las chicas de Iquitos les gustaría trabajar con nosotros.

—La verdad es que no lo entiendo—baja tras ella mirando las rollizas espaldas, las gelatinosas nalgas, las tuberosas pantorrillas Pantaleón Pantoja—. Aquí ganan poco y les sobra trabajo. ¿Qué caramelo las atrae tanto? ¿El buen mozo de Porfirio?

—La seguridad, señor Pantoja—señala con la cabeza los vestidos multicolores, los grupos que zumban como enjambres de abejas Chuchupe—. En la calle no hay ninguna. Para las 'lavanderas', a un día bueno siguen tres malos, nunca vacaciones y no se descansa el domingo.

—Y el Mocos es un negrero en sus bulines—las hace callar con un silbido y les indica que se acerquen Chupito—. Las mata de hambre, las trata mal y a la primera quemada a su casa. No sabe lo que es consideración ni humanidad.

—Aquí es distinto—se endulza, se toca los bolsillos Chuchupe—. Siempre hay clientes, las jornadas son de ocho ho-

141

rás y usted lo tiene todo tan organizado que a ellas les encanta. ¿No ve que hasta las multas le aguantan sin chistar?

—Lo cierto es que el primer día me dio un poco de aprensión—corta, pone mantequilla, mermelada, prueba un bocado y mastica la señora Leonor—, pero qué le vamos a hacer, el pan-niño es el más rico de Iquitos. ¿A ti no te parece, hijito?

—Bueno, vamos a seleccionar a esas cuatro—decide Pantaleón Pantoja—. Qué esperas, hazlas formar, Chino.

—Sepálense un poco, muchachas, pa que se luzcan mejol—coge brazos, presiona espaldas, hace avanzar, retroceder, ladearse, coloca, mide el Chino Porfirio—. Las enanitas delante y las gigantas detlás.

—Aquí las tiene, señor Pantoja—brinca de un lado a otro, indica silencio, da ejemplo de seriedad, las alinea Chupito—. Ordenadas y formalitas. A ver, chicas, volteen a la derecha. Así, muy bien. Ahora a la izquierda, muestren su lindo perfil.

—¿Que suban una pol una a su oficina pal examen calatitas, señol?—se acerca y le susurra al oído el Chino Porfirio.

—Imposible, me demoraría toda la mañana—mira su reloj, reflexiona, se anima, da un paso al frente y las encara Pantaleón Pantoja—. Voy a pasar revista colectiva, para ganar tiempo. Escúchenme bien, todas: si alguna tiene reparos en desvestirse en público, salga de la fila y la veré después. ¿Ninguna? Tanto mejor.

—Todos los hombres afuera—abre el portón del embarcadero, los azuza, les da empellones, regresa Chuchupe—. Rápido, flojos ¿no han oído? Sinforoso, Palomino, enfermero, Chino. Tú también, Chupón. Cierra esa puerta, Pichuza.

—Abajo faldas, blusas y sostenes, me hacen el favor—se

coge las manos a la espalda y camina muy grave escudriñando, sopesando, comparando Pantaleón Pantoja—. Pueden quedarse en calzón, las que llevan. Ahora, media vuelta en el mismo sitio. Eso mismo. Bueno, vamos a ver. Una pelirroja, tú. Una morena, tú. Una oriental, tú. Una mulata, tú. Listo, cubiertas las vacantes. Las otras, déjenle la dirección a Chuchupe, tal vez haya una nueva oportunidad pronto. Muchas gracias y hasta la próxima.

—Las seleccionadas, aquí mañana a las nueve en punto, para la revista médica—anota calles y números, las acompaña hasta la salida, las despide Chuchupe—. Bien bañaditas, muchachas.

—A ver, a ver, sírvanse esto calientito que si no, no es rico—distribuye los platos de sopa humeante la señora Leonor—. El famoso timbuche loretano, por fin me animé a hacerlo. ¿Qué tal me salió, Pocha?

—Qué buen gusto ha tenido para elegirlas, señor Pan-Pan—sonríe con malicia, mira chispeando, canta la Brasileña—. De todos los colores y sabores. Sáqueme de la curiosidad ¿no tiene miedo que viendo tanta calata un día se acostumbre y ya no sienta nada con las mujeres? Dicen que les pasa a algunos médicos.

—Está riquísimo, señora Leonor—toma la temperatura con la punta de la lengua, sorbe una cucharada Pochita—. Se parece mucho a lo que en la costa llamamos chilcano.

—¿Estás tratando de tomarme el pelo, Brasileña?—arruga las cejas Pantaleón Pantoja—. Te advierto que ser un hombre serio no es ser un cojudo, no te equivoques.

—La diferencia es que todos los pescados de esta sopita son del Amazonas y no del Océano Pacífico—vuelve a llenar los platos la señora Leonor—. Paiche, palometa y gamitana. Uy, qué gustosa.

—Es usted el que se equivoca, no estoy tomándole el pelo sino haciéndole una broma—hace una caída de pestañas, quiebra la cadera, palpita los senos, modula la Brasileña—. ¿Por qué no me deja ser su amiga? Apenas le hablo se pone chúcaro, señor Pan-Pan. Cuidadito, mire que soy como los cangrejos, me encanta ir contra la corriente. Si me basurea tanto, me voy a enamorar de usted.

—Uf, pero qué calor da—se abanica con la servilleta, se toma el pulso Pochita—. Pásame el ventilador, Panta. Me ahogo.

—Ese calor no es del timbuche, sino del cadetito—le toca el vientre, le acaricia la mejilla Panta—. Debe estar bostezando, estirándose. A lo mejor es esta noche, chola. Buena fecha: 14 de marzo.

—Ojalá no sea antes del domingo—mira el calendario Pochita—. Que primero llegue la Chichi, quiero que esté aquí cuando el parto.

—Según mis cálculos todavía no has salido de cuentas—transpira, acerca la cara congestionada a las aspas susurrantes la señora Leonor—. Te falta lo menos una semana.

—Claro que sí, mamá ¿no has visto el organigrama de mi cuarto? Será entre hoy y el domingo—chupa las espinas de pescado, frota el plato con un pedazo de pan, toma agua Panta—. ¿Le hiciste caso al doctor, caminaste un poco hoy? ¿Con tu inseparable Alicia?

—Sí, fuimos hasta "La Favorita" a tomar un helado—resopla Pochita—. Oye, de veras ¿tú sabes qué es eso de Pantilandia, amor?

—¿Eso de qué?—se inmovilizan las manos, los ojos, la cara de Pantita—. ¿Cómo has dicho, amor?

—Algo cochino, se me ocurre—recibe el aire del ventilador suspirando Pochita—. Unos tipos hacían chistes colora-

dos en "La Favorita" sobre las mujeres de, oye, qué gracioso, ¡Pantilandia es como si viniera de Panta!

—Achís, hmmm, pshhh—se atora, estornuda, lagrimea,
tose Pantita.

—Toma un poco de agua— le coge la frente, le alcanza
un pañuelo, le alza los brazos la señora Leonor—. Eso te
pasa por comer tan rápido, siempre te lo digo. A ver, unos
golpecitos en la espalda, otro trago de agüita.

6

SVGPFA

Instrucciones para los centros usuarios

El Servicio de Visitadoras para Guarniciones, Puestos de Frontera y Afines se permite hacerle llegar estas Instrucciones, que, de ser estrictamente aplicadas, permitirán a su unidad aprovechar de manera racional y fructífera los servicios del SVGPFA y a este organismo cumplir su misión con eficacia y prontitud:

1. Apenas alertado por el SVGPFA de la llegada del convoy, el jefe de la unidad hará disponer los emplazamientos de las visitadoras, los mismos que deberán reunir las siguientes características: techados, no contiguos, dotados de cortinas que los protejan de miradas indiscretas y aseguren una luz pobre o penumbra y de mecheros o focos provistos de pantallas rojas o recubiertas de trapos o papeles de dicho color por si las prestaciones son nocturnas. Cada emplazamiento estará equipado de: camastro con colchón de paja o jebe, revestido de hule o lona impermeable y sábana; silla, banco o clavo para colocar las prendas de vestir; bacinica o recipiente que haga sus veces como balde o lata grande; lavador con su respectivo depósito de agua limpia; un jabón; una toalla; un rollo de papel higiénico; un irrigador con tripa y vitoque. Se sugiere añadir algún complemento estético femenino, como ramo de flores, grabado o dibujo artístico, para imprimirle una atmósfera atrayente. Aunque conviene que la unidad tenga listos los emplazamientos a la llegada de las visitadoras, para el arreglo de los mismos el oficial responsable puede asesorarse por el jefe del convoy, quien le brindará toda la ayuda necesaria.

2. El oficial responsable tomará las providencias para que el convoy permanezca en su unidad el tiempo estrictamente suficiente al cumplimiento de sus funciones y no lo prolongue sin razón. Desde su llegada hasta su partida los miembros del convoy deberán mantenerse dentro del recinto de la unidad, no permitiéndoseles en ningún caso tener contacto con el elemento civil de las localidades vecinas, ni dentro de la unidad alternar con los clases y soldados fuera del período de la prestación. Antes y después de la misma, las visitadoras quedarán acuarteladas en sus emplazamientos y no podrán compartir los ranchos con la tropa, ni departir con los soldados, ni visitar las instalaciones de la plaza. A fin de que la presencia del convoy pase desapercibida del elemento civil de las cercanías, se aconseja impedir el ingreso a la unidad a toda persona ajena a la misma durante la permanencia en ella de las visitadoras. La unidad tiene obligación de proporcionar gratuitamente albergue y tres alimentos (desayuno, almuerzo y comida) a todos los miembros del convoy.

3. Se aconseja no anunciar a los clases y soldados la venida del convoy hasta la llegada del mismo, pues la experiencia ha demostrado que si la noticia se comunica con anticipación, cunde en la tropa una ansiedad y un nerviosismo que perjudica notoriamente el cumplimiento de sus obligaciones. Apenas llegado el convoy, el jefe de la unidad establecerá una lista de usuarios, exclusivamente entre clases y soldados, autorizando para ello a todos éstos a solicitar ser candidatos. Conocidas las candidaturas, procederá a eliminar de la lista a quienes padezcan cualquier enfermedad infecto-contagiosa, y muy en especial de tipo venéreo (gonorrea, chancro) y a quienes domicilien ácaros, chinches, piojos, ladillas y demás variedades de anopluros. Se aconseja hacer pasar una visita médica a los candidatos.

4. Elaborada la lista de usuarios, se hará conocer de éstos a las visitadoras presentes y se los conminará a manifestar sus preferencias. Como, a juzgar por la experiencia, la elección espontánea nunca permite una distribución equitativa de usuarios por visitadora, el jefe de la unidad utilizará el método que crea mejor (sorteo, méritos y deméritos según foja de servicios) para dividir a los usuarios en grupos parejos por visitadora, teniendo en cuenta que cada una de éstas tiene el compromiso de asegurar un mínimo de diez prestaciones en cada unidad. Excepcionalmente, si el número de usuarios supera esa cifra, se romperá el principio de equidad y simetría atribuyendo un mayor número de usuarios a la visitadora más solicitada o menos fatigada del convoy.

5. Establecidos los grupos, se procederá a sortear el orden de ingreso de cada usuario en el emplazamiento y se instalarán controladores en la puerta de los mismos. El tiempo máximo por prestación es de veinte minutos. Excepcionalmente, en las unidades donde el número de usuarios no alcance a cubrir la cifra mínima laboral de las visitadoras (diez) se podrá extender el tiempo de la prestación a treinta minutos pero en ningún caso más. En las instrucciones previas, se debe advertir a los usuarios que la prestación será del tipo considerado normal, no estando obligada la visitadora a satisfacer ninguna demanda de carácter insólito o aberrante, fantasías anti-naturales, perversiones o caprichos fetichistas. No se permitirá a ningún usuario repetir la prestación ni con la misma ni con diferente visitadora.

6. A fin de distraer y preparar a los usuarios mientras se hallan esperando turno para entrar al emplazamiento, el jefe del convoy les distribuirá material impreso adecuado, de carácter fotográfico y literario, el mismo que deberá ser devuelto a los controladores al ingresar el usuario donde la visi-

tadora y en el mismo estado que lo recibió. La destrucción o el deterioro de grabados y textos serán sancionados con multas y privación de futuras prestaciones del SVGPFA.

7. El SVGPFA tratará siempre de hacer llegar los convoyes a los centros usuarios de tal modo que las prestaciones puedan efectuarse a las horas más convenientes (el atardecer o la noche), es decir terminadas las tandas del servicio diurno, pero si ello no es posible por razones de tiempo o distancia, el jefe de la unidad permitirá que las prestaciones tengan lugar de día y no retendrá el convoy en espera de la oscuridad.

8. Una vez terminadas las prestaciones, el jefe de la unidad enviará al SVGPFA un parte estadístico, cuidadosamente verificado, con los siguientes datos: (*a*) número exacto de usuarios atendidos por cada visitadora; (*b*) nombre y apellido de cada usuario con el número de la foja de servicios y boleta de cargo con el descuento correspondiente en la planilla; (*c*) un breve informe sobre el comportamiento de los miembros del convoy (jefe, visitadoras, personal de transporte) durante su estancia en la unidad y (*d*) crítica constructiva y sugerencias para la mejora del SVGPFA.

Firmado:
         capitán EP (Intendencia) PANTALEÓN PANTOJA,

V. B. general EP FELIPE COLLAZOS,
jefe de Administración, Intendencia y Servicios Varios
del Ejército.

Lagunas, 2 de septiembre de 1957

El capitán EP Alberto J. Mendoza R. tiene el agrado de enviar al SVGPFA, el siguiente parte sobre el paso del convoy n. 16 por el campamento Lagunas (río Huallaga) a su mando:

El convoy n. 16 llegó al campamento Lagunas el jueves 1 de septiembre, a las 15 horas, procedente de Iquitos, en el transporte fluvial *Eva* y partió a las 19 horas del mismo día en dirección al campamento Puerto Arturo (sobre el mismo río Huallaga). Presidía el convoy la señora Leonor Curinchila, Chuchupe, y lo integraban las visitadoras Dulce María, Lunita, Pichuza, Bárbara, Penélope y Rita. Conforme instrucciones, se dividió a los 83 usuarios en seis grupos (cinco de catorce hombres y uno de trece) que fueron atendidos por las mencionadas visitadoras dentro de los plazos reglamentarios y a su entera satisfacción. En vista de que la menos solicitada por la tropa fue la visitadora Dulce María, se le asignó a ella el grupo de sólo trece hombres. Adjunto lista de los 83 usuarios con nombre, apellido, número de foja de servicios y boleta de descuento por planilla. El comportamiento del convoy durante su permanencia en Lagunas fue correcto. Sólo se registró un incidente, a la llegada del barco, al reconocer el número Reinaldino Chumbe Quisqui entre las visitadoras a una hermana materna suya (la denominada Lunita) y proceder a insultarla e impartirle un castigo corporal, felizmente de leves consecuencias, antes de ser contenido por la guardia. El número Chumbe Quisqui fue privado de la prestación y encerrado en el calabozo con seis días de rigor por su mal carácter y proceder, pero luego amnistiado de esta segunda parte del castigo a instancias de su hermana materna Lunita y de las otras visitadoras. El suscrito se permite sugerir al SVG-PFA, organismo cuya labor encomian todos los clases y soldados, que estudie la posibilidad de ampliar sus servicios a los suboficiales, por haberlo solicitado éstos repetidamente, y de çrear una brigada especial de visitadoras de alta categoría para oficiales solteros o con familia residiendo lejos de la región a donde sirven.

S. e. u o.

Firmado:

capitán EP ALBERTO J. MENDOZA R.

SVGPFA

Parte número quince

ASUNTO GENERAL: Servicio de Visitadoras para Guarniciones, Puestos de Frontera y Afines.
ASUNTO ESPECÍFICO: Celebración y balance del primer aniversario e Himno de las Visitadoras.
CARACTERÍSTICAS: secreto.
FECHA Y LUGAR: Iquitos, 16 de agosto de 1957.

El suscrito, capitán EP (Intendencia) Pantaleón Pantoja, jefe del Servicio de Visitadoras para Guarniciones, Puestos de Frontera y Afines, respetuosamente se presenta ante el general Felipe Collazos, jefe de Administración, Intendencia y Servicios Varios del Ejército, lo saluda y dice:

1. Que con motivo de celebrarse el día 4 de este mes el primer aniversario del SVGPFA, el suscrito se permitió ofrecer al personal masculino y femenino de este organismo, un sencillo almuerzo de camaradería, en el local del río Itaya, que, para no gravar demasiado el magro presupuesto del Servicio, fue elaborado por un grupo voluntario de visitadoras bajo la dirección de nuestra jefe de personal, doña Leonor Curinchila (a) Chuchupe. Que en el transcurso del ágape no sólo se fraternizó sanamente con alegría y humor, mientras se degustaban las excelencias de la cocina amazónica —el menú constó de la célebre sopa de maní de la región, el Inchic Capi, Juane de arroz con gallina, helados de cocona y, como bebida, cerveza—sino que, asimismo, se aprovechó esta conmemoración para hacer un alto en el camino, pasar revista a lo cosechado por el Servicio en su primer año de vida e intercambiar apreciaciones, sugerencias y críticas positivas, siempre con los ojos de la mente puestos en el mejor cumplimiento de la tarea que el Ejército nos tiene confiada.

2. Que, en resumen, el balance de este primer año del SVGPFA—sintetizado por el suscrito ante sus colaboradores en una breve alocución, a los postres del ágape—contabiliza un total de 62.160 prestaciones ofrecidas por el Servicio a los clases y soldados de nuestras unidades de frontera y a la marinería de las bases navales amazónicas, guarismo que, aunque muy por debajo de la demanda, constituye un modesto éxito para el Servicio: dicha cifra prueba que, en todo momento, el SVGPFA *utilizó su potencia operativa al máximo de su rendimiento* —ambición suprema de toda empresa productora—como se desprende de la descomposición del total de 62.160 prestaciones en sus sumandos componentes. Que, en efecto, los dos primeros meses, cuando el SVGPFA contaba apenas con cuatro visitadoras, el volumen de prestaciones alcanzó a 4.320, lo que

arroja un promedio de 540 prestaciones mensuales por visitadora, es decir veinte diarias, marca que (la superioridad recordará el parte número uno enviado por el suscrito) caracteriza a las visitadoras de máxima eficiencia. Que, en el cuarto y quinto mes, cuando el equipo de visitadoras era de seis miembros, las prestaciones ascendieron a 6.480, lo que da, asimismo, una media de una veintena de prestaciones diarias por unidad de trabajo. Que los meses quinto, sexto y séptimo representan 13.560 prestaciones, o sea siempre un promedio diario de veinte por cada una de las ocho visitadoras que constituían el personal del SVGPFA. Que en el octavo, noveno y décimo mes, el ritmo se mantuvo idéntico —máximo nivel de eficacia—pues las 16.200 prestaciones de ese trimestre tabulan también promedios de veinte para las diez visitadoras del SVGPFA, en tanto que estos dos últimos meses las 21.600 prestaciones realizadas indican una vez más que las veinte visitadoras con que contamos en la actualidad han sabido mantener ese alto promedio sin inflexión alguna. Que el suscrito se permitió concluir su alocución conmemorativa felicitando al personal del SVGPFA por su buen comportamiento y regularidad en el trabajo y exhortándolo a redoblar esfuerzos para alcanzar en el futuro metas más altas de rendimiento tanto cuantitativa como cualitativamente.

3. Que en un gesto simpático, luego del brindis final por el SVGPFA, las visitadoras cantaron ante el suscrito una obrita musical secretamente compuesta por ellas para la ocasión y que propusieron fuera adoptada como Himno de este Servicio. Que el suscrito accedió a dicha solicitud, luego de ser interpretado el Himno varias veces con verdadero entusiasmo por todas las visitadoras, medida que espera sea ratificada por la superioridad, teniendo en cuenta la conveniencia de estimular las iniciativas que, como ésta, denotan interés y cariño

del personal por el organismo del que forman parte, fomentan el espíritu fraternal indispensable para la realización de las tareas conjuntas y revelan una alta moral, espíritu joven y aun algo de ingenio y picardía, que, en pequeñas dosis por supuesto, nunca están de más para añadir sal y pimienta a la tarea realizada.

4. Que ésta es la letra de la aludida composición, la misma que debe ser entonada con la música de la universalmente conocida "La Raspa":

HIMNO DE LAS VISITADORAS

Servir, servir, servir
Al Ejército de la Nación
Servir, servir, servir
Con mucha dedicación

Hacer felices a los soldaditos
—¡Vuela volando, chuchupitas!—
Y a los sargentos y a los cabitos
Es nuestra honrosa obligación

Servir, servir, servir
Al Ejército de la Nación
Servir, servir, servir
Con mucha dedicación

Por eso vamos contentas y alegres
En los convoyes de nuestro Servicio
—sin pelearnos, sin meter vicio—
con Chinito, Chuchupe o Chupón

155

Servir, servir, servir
Al Ejército de la Nación
Servir, servir, servir
Con mucha dedicación

En la tierra, en la hamaca, en la hierba
Del cuartel, campamento o solar
Damos besos, abrazos y afines
Cuando lo ordena el superior

Servir, servir, servir
Al Ejército de la Nación
Servir, servir, servir
Con mucha dedicación

Cruzamos selvas, ríos y cochas
Ni al otorongo, ni al puma ni al tigre
Tenemos ningún temor
Porque nos sobra patriotismo
Hacemos riquísimo el amor

Servir, servir, servir
Al Ejército de la Nación
Servir, servir, servir
Con mucha dedicación

Y ahora a callar visitadoras
Hay que partir a trabajar
Dalila nos está esperando
Y *Eva* loquita por zarpar

> *Adiós, adiós, adiós*
> *Chinito, Chuchupe y Chupón*
> *Adiós, adiós, adiós*
> *Señor Pantaleón*

Dios guarde a Ud.

Firmado:

capitán R P (Intendencia) PANTALEÓN PANTOJA

c.c. al general Roger Scavino, Comandante en Jefe de la
V. Región (Amazonía).

ANOTACIÓN:

*Comuníquese al capitán Pantoja que la Administración, Intendencia
y Servicios Varios del Ejército, ratifica sólo provisionalmente su
decisión de reconocer el Himno de las Visitadoras concebido por el
personal femenino del S V G P F A, pues hubiera preferido que dicha letra
fuera coreada con música de alguna canción del rico acervo folklórico
patrio, en vez de utilizar una melodía foránea como es "La Raspa",
sugerencia que deberá ser tomada en cuenta en el porvenir.*

Firmado:

general FELIPE COLLAZOS,
*Jefe de Administración, Intendencia y Servicios Varios del
Ejército.*

---

*Mensaje radial en clave del alférez E P Alberto Santana, jefe del
Puesto de Horcones (sobre el río Napo), captado en el Campamento Militar Vargas Guerra de Iquitos y transmitido al
destinatario (c.c. a la Comandancia de la V Región, Amazonía).*

Ruego comunicar al capitán EP (Intendencia) Pantaleón Pantoja, jefe del Servicio de Visitadoras para Guarniciones, Puestos de Frontera y Afines, el siguiente mensaje:

1. En mi nombre y en el de los suboficiales, clases y soldados del Puesto de Horcones, le hago llegar nuestra más sincera felicitación por el nacimiento de su hijita Gladys y nuestros votos por la felicidad y muchos éxitos en la vida de la flamante heredera, siendo la causa de lo tardío de esta congratulación el habernos enterado del venturoso suceso sólo ayer, con motivo de la llegada a Horcones del convoy SVGPFA n. 11.

2. Asimismo, en mi nombre y en el de todos los soldados a mi mando le participo nuestra solidaridad más fraternal y nuestra repulsa y decidida condena por las pérfidas insinuaciones y viborescas sugerencias que contra el Servicio de Visitadoras viene haciendo desde hace algún tiempo el programa La Voz del Sinchi, de Radio Amazonas, el mismo que, en prueba de nuestra indignación, ya no se escuchará más en el Puesto de Horcones, radiándose ahora a la tropa por el altavoz la emisión Música y Cantos del Ayer de Radio Nacional.

Muy agradecido,

Alférez EP ALBERTO SANTANA,
jefe del Puesto de Horcones (sobre el río Napo)

Oficio del jefe de la Guarnición de Borja, coronel EP Peter Casahuanqui, al Servicio de Visitadoras para Guarniciones, Puestos de Frontera y Afines.

El coronel EP Peter Casahuanqui, jefe de la Guarnición de Borja, lamenta tener que comunicar al S V G P F A que, durante la permanencia en esta unidad del convoy n. 25, presidido por el sujeto apodado Chupito e integrado por las visitadoras Coca, Peludita, Flor y Maclovia, permanencia que debió prolongarse ocho días debido a la inclemencia del tiempo que impedía despegar al hidroavión *Dalila* de las aguas del Marañón, se han registrado algunos incidentes que a continuación pormenoriza:

1. A fin de impedir que al terminar las prestaciones (efectuadas con normalidad el día de la llegada del convoy) las visitadoras tuvieran contactos extra-reglamentarios con la tropa, se las acuarteló a todas en la sala de suboficiales debidamente acondicionada para ello. Gracias a una oportuna denuncia, esta jefatura fue informada que el piloto de *Dalila*, alias Loco, preparaba un ilícito negocio, ya que había propuesto a los suboficiales de Borja, prestaciones de las visitadoras mencionadas, a cambio de dinero. Sorprendidos en plena operación en horas de la noche, tres suboficiales de la unidad recibieron castigos de rigor, el sujeto de apodo Loco quedó encerrado en el calabozo hasta la partida del convoy y las visitadoras fueron amonestadas.

2. Al tercer día de la estancia del convoy en la Guarnición de Borja, pese a la severa vigilancia tendida en torno al emplazamiento donde se hallaba concentrado, se registró la fuga conjunta de la visitadora Maclovia y del jefe de la guardia encargada de la protección del convoy, sargento primero Teófilo Gualino. Inmediatamente se tomaron las disposiciones necesarias para la persecución y captura de los prófugos,

quienes, se descubrió, habían huído apoderándose delictuosamente de un deslizador de la Guarnición. Luego de dos días
de intensas búsquedas, los fugitivos fueron hallados en la
localidad de Santa María de Nieva, donde habían recibido
protección y amparo en un refugio clandestino de los Hermanos del Arca, después de atravesar milagrosamente, teniendo
en cuenta el tiempo reinante y lo embravecido del río (por
intercesión divina del niño-mártir de Moronacocha, según
creencia ingenua de la pareja) los Pongos del Marañón. El
refugio de los fanáticos del Arca fue denunciado a la Guardia
Civil, la que procedió a efectuar una redada, por desgracia sin
éxito, pues los 'hermanos' y 'hermanas' consiguieron inter-
narse en el monte. Los desertores de Borja, en cambio, sí
fueron detenidos, pretendiendo al principio oponer resistencia, pero el grupo de caza, al mando del alférez Camilo Bohór-
quez Rojas, los redujo fácilmente. Se comprobó entonces, por
documentos decomisados a los interfectos, que ese mismo día
en la mañana habían contraído matrimonio, ante el Teniente
Gobernador de Santa María de Nieva, por lo civil, y ante el
capellán de la Misión por lo religioso. El sargento primero
Teófilo Gualino ha sido despojado de todos sus grados, retro-
cedido a la condición de soldado raso, castigado con ciento
veinte días de calabozo a pan y agua, y consignada su reproba-
ble acción en su foja de servicios con la calificación "falta graví-
sima". En cuanto a la visitadora Maclovia, es devuelta al centro
logístico para que el SVGPFA le imponga la sanción que crea justa.

Dios guarde a Ud.

Firmado:

                    coronel EP PETER CASAHUANQUI,
        jefe de la Guarnición de Borja (sobre el río Marañón)

Amigo Pantoja:

La paciencia, como todo lo que es humano, tiene su límite.
No quiero insinuar que abusa usted de la mía, pero cualquier
observador imparcial diría que la pisotea, pues ¿cómo calificar
si no el silencio pétreo que han merecido todos los mensajes
verbales y amistosos que le he mandado en las últimas semanas con sus empleados Chupito, Chuchupe y Chino Porfirio?
La cosa es tristemente simple, tiene que entenderlo y aprender
a distinguir de una vez entre sus amigos y quienes no lo son, o,
perdóneme señor Pantoja, su floreciente negocio se irá a pique.
La ciudad entera me exige que arremeta contra usted y contra
lo que todas las personas decentes de Iquitos consideran un
escándalo sin precedentes ni atenuantes. Ya sabe que soy
hombre de mi tiempo, dispuesto a verlo, hacerlo y conocerlo
todo antes de morir y capaz, en aras del progreso, de aceptar
que en esta hermosa tierra loretana donde vi la luz, florezca
una industria como la suya. Pero incluso yo, con mi mente
ancha, no puedo menos que comprender a quienes se asustan,
se persignan y ponen el grito en el cielo. Al principio eran sólo
cuatro, amigo Pantoja, y ahora ¿veinte, treinta, cincuenta?, y
usted lleva y trae a las pecadoras por los aires y por los ríos de
la Amazonía. Sepa que al pueblo se le ha metido entre ceja y
ceja que su negocio se cierre. Las familias no duermen en paz
sabiendo que a poca distancia de sus casas, a la vista de sus
menores hijas, hay ese abceso de desenfreno y vicio, y usted
seguramente se habrá percatado que el gran entretenimiento
de todos los niños de Iquitos es ir al Itaya a ver partir y llegar

161

el barco y el hidroavión con su variopinto cargamento. Ayer mismo me lo comentaba, con lágrimas en los ojos, el director del Colegio San Agustín, ese viejecito tan santo como sabio, el Padre José María.

Acepte la realidad: la vida y la muerte de su millonario negocio están en mis manos. Hasta ahora he resistido las presiones y me he limitado, de cuando en cuando, para aplacar algo la cólera de la ciudadanía, a lanzar discretas advertencias, pero si continúa en su incomprensión y terquedad y si antes de fin de mes no está en mi poder lo que me es debido, no habrá para su empresa, ni para su cerebro y gerente, más que guerra a muerte, sin piedad ni compasión, y ambos sufrirán las fatales consecuencias.

De estas y otras muchas cosas me hubiera gustado platicar amistosamente con usted, señor Pantoja. Pero temo su carácter, sus intemperancias, esos malos modos que tiene, y, además, con una sonrisa en los labios déjeme decirle que dos zambullidas forzadas en las sucias aguas del Itaya son lo máximo que este su servidor puede tomar a broma y perdonar: a la tercera le respondería como hombre, pese a que a mí no me gusta la violencia.

Ayer lo vi, amigo Pantoja, de tardecita, paseándose por la avenida González Vigil, muy cerca del Asilo de Ancianos. Iba a acercarme a saludarlo pero lo noté tan bien acompañado y viviendo un momento tan tierno, que no lo hice, pues sé ser discreto y comprensivo. Me alegró mucho reconocer a la bella damita que usted tenía cogida de la cintura y que le daba esos mordisquitos tan cariñosos en la oreja. Pero si resulta que no es su gentil esposa, dije para mi capote, sino esa joya de mujer importada de Manaos por este industrial emprendedor, la de pasado tan glorioso. Tiene usted un exquisito gusto, señor Pantoja, y entérese que todos los hombres de la ciudad lo envidiamos, porque la Brasileña es lo más tentador y apetecido que haya pisado Iquitos, dichoso usted y también los soldaditos. ¿Se dirigían a ver el crepúsculo en el lindo lago de Morona, a jurarse eterno amor en el barranco donde fue crucificado el niño-mártir, como se ha puesto de moda hacerlo entre los enamorados de esta tierra?

Un cordial apretón de manos de quien ya sabe,

XXX

SVGPFA

Parte número dieciocho

ASUNTO GENERAL: Servicio de Visitadoras para Guarniciones, Puestos de Frontera y Afines.
ASUNTO ESPECÍFICO: Incidentes ocurridos al convoy n. 25, en Borja, entre el 22 y el 30 de septiembre de 1957.
CARACTERÍSTICAS: secreto.
FECHA Y LUGAR: Iquitos, 6 de octubre de 1957.

El suscrito, capitán EP (Intendencia) Pantaleón Pantoja, jefe del Servicio de Visitadoras para Guarniciones, Puestos de Frontera y Afines, respetuosamente se presenta ante el general Felipe Collazos, jefe de Administración, Intendencia y Servicios Varios del Ejército, lo saluda y dice:

1. Que, respecto a los graves acontecimientos registrados en la Guarnición de Borja, a los que se refiere el oficio del coronel EP Peter Casahuanqui que le adjunta, el SVGPFA ha efectuado una minuciosa investigación que ha permitido establecer los hechos siguientes:

a. Durante los ocho días que permaneció el convoy n. 25

en Borja (22 al 30 de septiembre), el tiempo en toda esa región no dejó absolutamente nada que desear, resplandeciendo el sol, no lloviendo ni una sola vez y estando las aguas del río Marañón muy tranquilas, según los partes meteorológicos de la Fuerza Aérea Peruana y de la Armada Peruana que se acompañan.

b. Las declaraciones de todos los miembros del convoy n. 25 coinciden en afirmar de manera categórica que su permanencia en Borja se debió a que la hélice de *Dalila* fue aviesamente desmontada por manos ignotas, a fin de impedir la partida del avión y retener al convoy en Borja, puesto que al octavo día la hélice reapareció montada en el aparato de la misma manera misteriosa.

c. Asimismo, todos los miembros del convoy n. 25 coinciden en afirmar que, durante los ocho días de estacionamiento obligatorio en Borja, las visitadoras Coca, Peludita, Flor y Maclovia (esta última sólo mientras estuvo en la Guarnición, claro está) fueron inducidas a conceder prestaciones diarias y repetidas a todos los oficiales y suboficiales de la unidad, en contra del reglamento del SVGPFA que exceptúa de sus beneficios a los mandos altos e intermedios, y sin que dichas prestaciones fueran económicamente retribuidas.

d. El piloto de *Dalila* asegura que la razón de su encierro en el calabozo de Borja fue, exclusivamente, haber intentado impedir que las visitadoras brindaran las prestaciones anti-reglamentarias y ad-honorem que se les exigían, las que suman, según cálculos aproximados de ellas mismas, la elevada cifra de 247.

e. El suscrito quiere hacer constar que no comunica los resultados de esta investigación con el ánimo de contradecir el testimonio del coronel EP Peter Casahuanqui, destacado jefe del Ejército a quien estima y respeta, sino como una simple colaboración encaminada a ampliar el informe de dicho jefe y a que resplandezca toda la verdad.

2. De otro lado, tiene el honor de hacerle saber que la investigación llevada a cabo por el SVGPFA sobre la fuga y posterior matrimonio de la visitadora Maclovia con el ex-sargento primero Teófilo Gualino, coincide matemáticamente con la versión contenida en el oficio del coronel EP Peter Casahuanqui, alegando sólo la suscrita que el ex-sargento Gualino y ella se apoderaron de un deslizador de la Guarnición en calidad de préstamo, por ser el río el único medio de salir de Borja, y que era su firme intención devolverlo en la primera oportunidad. La visitadora Maclovia ha sido expulsada del SVGPFA, sin indemnizaciones y sin carta de recomendación por su irresponsable comportamiento.

3. El suscrito se permite hacer observar a la superioridad que el origen de estos incidentes, como de la mayoría que se han registrado pese a los esfuerzos del SVGPFA y de los oficiales responsables de los centros usuarios, es la dramática falta de efectivos de este Servicio. El equipo de veinte (20) visitadoras (diecinueve en la actualidad, pues la dicha Maclovia no ha sido aún reemplazada), no obstante la dedicación y buena voluntad de todos los colaboradores del SVGPFA, es totalmente insuficiente para cubrir la absorbente demanda de los centros usuarios, a los que no podemos atender como sería nuestro deseo, sino, con perdón de la expresión, a cuentagotas, y este racionamiento motiva ansiedad, sentimientos de frustración y, a veces, actos precipitados y lamentables. Una vez más el suscrito se permite exhortar a la superioridad a que dé un paso vigoroso y audaz, consintiendo en que el SVGPFA aumente su equipo operacional de veinte (20) a treinta (30) visitadoras, lo que significará un progreso importante en pos de la todavía

remota cobertura de la llamada por la ciencia "plenitud viril" de nuestros soldados de la Amazonía.

Dios guarde a Ud.

Firmado:

capitán EP (Intendencia) PANTALEÓN PANTOJA

Adjuntos: oficio del coronel EP Peter Casahuanqui, jefe de la Guarnición de Borja (sobre el río Marañón) y dos (2) partes meteorológicos de la FAP y de la AP.

ANOTACIÓN:

Transmítase el anterior informe del capitán Pantoja al general Roger Scavino, comandante en jefe de la V Región, con las siguientes instrucciones:

1. Efectuar una investigación inmediata y detallada sobre lo ocurrido en la Guarnición de Borja, entre el 22 y el 30 de septiembre, con el convoy n. 25 del SVGPFA y castigar severamente a quienes resulten responsables, y

2. Acceder a la solicitud del capitán Pantoja y suministrar al SVGPFA los fondos necesarios para que aumente su equipo operacional de veinte a treinta visitadoras.

Firmado:

general FELIPE COLLAZOS,
jefe de Administración, Intendencia y Servicios Varios del Ejército.
Lima, 10 de octubre de 1957

Oficio confidencial del contralmirante AP Pedro G. Carrillo, jefe de la Fuerza Fluvial del Amazonas, al general EP Roger Scavino, comandante en jefe de la V Región (Amazonía).

Base de Santa Clotilde, 2 de octubre de 1957

De mi consideración:

Tengo el honor de hacerle saber que hasta mí han llegado, desde las diferentes bases que la Armada tiene dispersas por la Amazonía, manifestaciones de sorpresa y descontento, tanto de la marinería como de la oficialidad, en relación con el Himno del Servicio de Visitadoras. Los hombres que visten el inmaculado uniforme de la Naval lamentan que el autor de la letra de dicho Himno no haya creído necesario mencionar ni una sola vez a la Armada Peruana y a la marinería, como si esta institución no fuera también auspiciadora de dicho Servicio, al que, ¿es preciso recordarlo?, contribuimos con un barco-transporte y su respectiva tripulación, y con un porcentaje equitativo de los gastos de mantenimiento, habiendo cotizado hasta ahora con puntualidad sin tacha los honorarios que nos han sido fijados por las prestaciones requeridas.

Convencido de que esta omisión es únicamente atribuible a descuido y azar y que no ha habido en ella ánimo alguno de ofender a la Armada ni fomentar un sentimiento de postergación entre la marinería respecto a sus colegas del Ejército, le hago llegar este oficio, junto con mis saludos y la súplica de remediar, si está en sus manos, la deficiencia que le participo, pues, aunque pequeña y banal, podría ser causa de susceptibilidades y resquemores que no deben enturbiar jamás la relación entre instituciones hermanas.

Dios guarde a Ud.

167

Firmado:

> contralmirante AP PEDRO G. CARRILLO,
> jefe de la Fuerza Fluvial del Amazonas

ANOTACIÓN:

Entérese del contenido del precedente oficio al capitán Pantoja, repréndasele por la inexcusable falta de tacto de que ha hecho gala el SVGPFA en el asunto en cuestión y ordénesele dar debidas y prontas satisfacciones al contralmirante Pedro G. Carrillo y a los compañeros de la Armada Nacional.

Firmado:

> *general* ROGER SCAVINO,
> *comandante en jefe de la V Región (Amazonía)*

> *Iquitos, 4 de octubre de 1957*

Requena, beintidos Octuvre de mil957.

Baliente Sinshi:

Requinta en tu emizion asote dela injusticia de "Radio Amasona" que todos aquí oyimos y te aplaudyimos, porque los nabales dela Base de Santa Ysabelita se trayen aquí sus putas desde iquitos, en un señor barco de nombre *Eba* y se dan sus baños de agua rica ayí entrellos, y no permyten que nadie se las toque y las despashan sin que nosotros, la juventu progreshista de Requena, podamos hacelles nada. ¿Es justo eso, Baliente Sinshi? Ya fuyimos una comisión de homes deste

168

pueblo, llendo a la cabeza el propio alcalde Teofilo Morey, a protestalle al jefe dela Base de Santa Ysabelita, pero este covarde nos nego todo diciyendo cómo boy permitir a los jovenes de Requena que nos casháramos a las Bisitadoras si las Bisitadoras no existían, jurando encima por el niño-martir este ereje. Como si no tubieramos ojos ni oyidos, Sinshi, qué te parece la consha. ¿Por qué los nabales sí y nosotros no? ¿Acaso no tenemos pishula? Métele letra a esto en tu emizion, Baliente Sinshi, haslos temblar y dales contra el zuelo.

Tus ollentes

ARTIDORO SOMA
NEPOMUCENO QUILCA
CAIFÁS SANSHO

Con esta cartyta te mandamos de regalo un lorito que es un Piko de Oro como tú, Sinshi.

SVGPFA

Parte número veintiséis

ASUNTO GENERAL: Servicio de Visitadoras para Guarniciones, Puestos de Frontera y Afines.
ASUNTO ESPECÍFICO: Explicación de intenciones y trastorno de la letra del Himno de las Visitadoras.
CARACTERÍSTICAS: secreto.
FECHA Y LUGAR: Iquitos, 16 de octubre de 1957.

El suscrito, capitán EP (Intendencia) Pantaleón Pantoja, jefe del Servicio de Visitadoras para Guarniciones, Puestos de

Frontera y Afines, respetuosamente se presenta ante el contralmirante AP Pedro G. Carrillo, jefe de la Fuerza Fluvial del Amazonas, lo saluda y dice:

1. Que deplora profundamente el imperdonable descuido por el cual la letra del Himno de las Visitadoras no hace mención explícita de la gloriosa Armada Nacional y de la esforzada marinería que la integra. Que no como justificación sino como simple cociente informativo quiere hacerle saber que este himno no fue encargado por la jefatura del SVGPFA, sino espontánea creación del personal y que se adoptó de manera impremeditada y algo ligera, sin someterlo a una previa evaluación crítica de forma y contenido. Que en todo caso, si no en la letra, en el espíritu de dicho Himno, al igual que en la mente y en el corazón de quienes laboramos en el SVGPFA, se hallan siempre presentes las bases de la Armada y su marinería, a quienes todos en este Servicio profesamos el mayor cariño y el más alto respeto;

2. Que se ha procedido a solventar las deficiencias del Himno, enriqueciéndolo con las siguientes modificaciones:

a. El coro o estribillo, que se canta cinco veces intercalado a las estrofas, se cantará tres veces (la primera, la tercera y la quinta) en su factura original, es decir:

Servir, servir, servir
Al Ejército de la Nación
Servir, servir, servir
Con mucha dedicación

La segunda y la cuarta vez, el coro o estribillo se cantará renovado en su segundo verso de esta manera:

Servir, servir, servir

> *A la Armada de la Nación*
> Servir, servir, servir
> Con mucha dedicación

b. La primera estrofa del Himno queda definitivamente modificada, anulándose el tercer verso que decía "*Y a los sargentos y a los cabitos*" y reemplazándolo del siguiente modo:

> Hacer felices a los soldaditos
> —¡Vuela volando, chuchupitas!—
> *Y a los valientes marineritos*
> Es nuestra honrosa obligación

Dios guarde a Ud.

Firmado:

capitán EP (Intendencia) PANTALEÓN PANTOJA

c.c. al general Felipe Collazos, jefe de Administración, Intendencia y Servicios Varios del Ejército y al general Roger Scavino, comandante en jefe de la V Región (Amazonía).

Parte estadístico

El coronel EP Máximo Dávila se complace en enviar al SVGPFA el siguiente informe sintético sobre la visita que su convoy n. 32 efectuó a la Guarnición de Barranca (sobre el río Marañón):

Fecha de la visita del convoy n. 32 : 3 de noviembre de 1957.

Medio de transporte y personal : Barco *Eva.* Jefe del convoy: Chino Porfirio. Visitadoras: Coca, Pechuga, Lalita, Sandra, Iris, Juana, Loreta, Brasileña, Roberta y Eduviges.

Permanencia en la Guarnición : seis (6) horas, de las 14 a las 20.

Número de usuarios y desarrollo de las prestaciones : Ciento noventaidós (192) usuarios, divididos y servidos del siguiente modo: un grupo de diez (10) hombres, consignado a la visitadora Brasileña (pese a ser la más ambicionada por los hombres del regimiento, se acató la disposición del SVGPFA de asignar a esta visitadora sólo el número reglamentario mínimo de usuarios); un grupo de veintidós (22) hombres, consignado a la visitadora Pechuga (por ser la segunda en popularidad en el regimiento) y ocho grupos de veinte (20) hombres cada uno, consignados a las restantes visitadoras. Esta repartición se efectuó luego de cancelado el imprevisto que se refiere más adelante. Como era preciso que *Eva* zarpara antes del oscurecer debido a los rápidos nocturnos que en esta época se forman frente a Barranca, se acortó el tiempo máximo de permanencia del usuario en el emplazamiento de veinte a quince minutos, de modo que toda la operación terminara antes de ocultarse el sol, lo que felizmente se obtuvo.

Apreciación : Las prestaciones fueron plenamente gratas a los usuarios, lamentando algunos, sólo, el recorte de tiempo debido a la razón ya expuesta, y siendo la conducta del convoy n. 32 del todo correcta, como ha sido hasta ahora la de todos los convoyes del SVGPFA que hemos tenido el agrado de recibir en la Guarnición de Barranca.

Imprevistos : La Asistencia Médica de esta unidad descubrió, viajando en el convoy n. 32, tramposamente vestido de mujer, a un polizonte, quien, entregado a la Prevención e interrogado, resultó ser el individuo Adrián Antúnez, (a) Milcaras, el

172

mismo que, se reveló, es protector o macró de la visitadora denominada Pechuga. El polizonte confesó haber sido introducido en el barco *Eva* por su protegida y haber obtenido bajo amenazas el consentimiento del jefe del convoy y el silencio de las demás visitadoras para llevar a cabo su estrambótico intento. Con el engaño de las ropas de mujer, se mintió a la tripulación que se trataba de una visitadora nueva llamada Adriana, descubriéndose la superchería cuando, al llegar a Barranca, la supuesta Adriana inventó una enfermedad ante su primer cliente, el número Rogelio Simonsa, para no brindar la prestación por el sitio debido, proponiendo en cambio realizarla de manera sodomita o contra-natura. El número Simonsa, entrando en sospechas, denunció lo ocurrido y la falsa Adriana fue examinada a la fuerza por el enfermero de guardia, haciéndose patente su verdadero sexo. El polizonte aseguró al principio haber ideado esta pantomima para controlar más de cerca los ingresos de la visitadora Pechuga (de los cuales recibe el 75 por ciento) pues sospechaba que ella le hacía cuentas mañosas a fin de retacearle su participación. Pero luego, ante la incredulidad de los interrogadores, confesó que siendo invertido pasivo desde hace muchos años, su verdadera intención había sido practicar su vicio con la tropa, para demostrarse a sí mismo que podía suplantar con creces a una mujer en funciones de visitadora. Todo lo cual fue corroborado por su propia conviviente Pechuga. No siendo competencia de esta unidad tomar una decisión sobre el particular, el individuo Adrián Antúnez, (a) Milcaras, es devuelto esposado y custodiado en el barco *Eva* al centro logístico, para que la jefatura del s v g p f a adopte las medidas que más convengan.

Sugerencia : Que se estudie la posibilidad de enviar los convoyes del s v g p f a a los centros usuarios con más frecuencias, por el buen efecto que las prestaciones tienen en la tropa.

Firmado:

coronel EP MÁXIMO DÁVILA,
jefe de la Guarnición de Barranca (sobre el río Marañón)

Se adjunta: lista de usuarios con nombre, apellido, número de foja de servicios y boleta de descuento, y polizonte Adrián Antúnez, (a) Milcaras.

Iquitos, 1 de noviembre de 1957

Respetable señora Pantoja:
Muchas veces he llegado hasta su puerta para tocarla, pero arrepentida cada vez me he vuelto a casa de mi prima Rosita, llorando, porque acaso no nos ha amenazado siempre tu esposo diciendo han de ir al infierno antes que acercarse a mi hogar. Pero estoy desesperada y viviendo ya el infierno, señora, compadézcase de mí, hoy que es el día de nuestros muertos queridos. De aquí me voy a rezar a la iglesia de Punchana por todos tus muertos, señora Pantoja, sé buena, yo sé que usted lo es, he visto lo linda que es tu hijita, con su carita tan santa como la del niño-mártir de Moronacocha. Le contaré que cuando nació tu hijita todas tuvimos tanta alegría allá en Pantilandia, le hicimos su fiesta a tu esposo y lo emborrachamos para que estuviera más feliz con la bebita, ha de ser como un angelito de alma blanca venido del cielo, nos decíamos entre nosotras. Así ha de ser, yo lo sé, me lo secretea el corazón. Usted me conoce, una vez me vio hace como un año o más, esa 'lavandera' que hizo entrar a su casa por equivocación, creyendo que iba a lavarle la ropa. Esa soy

174

yo, señora. Ayúdame, sea buena con la pobre Maclovia, estoy muriéndome de hambre y el pobre Teófilo allá en Borja, me lo tienen preso en el calabozo, a pan y agua me dice en una carta que me trajo un amigo, el pobrecito, todo su pecado es quererme, haga algo por mí, te lo voy a agradecer hasta mi muerte. ¿Cómo quiere pues que viva, señora, si su marido me botó de Pantilandia? Diciendo que me había portado mal allá en Borja, que yo lo había invencionado para que se escapara conmigo al Teófilo. No fui yo, fue él, me dijo huyámonos a Nieva, que me perdonaba que fuera puta, que me había visto llegar a Borja y el corazón le había hablado diciendo: "apareció la mujer que andas buscando por la vida".

Tengo un techo gracias al corazón de mi prima Rosita, pero ella también es pobre y no puede mantenerme, señorita, ella te está escribiendo esta carta por mí porque yo no sé. Compadézcase que Dios te lo premiará en el cielo y lo mismo a tu hijita, la he visto en la calle dando sus pasitos y he pensado un niño-dios, qué ojitos. Tengo que volver a Pantilandia, háblale a tu marido, que me perdone y me contrate de nuevo. ¿Acaso no le he trabajado siempre bien? ¿Qué disgusto le he dado al señor Pantoja desde que estoy con él? Ninguno, pues, sólo éste, unito en un año acaso es tanto. ¿No tengo derecho a querer a un hombre? ¿A él no se le cae la baba cuando la Brasileña le hace sus mañoserías? Cuídate, señora, esa mujer es mala, ha vivido en Manaos y las putas de allá son bandidas, seguro le estará dando cocimiento a tu marido para tenerlo embrujado y aquí, en un puño. Además, ya se han matado por ella dos hombres, un gringuito santo, dicen, y el otro un estudiante. ¿Acaso no lo tiene ya al señor Pan-Pan que le saca lo que quiere? Cuídese, esa mujer es capaz de quitártelo y sufrirías, señora. Rezaré para que no te pase.

Háblale, ruégale, señora Pantoja. A mi Teófilo me lo van a

tener preso todavía muchos meses y yo quiero ir a verlo pues, lo extraño, en las noches lloro dormida pensando en él. Es mi marido ante Dios, señora, nos casó un padre viejecito, allá en Nieva. Y en el Arca de allá clavamos una gallinita en prenda de amor y de fidelidad. Él no era 'hermano' pero yo sí, desde que vino a Iquitos el Hermano Francisco, Dios lo bendiga, fui a oírlo y me convertí. Yo lo convertí a Teófilo, y se hizo 'hermano' al ver cómo los 'hermanos' nos ayudaron allá en Nieva. Los pobres, por darnos de comer y prestarnos una hamaca han tenido que irse al monte, dejando sus casas y sus animalitos y las cositas que tenían. ¿Es justo que se persiga así a gente buena que cree en Dios y hace el bien?

¿Cómo voy a ir a ver a Teófilo si no tengo plata para el barco? Y dónde voy a trabajar, el Moquitos es muy rencoroso, no quiere recibirme porque lo dejé para entrar a Pantilandia. De 'lavandera' otra vez no quiero, es matador el cansancio y se tiene encima a la policía que se tira todo lo que una gana. No hay donde ir, señora. Bésalo y amáñate bien, como las mujeres sabemos, harás que me perdone y yo iré de rodillas a besarte tus pies. Pienso en mi Teófilo allá en Borja y quiero matarme, clavarme una espinita de chambira en el corazón como hacen los chunchos en las tribus y se acabó la pena, pero mi prima Rosita no me deja y además sé que ni Dios nuestro Señor ni el Hermano Francisco, su capataz aquí en la tierra, me lo perdonarían, ellos quieren a todas las criaturas, hasta a una puta la quieren. Apiádese de mí y que me contrate de nuevo, nunca más le daré el menor colerón, te lo juro por tu hijita, voy a rezar por ella hasta ponerme ronca, señora. Me llamo Maclovia, él ya sabe.

Le agradezco tanto, pues, señora Pantoja, que Dios se lo pague, le beso los pies y lo mismo a tu hijita, con toda mi devoción,

MACLOVIA

Solicitud de baja del Ejército del comandante (CCC) Godofredo
Beltrán Calila, jefe del Cuerpo de Capellanes Castrenses de la
V Región (Amazonía).

Iquitos, 4 de diciembre de 1957

General de Brigada Roger Scavino
Comandante en jefe de la V Región (Amazonía)
Presente.

Mi general:
Cumplo el penoso deber de solicitar por su intermedio mi
baja inmediata del Ejército Peruano, en cuyas filas tengo el
honor de servir hace dieciocho años, es decir desde el mismo
año en que me ordené sacerdote, y en el que he alcanzado,
quiero creer que por mis merecimientos, el grado de comandante.
Asimismo, cumplo el tristísimo imperativo moral de
devolver al Ejército, a través de Ud., mi superior inmediato,
las tres condecoraciones y las cuatro citaciones honrosas con
las que, a lo largo de mis años de servicio en el sacrificado y
postergado Cuerpo de Capellanes Castrenses (CCC), las Fuerzas
Armadas han querido alentar mis esfuerzos y rendir mi
gratitud.
Siento la obligación de dejar claramente puntualizado, que

la razón de mi apartamiento de esta institución y de estas medallas y diplomas, es la ominosa existencia, como organismo semi-clandestino de nuestro Ejército, del llamado Servicio de Visitadoras para Guarniciones, Puestos de Frontera y Afines, eufemístico nombre que cintura, en realidad, un activo y creciente tráfico de rameras entre Iquitos y los campamentos militares y bases navales de la Amazonía. Ni como sacerdote ni como soldado puedo admitir que el Ejército de Bolognesi y de Alfonso Ugarte, que ha constelado la Historia del Perú de acciones nobles y de héroes insignes, descienda al vergonzoso extremo de prohijar en su seno, subvencionándolo con su propio presupuesto y poniendo a su servicio su logística y su cuerpo de Intendentes, al amor mercenario. Sólo quiero recordar la paradoja contrastante que hay en el hecho de no haber conseguido yo, en dieciocho años de insistentes ruegos y gestiones, que el Ejército crease una sección movilizable de sacerdotes, a fin de llevar periódicamente a los soldados de las apartadas guarniciones donde no hay capellán, que son las más, los sacramentos de la confesión y la comunión, y el de que el mencionado Servicio de Visitadoras disponga en la actualidad, apenas al año y medio de creado, de un hidroavión, un barco, una camioneta y un modernísimo equipo de comunicaciones para repartir por todo lo dilatado de nuestra selva, el pecado, la lascivia y, sin duda, la sífilis.

Quiero hacer observar, por fin, que este singular Servicio aparece y prospera justamente cuando, en la Amazonía, la fe católica, religión oficial del Perú y de sus Fuerzas Armadas, es amenazada por una peste supersticiosa que, con el nombre de Hermandad del Arca asola aldeas y pueblos, gana adeptos día a día entre la gente ignorante e ingenua, y cuyo grotesco culto al niño bestialmente sacrificado en Moronacocha se extiende por doquier, incluidos, como se ha comprobado, los cuarteles de la selva. No necesito recordar a Ud., mi general, que hace apenas dos meses, en el Puesto de San Bartolomé, río Ucayali, un grupo de reclutas fanáticos, secretamente organizados en un arca, intentaron crucificar vivo a un indio piro para conjurar una tormenta, lo que debió ser impedido a balazos por los oficiales de la unidad. Y es en este momento, cuando el Cuerpo de Capellanes Castrenses lucha denodadamente contra este flagelo blasfematorio y homicida en el seno de los regimientos amazónicos, cuando la superioridad cree oportuno autorizar y promover el funcionamiento de un Servicio que embota la moral y relaja las costumbres de la tropa. Que nuestro Ejército fomente la prostitución y asuma él mismo la degradante función de la tercería, es un síntoma de descomposición demasiado grave para permanecer indiferente. Si la disolución ética hace presa de la columna vertebral de nuestro país, que son las Fuerzas Armadas, en cualquier momento la gangrena puede extenderse por todo el organismo sacrosanto de la Patria. Este modesto sacerdote-soldado no quiere ser cómplice por comisión ni por omisión de tan terrible proceso.

Lo saluda militarmente,

Comandante (CCC) GODOFREDO BELTRÁN CALILA,
jefe del Cuerpo de Capellanes Castrenses
de la V Región (Amazonía)

ANOTACIÓN:

Trasládese la presente solicitud al Ministerio de Guerra y al Estado Mayor del Ejército, con recomendación de que :

1. Sea aceptado el pedido de baja del comandante (CCC) Beltrán Calila, por ser su decisión de carácter irrevocable ;

2. *Se le amoneste suavemente por los términos algo destemplados en que ha fundado su solicitud, y*

3. *Se le agradezcan los servicios prestados.*

Firmado :

general ROGER SCAVINO,
comandante en jefe de la V Región (Amazonía)

7

Y DANDO las dieciocho horas exactas en el reloj Movado que orna la pared de nuestros estudios, Radio Amazonas se complace en presentar a sus queridos oyentes el más escuchado programa de su sintonía:

Compases del vals «La Contamanina»; suben, bajan y quedan como fondo sonoro.

¡LA VOZ DEL SINCHI!

Compases del vals «La Contamanina»; suben, bajan y quedan como fondo sonoro.

Media hora de comentarios, críticas, anécdotas, informaciones, siempre al servicio de la verdad y la justicia. La voz que recoge y prodiga por las ondas las palpitaciones populares de la Amazonía Peruana. Un programa vivo y sencillamente humano, escrito y radiado por el conocido periodista Germán Láudano Rosales, el Sinchi.

Compases del vals «La Contamanina»; suben, bajan y se cortan totalmente.

Muy buenas tardes, queridos y distinguidos radioescuchas. Aquí me tienen una vez más en las ondas de Radio Amazonas, la primera emisora del Oriente Peruano, para llevar al hombre de la urbe cosmopolita y a la mujer de la lejana tribu que da sus primeros pasos por las rutas de la civilización, al próspero comerciante y al humilde agricultor de la solitaria tahuampa, es decir a todos los que luchan y trabajan por el progreso de nuestra indomable Amazonía, treinta minutos de amistad, de esparcimiento, de revelaciones confidenciales y alturados debates, reportajes que causan sensación y noticias que hacen historia, desde Iquitos, faro de peruanidad engastado en el inmenso verdor de nuestra selva. Pero antes de continuar, queridos oyentes, algunos consejos comerciales:

Avisos grabados en disco y cinta: 60 segundos.

Y, para comenzar, como todos los días, nuestra sección: UN POCO DE CULTURA. Nunca nos cansaremos de repetirlo, amables radioescuchas: es preciso que elevemos nuestro nivel intelectual y espiritual, que ahondemos nuestros conocimientos, sobre todo los que conciernen al medio que nos rodea, al terruño, a la ciudad que nos cobija. Conozcamos sus secretos, la tradición y las leyendas que engalanan sus calles, las vidas y hazañas de quienes les han prestado su nombre, la historia de las casas que habitamos, muchas de las cuales han sido cuna de grandes prohombres o escenario de episodios inmarcesibles que son orgullo de nuestra región. Conozcamos todo esto porque así, adentrándonos un poco en nuestro pueblo y nuestra ciudad, amaremos más a nuestra Patria y a nuestros compatriotas. Hoy vamos a contar la historia de una de las más famosas mansiones de Iquitos. Me refiero, ya lo han adivinado ustedes, a la conocidísima Casa de Fierro, como se la nombra popularmente, que se yergue, tan original, tan distinta y airosa, en nuestra Plaza de Armas y donde funciona en la actualidad el señorial y distinguido Club Social Iquitos. El Sinchi pregunta: ¿cuántos loretanos saben quién construyó esta Casa de Fierro que sorprende y encanta a los forasteros cuando pisan el suelo ubérrimo de Iquitos? ¿Cuántos sabían que esa hermosa casa de metal fue diseñada por uno de los más alabados arquitectos y constructores de Europa y del mundo? ¿Quiénes sabían, antes de esta tarde, que esa casa había sa-

lido del cerebro creador del genial francés que a comienzos
de siglo levantó en la ciudad luz, París, la torre de fama
universal que lleva su nombre? ¡La torre Eiffel! Sí, queridos radioescuchas, como lo han oído: la Casa de Fierro
de la Plaza de Armas es obra del audaz y muy renombrado
inventor francés Eiffel, es decir un monumento histórico
de primera magnitud en nuestro país y en cualquier parte
del mundo. ¿Quiere decir esto que el famoso Eiffel estuvo
alguna vez en la cálida Iquitos? No, nunca estuvo aquí. ¿Cómo se explica, entonces, que esa magna obra suya destelle
en nuestra querida ciudad? Eso es lo que el Sinchi les va a
revelar esta tarde en la sección UN POCO DE CULTURA de su
programa...

Breves arpegios.

Corrían los años de la bonanza del caucho y los grandes
pioneros loretanos, los mismos que surcaban del norte al
sur y del este al oeste la espesura amazónica en busca del co-
diciado jebe, competían deportivamente, para beneficio de
nuestra ciudad, en ver quién construía su casa con los mate-
riales más artísticos y costosos de la época. Y así vieron la
luz esas residencias de mármol, de adoquines y fachadas de
azulejos, de labrados balcones que hermosean las calles de
Iquitos y nos traen a la memoria los años dorados de la Amazonía y nos demuestran cómo el poeta de la Madre Patria
tenía razón cuando dijo "cualquier tiempo pasado fue mejor". Pues bien, uno de estos pioneros, grandes señores del
caucho y la aventura, fue el millonario y gran loretano Anselmo del Aguila, quien, como muchos de sus iguales, acostumbraba hacer viajes a Europa para satisfacer su espíritu
inquieto y su sed de cultura. Y aquí tenemos a nuestro charapa, don Anselmo del Águila, en un crudo invierno eu-
ropeo —¿cómo temblaría el loretano, no?—, llegando a una

ciudad alemana y alojándose en un hotelito que llamó poderosamente su atención y le encantó por su gran confort, por el atrevimiento de sus líneas y su belleza tan original, ya que estaba íntegramente construido de fierro. ¿Qué hizo entonces el charapita del Águila? Ni corto ni perezoso y con ese fervor por la patria chica que nos singulariza a la gente de esta tierra, se dijo: esta gran obra arquitéctónica debería estar en mi ciudad, Iquitos la merece y la necesita para su galanura y prestancia. Y, sin más ni más, el manirroto loretano compró el hotelito alemán construido por el gran Eiffel, pagando por él lo que le pidieron sin regatear un céntimo. Lo hizo desmontar en piezas, lo embarcó y se lo trajo hasta Iquitos con tuercas y tornillos inclusive. La primera casa prefabricada de la historia, queridos oyentes. Aquí, la construcción fue montada de nuevo con todo cuidado, bajo la amorosa dirección del propio del Águila. Ya saben la razón de la presencia en Iquitos de esta curiosa y sin igual obra artística.

Como anécdota postrera es preciso añadir que, en su gesto simpático y en su noble afán de enriquecer el acervo urbanístico de su tierra, don Anselmo del Águila cometió también una temeridad, al no percatarse que el material de la casa que compraba era muy adecuado para el frío polar de la culta Europa, pero algo muy distinto resultaba el caso de Iquitos, donde una mansión de metal, con las temperaturas que sabemos, podía constituir un serio problema. Es lo que sucedió, fatalmente. La casa más cara de Iquitos se reveló inhabitable porque el sol la convería en una caldera y no se podían tocar sus paredes sin que a la gente se le ampollaran las manos. Del Águila no tuvo otro remedio que vender la casa a un amigo, el cauchero Ambrosio Morales, quien se creyó capaz de resistir la infernal atmósfera de la

Casa de Fierro, pero tampoco lo consiguió. Y así estuvo cambiando de propietario año tras año, hasta que se encontró la solución ideal: convertirla en el Club Social Iquitos, institución que está deshabitada en horas del día, cuando la Casa de Fierro echa llamas, y se realza con la presencia de nuestras damitas más agraciadas y nuestros caballeros más distinguidos en las tardes y noches, horas en que el fresco la hace acogedora y templada. Pero el Sinchi piensa que, teniendo en cuenta su ilustre progenitor, la Casa de Fierro debería ser expropiada por la Municipalidad y convertida en un museo o algo parecido, dedicado a los años áureos de Iquitos, el período del apogeo del caucho, cuando nuestro preciado oro negro convirtió a Loreto en la capital económica del país. Y con esto, amables oyentes, se cierra nuestra primera sección: ¡UN POCO DE CULTURA!

Breves arpegios. Avisos en disco y cinta, 60 segundos. Breves arpegios.

Y ahora nuestro COMENTARIO DEL DÍA. Ante todo, queridos radioescuchas, como el tema que tengo que tocar esta noche (muy a pesar mío y por exigírmelo mi deber de periodista íntegro, de loretano, de católico y de padre de familia) es sumamente grave y puede ofender a vuestros oídos, yo les ruego que aparten de sus receptores a sus hijas e hijos menores, pues, con la franqueza que me caracteriza y que ha hecho de LA VOZ DEL SINCHI la ciudadela de la verdad defendida por todos los puños amazónicos, no tendré más remedio que referirme a hechos crudos y llamar a las cosas por su nombre, como siempre lo he sabido hacer. Y lo haré con la energía y la serenidad de quien sabe que habla con el respaldo de su pueblo y haciéndose eco del silencioso pero recto pensamiento de la mayoría.

Breves arpegios.

En repetidas ocasiones, y con delicadeza, para no ofender a nadie, porque ése no es nuestro deseo, hemos aludido en este programa a un hecho que es motivo de escándalo y de indignación para todas las personas decentes y correctas, que viven y piensan moralmente y que son el mayor número de esta ciudad. Y no habíamos querido atacar directa y frontalmente ese hecho vergonzoso porque confiábamos ingenuamente —lo reconocemos con hidalguía— en que el responsable del escarnio recapacitara, comprendiera de una vez por todas la magnitud del daño moral y material que estaba infligiendo a Iquitos, por su afán de lucro inmoderado, por su espíritu mercantil que no respeta barreras ni se para en miramientos para conseguir sus fines, que son atesorar, llenar las arcas, aunque sea con las armas prohibidas de la concupiscencia y de la corrupción, propias y ajenas. Hace algún tiempo, arrostrando la incomprensión de los simples, exponiendo nuestra integridad física, hicimos una campaña civilizadora por estas mismas ondas, en el sentido de que se pusiera fin en Loreto a la costumbre de azotar a los niños después del Sábado de Gloria para purificarlos. Y creo que hemos contribuido en parte, con nuestro granito de arena, para que esa mala costumbre que hacía llorar tanto a nuestros hijos, y a algunos los volvía psicológicamente incapacitados, vaya siendo erradicada de la Amazonía. En otras ocasiones hemos salido al frente de la sarna supersticiosa que, bajo el disfraz de Hermandad del Arca, infecta a la Amazonía y salpica nuestra selva de inocentes animalitos crucificados por culpa de la estulticia y la ignorancia de un sector de nuestro pueblo, de las que abusan falsos mesías y seudo-jesucristos para llenarse los bolsillos y satisfacer sus enfermizos instintos de popularidad, de domesticación y manejo de muchedumbres y de sadismo anticristiano. Y lo hemos hecho sin arredrarnos ante la amenaza de ser crucificados nosotros mismos en la Plaza de Armas de Iquitos, como nos lo profetizan los cobardes anónimos que recibimos a diario llenos de faltas de ortografía de los valientes que tiran la piedra y esconden la mano y se atreven a insultar pero no dan la cara. Anteayer mismo tropezamos en la puerta de nuestro domicilio, cuando nos disponíamos a abandonar el hogar para dirigirmos a ganar decentemente el pan con el sudor de nuestra frente, un gatito crucificado, como bárbara y sangrienta advertencia. Pero se equivocan esos Herodes de nuestro tiempo si piensan que pueden taparle la boca al Sinchi con el espantajo de la intimidación. Por estas ondas seguiremos combatiendo el fanatismo demente y los crímenes religiosos de esa secta, y haciendo votos para que las autoridades capturen al llamado Hermano Francisco, ese Anticristo de la Amazonía, al que esperamos ver pronto pudriéndose en la cárcel como autor intelectual, consciente y contumaz del infanticidio de Moronacocha, de los varios intentos frustrados de asesinato por la cruz que se han registrado en los últimos meses en distintos villorrios de la selva fanatizados por el Arca, y de la abominable crucifixión ocurrida la semana pasada en el misionero pueblo de Santa María de Nieva del anciano Arévalo Benzas por obra de los criminales 'hermanos'.

Breves arpegios.

Hoy, con la misma firmeza y a costa de los riesgos que haya que correr, el Sinchi pregunta: ¿hasta cuándo vamos a seguir tolerando en nuestra querida ciudad, distinguidos radioescuchas, el bochornoso espectáculo que es la existencia del mal llamado Servicio de Visitadoras, conocido más plebeyamente con el mote de Pantilandia en irrisorio homenaje a su progenitor? El Sinchi pregunta: ¿hasta cuándo, padres y madres de familia de la civilizada Loreto, vamos a seguir sufriendo angustias para impedir que nuestros hijos corran, inocentes, inexpertos, ignorantes del peligro, a contemplar como si fuera una kermesse o un circo, el tráfico de hetairas, de mujerzuelas desvergonzadas, de PROSTITUTAS para no hablar con eufemismos, que impúdicamente llegan y parten de ese antro erigido en las puertas de nuestra ciudad por ese individuo sin ley y sin principios que responde al nombre y apellido de Pantaleón Pantoja? El Sinchi pregunta: ¿qué poderosos y turbios intereses amparan a este sujeto para que, durante dos largos años, haya podido dirigir en la total impunidad un negocio tan ilícito como próspero, tan denigrante como millonario, en las barbas de toda la ciudadanía sana? No nos atemorizan las amenazas, nadie puede sobornarnos, nada atajará nuestra cruzada por el progreso, la moralidad, la cultura y el patriotismo peruanista de de la Amazonía. Ha llegado el momento de enfrentarse al monstruo y, como hizo el Apóstol con el dragón, cortarle la cabeza de un solo tajo. No queremos semejante forúnculo en Iquitos, a todos se nos cae la cara de vergüenza y vivimos en una constante zozobra y pesadilla con la existencia de ese complejo industrial de meretrices que preside, como moderno sultán babilónico, el tristemente célebre señor Pantoja, quien no vacila, por su afán de riqueza y explotación, en ofender y agraviar lo más santo que existe, como son la familia, la religión y los cuarteles de los defensores de nuestra integridad territorial y de la soberanía de la Patria.

Breves arpegios. Avisos comerciales en disco y cinta: 30 segundos. Breves arpegios.

La historia no es de ayer ni de anteayer, dura ya nada menos que año y medio, dieciocho meses, en el curso de los cuales hemos visto, incrédulos y estupefactos, crecer y multiplicarse a la sensual Pantilandia. No hablamos por hablar, hemos investigado, auscultado, verificado todo hasta el cansancio, y ahora el Sinchi está en condiciones de revelar, en primicia exclusiva para vosotros, queridos radioescuchas, la impresionante verdad. Una verdad de las que hacen temblar paredes y producen síncopes. El Sinchi pregunta: ¿cuántas mujeres—si es que se puede otorgar ese digno nombre a quienes comercian indignamente con su cuerpo—creen ustedes que trabajan en la actualidad en el gigantesco harén del señor Pantaleón Pantoja? Cuarenta, cabalitas. Ni una más ni una menos: tenemos hasta sus nombres. Cuarenta meretrices constituyen la población femenina de ese lupanar motorizado, que, poniendo al servicio de los placeres inconfesables las técnicas de la era electrónica, moviliza por la Amazonía su mercadería humana en barcos y en hidroaviones.

Ninguna industria de esta progresista ciudad, que se ha distinguido siempre por el empuje de sus hombres de empresa, cuenta con los medios técnicos de Pantilandia. Y, si no, pruebas al canto, datos irrefutables: ¿es cierto o no es cierto que el mal llamado Servicio de Visitadoras dispone de una línea telefónica propia, de una camioneta pic-up marca Dodge placa número "Loreto 78-256", de un aparato de radio trasmisor/receptor, con antena propia, que haría palidecer de envidia a cualquier radioemisora de Iquitos, de un hidroavión Catalina N. 37, que lleva el nombre, claro está, de una cortesana bíblica, *Dalila*, de un barco de 200 toneladas llamado cínicamente *Eva*, y de las comodidades más exigentes y codiciables en su local del río Itaya como ser, por ejemplo, aire acondicionado, que muy pocas oficinas honorables lo tienen en Iquitos? ¿Quién es este afortunado señor Pantoja, ese Farouk criollo, que en sólo año y medio ha conseguido construir tan formidable imperio? Para nadie es un secreto que los largos tentáculos de esta poderosa organización, cuyo centro de operaciones es Pantilandia, se proyectan en todas las direcciones de nuestra Amazonía, llevando su rebaño prostibulario: ¿ADÓNDE, estimados radioescuchas? ¿ADÓNDE, respetables oyentes? A LOS CUARTELES DE LA PATRIA. Sí, señoras y señores, éste es el pingüe negocio del faraónico señor Pantoja: convertir a las guarniciones y campamentos de la selva, a las bases y puestos fronterizos, en pequeñas sodomas y gomorras, gracias a sus prostíbulos aéreos y fluviales. Así como lo oyen, así como lo estoy diciendo. No hay una sílaba de exageración en mis palabras, y si falseo la verdad, que el señor Pantoja venga aquí a desmentirme. Yo, democráticamente, le cedo todo el tiempo que haga falta, en mi programa de mañana o de pasado o de cuando él quiera, para que contradiga al Sinchi si es que el Sinchi miente. Pero no vendrá, claro que no vendrá, porque él sabe mejor que nadie que estoy diciendo la verdad y nada más que la aplastante verdad.

Pero ustedes no han oído todo, estimables radioescuchas. Todavía hay más cosas y aún más graves, si es que cabe. Este individuo sin frenos y sin escrúpulos, el Emperador del Vicio, no contento con llevar el comercio sexual a los cuarteles de la Patria, a los templos de la peruanidad, ¿en qué clase de artefactos piensan ustedes que moviliza a sus barraganas? ¿Qué clase de hidroavión es ese aparato mal llamado *Dalila*, pintado de verde y rojo, que tantas veces hemos visto, con el corazón henchido de rabia, surcar el cielo diáfano de Iquitos? Yo desafío al señor Pantoja a que venga aquí a decir ante este micrófono que el hidroavión *Dalila* no es el mismo hidro Catalina N. 37 en el que, el 3 de marzo de 1929, día glorioso de la Fuerza Aérea Peruana, el teniente Luis Pedraza Romero, de tan grata recordación en nuestra ciudad, voló por primera vez sin escalas entre Iquitos y Yurimaguas, llenando de felicidad y de entusiasmo progresista a todos los loretanos por la proeza realizada. Sí, señoras y señores, la verdad es amarga pero peor es la mentira. El señor Pantoja pisotea y denigra inicuamente un monumento histórico patrio, sagrado para todos los peruanos, utilizándolo como medio de locomoción de sus equipos viajeros de polillas. El Sinchi pregunta: ¿están al corriente de este sacrilegio nacional las autoridades militares de la Amazonía y del país? ¿Se han percatado de este peruanicidio los respetados jefes de la Fuerza Aérea Peruana, y, principalmente, los altos mandos del Grupo Aéreo N. 42 (Amazonía), quienes están llamados a ser celosos guardianes de la aeronave en que el teniente Pedraza cumplió su memorable hazaña? Nosotros nos negamos a creerlo. Conocemos a nuestros jefes militares y aeronáuticos, sabemos lo dignos que son, las abnegadas tareas que realizan. Creemos y queremos creer que el señor Pantoja ha burlado su vigilante atención, que los ha hecho víctimas de alguna burda maniobra para perpetuar semejante horror, cual es convertir, por arte de magia meretricia, un monumento histórico en una casa de citas transeúnte. Porque si no fuera así y, en vez de haber sido engañadas y sorprendidas por el Gran Macró de la Amazonía, hubiera entre estas autoridades y él alguna clase de contubernio, entonces, queridos radioescuchas, sería para echarse a llorar, sería, amables oyentes, para no creer nunca más en nadie y para no respetar nunca nada más. Pero no debe ni puede ser así. Y ese foco de abyección moral debe cerrar sus puertas y el Califa de Pantilandia debe ser expulsado de Iquitos y de la Amazonía con toda su caravana de odaliscas en subasta, porque aquí, los loretanos, que

191

somos gente sana y sencilla, trabajadora y correcta, no los queremos ni los necesitamos.

Breves arpegios. Avisos comerciales grabados en disco y cinta : 60 segundos. Breves arpegios.

Y ahora, estimables radioescuchas, pasemos a nuestra sección: ¡EL SINCHI EN LA CALLE: ENTREVISTAS Y REPORTAJES! No nos vamos a apartar del tema en cuestión, que el Zar de Pantilandia no se duerma sobre sus laureles prostibularios. Ustedes conocen al Sinchi, respetables oyentes, y saben que cuando emprende una campaña a favor de la justicia, de la verdad, de la cultura o de la moral de Iquitos, no ceja en su empeño hasta llegar a la meta, que es contribuir, poniendo siquiera una pajita en la fogata, al progreso de la Amazonía. Pues bien, esta noche, y como complemento gráfico y directo, como testimonio vivo, dramático y cálidamente humano del mal que hemos denunciado en nuestro COMENTARIO DEL DÍA, el Sinchi va a ofrecerles dos grabaciones exclusivas, obtenidas a costa de esfuerzos y riesgos, que denuncian por sí solas la tenebrosa Pantilandia y la catadura del personaje que la ha creado y labra su fortuna a costa de ella, y quien, llevado por sus ansias crematísticas, no vacila en sacrificar lo más sagrado para un hombre, cual es su apellido, su familia, su digna esposa y su menor hijita. Son dos testimonios terribles en su verdad desnuda y rechinante, que el Sinchi pone en vuestros oídos, queridos radioescuchas, con el ánimo de que conozcan, en todos sus íntimos mecanismos maquiavélicos, el tráfico cotidiano de amores carnales en la inmoral Pantilandia.

Breves arpegios.

Aquí, frente a nosotros, sentada, con una expresión cohibida por su falta de familiaridad con el micrófono, tenemos a una mujer todavía joven y de buen parecer. Su nombre es

MACLOVIA. Su apellido no tiene importancia y, por lo demás, ella prefiere que se ignore, pues, muy humanamente, desea que sus familiares no la identifiquen y sufran al conocer su verdadera vida, que es, o, perdón, ha sido, fue hasta ahora, LA PROSTITUCIÓN. Que nadie eche la primera piedra, que nadie se arranque los cabellos. Nuestros oyentes saben muy bien que una mujer, por más bajo que haya caído, siempre puede redimirse, si se le dan las facilidades y la ayuda moral para ello, si se le tienden unas manos amigas. Lo primero para retornar a la vida decente es quererlo. Maclovia, ya lo van a comprobar ustedes dentro de breves instantes, lo quiere. Ella fue 'lavandera', 'lavandera' entre comillas, claro, ejerció, sin duda por hambre, por necesidad, por fatalidad de la vida, ese oficio trágico: ir ofreciéndose al mejor postor por las calles de Iquitos. Pero luego, y es la parte que nos interesa, trabajó en la viciosa Pantilandia. Ella nos podrá revelar, por eso, lo que se esconde bajo ese nombre circense. Las desgracias de la vida empujaron a Maclovia hacia dicho antro para que un señor equis la explotara e hiciera pingües ganancias con su dignidad de mujer. Pero es preferible que ella misma nos lo diga todo, con su sencillez de mujer humilde, a la que no fue dado estudiar y culturizarse, pero sí adquirir una inmensa experiencia por los maltratos de la vida. Acércate un poquito, Maclovia, y habla aquí eso mismo. Sin miedo y sin verguenza, la verdad no ofende ni mata. El micro es tuyo, Maclovia.

Breves arpegios.

—Gracias, Sinchi. Mira, eso de mi apellido no es tanto por mi familia, la verdad es que fuera de mi prima Rosita parientes no tengo, al menos cercanos. Mi mamá se murió antes de que yo trabajara en eso que has dicho, mi padre se ahogó en un viaje al Madre de Dios y mi único hermano se metió al monte hace cinco años para no hacer el servicio militar y todavía estoy esperando que vuelva. Es más bien porque, no sé cómo decirte, Sinchi, Maclovia va sólo con el trabajo, tampoco ése es mi nombre, y en cambio mi nombre de veras va con todo lo demás, por ejemplo mis amistades. Y aquí tú me has traído para que hable sólo de eso ¿no?. Es como si yo fuera dos mujeres, cada una haciendo una cosa y cada una con nombre distinto. Así me he acostumbrado. Ya sé que no te lo explico bien. ¿Qué, cómo? Ah, sí, me estoy yendo por las ramas. Bueno, ahora hablo de eso, Sinchi.

Sí, pues, antes de entrar a Pantilandia estuve de 'lavandera', como dijiste, y después donde Moquitos. Hay quienes se creen que las 'lavanderas' ganan horrores y se pasan la gran vida. Una mentira de este tamaño, Sinchi. Es un trabajo jodidí, fregadísimo, caminar todo el día, se le ponen a una los pies así de hinchados y muchas veces por las puras, para regresar a la casa con los crespos hechos, sin haber levantado un cliente. Y encima tu caficho te muele porque no has traído ni cigarros. Tú dirás para qué un cafiche, entonces. Porque si no tienes, nadie te respeta, te asaltan, te roban, te sientes desamparada, y, además, Sinchi ¿a quién le gusta vivir sola, sin hombre? Sí, me desvié otra vez, ahora hablo de eso. Era para que sepas por qué, cuando de repente se corrió la voz que en Pantilandia daban contratos con sueldos fijos, domingos libres y hasta viajes, bueno, fue la locura entre las 'lavanderas'. Era la lotería, Sinchi, ¿no te das cuenta? Un trabajo seguro, sin tener que buscar clientes porque había para regalar, y encima tratadas con toda consideración. Nos parecía un sueño, pues. Fue la atropellada hacia el río Itaya. Pero aunque todas volamos, sólo había contratos para unas pocas y nosotras éramos un chuchonal, ay perdona. Y, además, con la Chuchupe de jefaza

194

ahí, no había manera de entrar. El señor Pantoja le hacía caso a todos sus consejos y ella siempre prefería a las que habían trabajado en su casa de Nanay. Por ejemplo, a las que venían de la competencia, los bulines de Moquitos, las aguantaba y les ponía toda clase de peros y les cobraba unas comisiones bárbaras. Y a las 'lavanderas' todavía peor, nos desmoralizaba diciendo al señor Pantoja no le gustan las que vienen de la calle, como las perritas, sino las que han trabajado en domicilio conocido. Quería decir Casa Chuchupe, claro. Desgraciada, me estuvo cerrando el paso lo menos cuatro meses. Se corría la voz, vacantes en el Itaya, yo volaba y cada vez me iba de bruces contra esa montaña, la Chuchupe. Por eso entré donde Moquitos, no a su viejo bulín, sino al que le compró a Chuchupe, en Nanay. Pero apenas llevaría ahí unos dos meses cuando hubo otra vez sitio en Pantilandia, corrí y el señor Pan-Pan se me quedó mirando en el examen y dijo tienes presencia, muchacha, ponte en esa fila. Y me escogió por mi buen cuerpo. Así entré a Pantilandia, Sinchi. Me acuerdo clarito de la primera vez que fui al Itaya, ya contratada, para la revista médica. Estaba tan feliz como el día de la primera comunión, te juro. El señor Pantoja nos hizo un discurso a mí y a las cuatro que entraron conmigo. Nos hizo llorar, te digo, diciendo ahora ya tienen otra categoría, son visitadoras y no polillas, cumplen una misión, sirven a la Patria, colaboran con las Fuerzas Armadas y no sé cuántas cosas más. Habla tan bonito como tú, Sinchi, que una vez, me acuerdo, nos hiciste llorar a Sandra, a Peludita y a mí. Íbamos en *Eva* por el río Marañón y empezaste a hablar en la radio de los huerfanitos del Hogar de Menores y se nos aguaron los ojos.

—Gracias, Maclovia, por lo que nos toca. Nos emociona

saber que llegamos a todos los ambientes y que LA VOZ DEL SINCHI es capaz de hacer vibrar las fibras íntimas de los seres más encallecidos por las circunstancias de la vida. Eso que me dices es una gran recompensa y vale más para nosotros que tantas ingratitudes. Bien, Maclovia, así fue como caíste en las redes del Cafiche de Pantilandia. ¿Qué pasó entonces?

—Yo feliz, Sinchi, imagínate. Me pasaba el día viajando, conociendo los cuarteles, las bases, los campamentos de toda la selva, yo que hasta entonces nunca había subido a un avión. La primera vez que me montaron en *Dalila* me dio un susto, cosquillas en la barriga, escalofríos y me vivieron náuseas. Pero después al contrario, me encantaba, pedían ¡voluntarias para convoy aéreo! y siempre ¡yo, señor Pantoja, yo, a mí! Ahora que te voy a decir una cosa, Sinchi, volviendo a lo de enantes. Tus programas son tan bonitos, haces esas campañas regias como la de los huerfanitos, que nadie puede entender por qué atacas a los Hermanos del Arca, por qué los calumnias y los insultas todo el tiempo. Qué injusticia, Sinchi, nosotros sólo queremos que reine el bien y Dios esté contento. ¿Qué? Sí, ya hablo de eso, perdóname pero tenía que decírtelo en nombre de la opinión pública. Íbamos, pues, a los cuarteles y los milicos nos recibían como reinas. Por ellos que nos quedáramos toda la vida allá, haciéndoles más soportable el servicio. Nos organizaban paseos, nos prestaban deslizadores para salir por el río, nos invitaban anticuchadas. Unas consideraciones que rara vez se ven en este oficio, Sinchi. Y, además, la tranquilidad de saber que el trabajo es legal, no vivir con el susto de la policía, de que los tiras te caigan encima y te saquen en un minuto lo que has ganado en un mes. Qué seguridad trabajar con los milicos, sentirse protegida por el Ejército ¿no es cierto? ¿Quién se iba a meter con nosotras? Hasta los cafiches andaban mansitos, la pensaban dos veces antes de levantar la mano, de miedo que nos fuéramos a quejar a los soldados y los metieran en chirona. ¿Cuántas éramos? En mi época, veinte. Pero ahora hay cuarenta, dichosas ellas que están en el paraíso. Hasta los oficiales se desvivían atendiéndonos, Sinchi, qué te figuras. Sí, era una felicidad, ay Señor, me da una tristeza cuando pienso que salí de Pantilandia de pura bruta.

La verdad es que fue mi culpa, el señor Pantoja me botó porque en un viaje a Borja me escapé y me casé con un sargento. Hace pocos meses, para mí siglos. ¿Acaso es pecado casarse? Una de las malas cosas de ser visitadora, no se acepta a las casadas, el señor Pantoja dice que hay incompatibilidad. Eso a mí me parece un gran abuso. Ahora, te digo que en mala hora me fui a casar, Sinchi, porque Teófilo resultó medio tronado. Bueno, mejor no hablaré mal de él que está preso, y estará todavía tantos años. Hasta dicen que los pueden fusilar a él y a los otros 'hermanos'. ¿Tú crees que hagan eso? Mira que a mi pobre marido apenas lo he visto cuatro o cinco veces, sería para reírse si no fuera una gran tragedia. Pensar que yo lo hice 'hermano'. Él ni siquiera se había puesto nunca a pensar en el Arca, ni en el Hermano Francisco ni en la salvación por las cruces, hasta que me conoció. Yo le hablé del Arca, yo le hice ver que era cosa de gentes buenas, algo por el bien del prójimo y no las maldades que decían los tontos, ésas que tú repites, Sinchi. Pero lo que acabó de convencerlo fue conocer a los 'hermanos' de Santa María de Nieva, nos ayudaron tanto cuando nos escapamos. Nos dieron de comer, nos prestaron plata, nos abrieron su corazón y sus casas, Sinchi. Y después, cuando Teófilo estaba preso en el cuartel, lo iban a ver, le llevaban comida todos los días. Ahí le fueron enseñando las verdades. Pero yo nunca hubiera soñado que le iba a dar tan fuerte por la religión. Figúrate que cuando salió del calabozo, yo, que arando cielo y tierra para conseguir el pasaje había ido a juntarme con él a Borja, me encontré con otro hombre. Me recibió diciéndome no puedo tocarte nunca más, voy a ser apóstol. Que si yo quería podíamos vivir juntos, aunque sólo como 'hermano' y 'hermana', los apóstoles tienen que ser puros. Pero que eso sería un sufrimiento para los dos y mejor siguiera cada uno su camino, ya que eran tan distintos, él había escogido la santidad. Total, ya ves, Sinchi, me quedé sin Pantilandia y sin marido. Y apenas había regresado a Iquitos me entero que habían clavado a don Arévalo Benzas allá en Santa María de Nieva, y que Teófilo dirigió todo. Ay, Sinchi, qué impresión me hizo. Yo lo conocí al viejito, era jefe del arca del pueblo, el que más nos ayudó y nos dio tantos consejos. No creo ese cuento de los periódicos, ése que tú también repites, que Teófilo lo hizo crucificar para quedarse de jefe del arca de Santa María de Nieva. Mi marido se había vuelto santo, Sinchi, quería llegar a apóstol. Tiene que ser cierto lo que confesaron los 'hermanos', estoy segura que el viejito sintiéndose morir los llamó y les pidió que lo clavaran para acabar como Cristo, que por darle gusto lo hicieron. Pobre Teófilo, espero que no lo fusilen, me sentiría responsable, ¿no ves que yo lo metí en eso, Sinchi? Quién se iba a imaginar que terminaría así, con la religión tan adentro de su sangre. Sí, ya hablo de eso.

En fin, como te estaba contando, el señor Pantoja no me perdonó nunca mi escapada con el pobre Teófilo, no me ha dejado volver a Pantilandia, por más que le rogué tanto, y me imagino que ahora, después de lo que te he contado, sanseacabó para siempre. Pero una tiene que vivir ¿no, Sinchi? Porque otra de las prohibiciones del señor Pan-Pan es hablar de Pantilandia. A nadie, ni a la familia ni a los amigos, y si a una le preguntan, negar que existe. ¿No es otro absurdo? Como si hasta las piedras no supieran en Iquitos lo que es Pantilandia y quiénes son visitadoras. Pero, qué quieres, Sinchi, cada cual con sus manías, y al señor Pantoja le sobran. No, no es cierto eso que dijiste una vez, que lleva Pantilandia con salmuera y látigo, como un negrero. Hay que ser justos. Lo tiene todo muy organizadito, otra manía suya es el orden. Todas decíamos esto no parece bulín sino cuartel. Hace formar, pasa lista, hay que estar quietas y mudas cuando él habla. Sólo faltaba que nos tocaran corneta y nos hicieran desfilar, una gracia. Pero esas manías más bien eran chistosas y se las aguantábamos porque en lo demás era justo y buena gente. Sólo cuando se encamotó, se enamoró de la Brasileña comenzaron las injusticias para favorecerla, por ejemplo hacía que le dieran el único camarote individual de *Eva* en los viajes. Lo tiene dominado, te juro. Oye, ¿vas a poner eso también? Mejor bórralo, no quiero líos con la Brasileña, es medio bruja y a lo mejor me echa mal de ojo. Además, ya tiene un par de cadáveres a la espalda, acuérdate. Borra lo que dije de ella y del señor Pantoja, al fin y al cabo cada cristiano tiene derecho de encamo, de enamorarse de quien más le guste y lo mismo cada cristiana ¿no te parece? Yo creo que el señor Pantoja me hubiera perdonado mi escapada con Teófilo, si no le hubiera escrito esa carta a su señora, que ni se la escribí yo, se la dicté a mi prima Rosita, la maestra. Esa fue la peor metida de pata y por eso me fregué, Sinchi, yo misma me puse la puntilla. Qué quieres, estaba desesperada, muriéndome de hambre, hubiera hecho cualquier cosa para que me volviera a contratar el señor Pan-Pan. Y también quería ayudarlo a Teófilo, lo tenían al hambre en un calabozo de Borja. Es verdad que Rosita me advirtió: "vas a hacer una locura, prima". En fin, a mí no me parecía. Se me ocurrió que podría tocarle las fibras del corazón a su esposa, que ella se compadecería, le hablaría a su marido y el señor Pantoja me recibiría de nuevo. Es la única vez que lo he visto tan furioso, parecía que me iba a matar. Yo, tonta, creyéndome que su señora le habría intercedido, que ya estaría blando, fui a verlo a Pantilandia segura que me iba a decir te perdono, una multa, a la revista médica y adentro de nuevo. Sólo le faltó sacar revólver, Sinchi. Hasta lisuras me dijo, él que no acostumbra usar malas palabras. Tenía los ojos rojos, se le iba la voz, echaba espuma. Que yo le había destruido su matrimonio, que le había dado una puñalada en el corazón a su esposa, que se había desmayado su madre. Tuve que salir corriendo de Pantilandia porque creí que me iba a pegar. También, pobre ¿no, Sinchi? Su señora no sabía nada de nada, al señor Pan-Pan se le descubrió el pastel con mi carta. Qué metida de pata, pero yo no soy adivina, cómo iba a pensar que su señora era tan inocente que no sabía haciendo qué cosa se ganaba los frejoles su marido. Hay gente cándida en el mundo ¿no? Parece que la mujer lo abandonó y se llevó la hijita a Lima. Mira qué tremenda pelotera se armó por mi culpa. Y aquí me tienes, pues, otra vez de 'lavandera'. El Moquitos no ha querido recibirme, porque lo dejé para irme a Pantilandia. Ha puesto esa ley, si no se quedaría sin mujeres en sus casas: la que entra a trabajar donde el señor Pan-Pan no vuelve nunca más a los bulines de Moquitos. Así que aquí estoy otra vez como al principio, caminando para arriba y para abajo, sin siquiera poder pagar un cafiche. Todo estaría muy bien si encima no me hubieran salido várices, mira mis pies, ¿has visto algo más hinchado, Sinchi? Y a pesar del calor tengo que andar con medias gruesas para que no se vean las venas saltadas, si no jamás levantaría un cliente. En fin, ya no sé qué más contarte, Sinchi, ya se me acabó la historia.

—Bueno, muy bien, Maclovia, efectivamente, te agradecemos tu franqueza y espontaneidad, en nombre de los radioescuchas de LA VOZ DEL SINCHI, de Radio Amazonas, quienes, estamos seguros, comprenden tu drama y se apiadan de tu suerte. Te estamos muy reconocidos por tu valiente testimonio denunciando las escabrosas actividades del Barba Azul del río Itaya, aunque no te demos la razón en creer que todas tus calamidades vienen de tu salida de Pantilandia. Nosotros pensamos que el turbio señor Pantoja, al despedirte, te hizo un gran servicio, por supuesto que sin proponérselo, dándote la oportunidad de regenerarte y volver a la vida honrada y normal, lo que esperamos desees y logres pronto. Muy buenas tardes, Maclovia.

Breves arpegios. Avisos comerciales grabados en disco y cinta: 30 segundos. Breves arpegios.

Las últimas palabras de esta desgraciada mujer cuyo testimonio acabamos de llevar a vuestros oídos, queridos radioescuchas—me refiero a la ex-visitadora Maclovia— han puesto dramáticamente el dedo en la llaga de un asunto trágico y doloroso que retrata, mejor que una fotografía o una película en tecnicolor, la idiosincrasia del personaje que luce en su prontuario la gris hazaña de haber creado en Iquitos la más insospechada y multitudinaria casa de perdición del país y, tal vez, de Sudamérica. Porque, en efecto, es cierto y fehaciente que el señor Pantaleón Pantoja tiene una familia, o mejor dicho tenía, y que ha venido llevando una doble vida, hundido por una parte en la ciénaga pestilencial

201

14

del negocio del sexo y, por otra parte, aparentando una vida hogareña digna y respetable, al amparo de la ignorancia en que tenía a sus seres queridos, su esposa y su menor hijita, de sus verdaderas y pingües actividades. Pero un día se hizo la luz de la verdad en el infeliz hogar y a la ignorancia de su esposa siguió el espanto, la vergüenza y, con justísima razón, la ira. Dignamente, con toda la nobleza de madre ofendida, de esposa engañada en lo más sagrado de su honor, tomó esta honesta dama la determinación de abandonar el hogar mancillado por el escándalo. En el aeropuerto "Teniente Bergerí", de Iquitos, para dar testimonio de su dolor y para acompañarla hasta la escalerilla de la moderna aeronave Faucett que habría de alejarla por los aires de nuestra querida ciudad, ¡ESTABA EL SINCHI!:

Breves arpegios, sonido de motor de avión que sube, baja y queda como fondo sonoro.

—Muy buenas tardes, distinguida señora. ¿Es usted la señora Pantoja, no es cierto? Encantado de saludarla.

—Sí, yo soy. ¿Quién es usted? ¿Y eso que tiene en la mano? Gladycita, hijita, cállate, me rompes los nervios. Alicia, dale su chupón a ver si se calla esta criatura.

—El Sinchi, de Radio Amazonas, a sus órdenes, respetable señora. ¿Me permite robarle unos segundos de su precioso tiempo para una entrevista de cuatro palabras?

—¿Una entrevista? ¿A mí? Pero a cuento de qué.

—De su esposo, señora. Del celebérrimo y muy conocido Pantaleón Pantoja.

—Vaya a hacerle la entrevista a él mismo, señor, yo no quiero saber nada de esa personita ni de su celebridad, que me da risa, ni de esta ciudad asquerosa que espero no volver a ver ni en pintura. Un permisito, por favor. Retírese de ahí, señor, no ve que puede darle un pisotón a la bebita.

—Comprendo su dolor, señora, y nuestros oyentes lo comprenden y sepa que cuenta con toda nuestra simpatía. Sabemos que sólo el sufrimiento puede empujarla a referirse de esa manera ofensiva a la Perla del Amazonas, que no le ha hecho nada. Más bien su esposo le está haciendo mucho daño a esta tierra.

—Perdóname, Alicita, ya sé que tú eres loretana, pero te juro que he sufrido tanto en esta ciudad que la odio con toda mi alma y no volveré nunca, tendrás que venir tú a verme a Chiclayo. Mira, se me llenan otra vez los ojos de lágrimas y delante de todo el mundo, Alicia, ay qué verguenza.

—No llores, Pochita linda, no llores, ten carácter. Y yo idiota que ni traje pañuelo. Dame, pásame a Gladycita, yo te la tengo.

—Permítame ofrecerle mi pañuelo, distinguida señora. Tenga, por favor, le suplico. No se avergüence de llorar, el llanto es a una dama lo que el rocío a las flores, señora Pantoja.

—Pero qué quiere usted aquí todavía, oye Alicia, qué tipo tan cargoso. ¿No le he dicho que no le voy a dar ningún reportaje sobre mi marido? Que no lo será por mucho tiempo, además, porque te juro, Alicia, llegando a Lima voy donde el abogado y le planteo el divorcio. A ver si no me dan la custodia de Gladycita con las porquerías que está haciendo aquí ese desgraciado.

—Justamente, de eso mismo nos atrevíamos a esperar una declaración suya, aunque fuera muy breve, señora Pantoja. Porque usted no ignora, por lo visto, el insólito negocio en que

—Váyase, váyase de una vez si no quiere que llame a la policía. Ya me está llegando a la coronilla, le advierto, no estoy de humor para aguantar malacrianzas en este momento.

—Mejor no lo insultes, Pochita, si te ataca en su programa qué va a decir la gente, más habladurías. Por favor, señor, compréndala, ella está muy mortificada, se está yendo de Iquitos, no tiene ánimos para hablar por radio de su viacrucis. Usted tiene que entenderlo.

—Por supuesto que lo entendemos, estimable señorita. Sabedores de que la señora Pantoja se disponía a partir debido a las actividades poco recomendables a que se dedica el señor Pantoja en esta ciudad y que han merecido la reprobación enérgica de la ciudadanía, nosotros

—Ay qué vergüenza, Alicia, si todo el mundo está enterado, si todo el mundo lo sabía menos yo, qué tal boba, qué tal idiota, lo odio a ese bandido, cómo ha podido hacerme eso. No le volveré a hablar nunca, te juro, no dejaré que vea a Gladycita para que no la manche.

—Cálmate, Pocha. Mira, ya están llamando, ya parte tu avión. Qué pena que te vayas, Pochita. Pero tienes razón, hija, se ha portado tan mal ese hombre que no merece vivir contigo. Gladycita, amorosa, un besito a su tía Alicia, besito, besito.

—Te escribo llegando, Alicia. Mil gracias por todo, no sé qué hubiera hecho sin ti, has sido mi paño de lágrimas estas semanas tan horribles. Ya sabes, no le vayas a decir nada a Panta ni a la señora Leonor hasta dentro de dos o tres horas, no sea que llamen por radio y hagan regresar el avión. Chau, Alicia, chaucito.

—Muy buen viaje, señora Pantoja. Parta usted con los mejores deseos de nuestros oyentes y con nuestra comprensión generosa por su drama que es también, en cierto modo, el de todos nosotros y el de nuestra querida ciudad.

Breves arpegios. Avisos comerciales en disco y cinta: 30 segundos. Breves arpegios.

Y en vista de que el reloj Movado de nuestros estudios señala que son ya las 18 horas 30 minutos exactas de la tarde, debemos cerrar nuestro programa, con este impresionante documento radiofónico que patentiza cómo, en su negra odisea, el señor de Pantilandia no ha vacilado en llevar dolor y quebranto a su propia familia, igual que lo viene haciendo con esta tierra cuyo único delito ha sido recibirlo y darle hospitalidad. Muy buenas tardes, queridos oyentes. Han escuchado ustedes

Compases del vals "La Contamanina"; suben, bajan y quedan como fondo sonoro.

¡La voz del Sinchi!

Compases del vals "La Contamanina"; suben, bajan y quedan como fondo sonoro.

Media hora de comentarios, críticas, anécdotas, informaciones, siempre al servicio de la verdad y la justicia. La voz que recoge y prodiga por las ondas las palpitaciones de toda la Amazonía. Un programa vivo y sencillamente humano, escrito y radiado por el conocido periodista Germán Láudano Rosales, El Sinchi, que propala diariamente, de lunes a sábado, entre 6 y 6 y 30 de la tarde, Radio Amazonas, la primera emisora del Oriente Peruano.

Compases del vals "La Contamanina"; suben, bajan y se cortan totalmente.

Noche del 13 al 14 de febrero de 1958

Resuena el gong, el eco queda vibrando en el aire y Pantaleón Pantoja piensa: "Se ha ido, te ha abandonado, se ha llevado a tu hija". Se halla en el puesto de mando, las manos apoyadas en la baranda, rígido y sombrío. Trata de olvidar a Pochita y a Gladys, se esfuerza por no llorar. Ahora, además, está sobrecogido de terror. Ha vuelto a resonar el gong y él piensa: "Otra vez, otra vez, el maldito desfile de los dobles otra vez". Transpira, tiembla, su corazón añora los veranos cuando podía correr a hundir la cara en las faldas de la señora Leonor. Piensa: "Te ha dejado, no verás crecer a tu hija, jamás volverán". Pero, *haciendo de tripas corazón*, se sobrepone y concentra en el espectáculo.

A primera vista, no hay motivo para alarmarse. El patio del centro logístico se ha extendido lo suficiente para hacer las veces de un coliseo o de un estadio, pero, fuera de sus proporciones magnificadas, es idéntico a sí mismo: ahí están los altos tabiques constelados de carteles con consignas, proverbios e instrucciones, las vigas pintadas con los colores simbólicos rojo y verde, las hamacas, los casilleros de las visitadoras, el biombo blanco de la Asistencia Sanitaria y los dos portones de madera con la tranquera caída. No hay nadie. Pero ese paisaje familiar y deshabitado no tranquiliza a Pantaleón Pantoja. Su recelo crece y un zumbido tenaz perturba sus oídos. Está derecho, asustado, esperando y repitiéndose: "Pobre Pochita, pobre Gladycita, pobre Pantita". Elástico y demorado, el sonido del gong lo hace brincar en el asiento: va a comenzar. Apela a toda su voluntad, a su sentido del ridículo, pide secretamente ayuda a Santa Rosa de Lima y al niño-mártir de Moronacocha para no levantarse, bajar la escalerilla a saltos y salir *corriendo como alma que lleva el diablo* del centro logístico.

Se acaba de abrir (suavemente) el portón del embarcadero y Pantaleón Pantoja divisa siluetas borrosas, en posición de atención, aguardando la orden de ingresar al centro logístico. "Los dobles, los dobles", piensa, *con los pelos de punta*, sintiendo que su cuerpo comienza a helarse de abajo a arriba: los pies, los tobillos, las rodillas. Pero el desfile se ha iniciado ya y nada justifica su pánico. Se trata sólo de cinco soldados que, en fila india, van avanzando desde el portón hacia el puesto de mando, cada uno tirando una cadena al extremo de la cual trota, brinca, se agita ¿qué? Presa de una ansiedad que empapa sus manos y entrechoca sus dientes, Pantaleón Pantoja adelanta la cabeza, aguza la mirada, escudriña con avidez: son perritos. Un suspiro de alivio hincha y deshincha su pecho: *le vuelve el alma al cuerpo*. No hay nada que temer, su aprensión era estúpida, no son los dobles sino diversos exponentes del *mejor amigo del hombre*. Los números se han acercado pero todavía siguen lejos del puesto de mando. Ahora Pantaleón Pantoja los distingue mejor: entre soldado y soldado hay varios metros de luz y los cinco animalitos están arreglados primorosamente, como para un concurso. Se advierte que han sido bañados, trasquilados, cepillados, peinados, perfumados. Todos llevan en el pescuezo, además del collar, cintas rojiverdes con coquetos rosetones y nudos mariposa. Los números marchan muy serios, mirando al frente, sin apurarse ni retrasarse, cada cual a poca distancia del animal a su cuidado. Los perritos se dejan llevar dócilmente. Son de distinto color, forma y tamaño: salchicha, danés, pastor, chihuahua y lobo. Pantaleón Pantoja piensa: "He perdido a mi esposa y a mi hija, pero, al menos, lo que va a ocurrir aquí no será tan atroz como otras veces". Ve acercarse a los números y se siente sucio, malvado, herido y tiene la impresión de que a lo largo y a lo ancho de su cuerpo se está propagando una erupción de sarna.

Cuando vuelve a resonar el gong —la vibración esta vez

es ácida y como reptilínea—Pantaleón Pantoja sufre un so-
bresalto y se mueve intranquilo en el asiento. Piensa: *"cría
cuervos y te sacarán los ojos"*. Hace un esfuerzo y mira: sus
ojos saltan en las órbitas, su corazón late tan fuerte que podría estallar como bolsa de plástico. Se ha aferrado a la baranda y los dedos le duelen de tanto presionar la madera.
Los números están ya muy cerca y podría reconocer sus
facciones si los observara. Pero sólo tiene ojos para lo que
tropieza, rueda y zangolotea al extremo de las cadenas: allí
donde estaban los perros hay ahora unas formas grandes,
animadas y horribles, unos seres que lo repelen y fascinan.
Quisiera examinarlos uno por uno, al detalle, grabar sus
abruptas imágenes antes que desaparezcan, pero no puede
individualizarlos: su mirada salta de uno a otro o los abarca
a la vez. Son enormes, entre humanos y simiescos, con colas que chicotean en el aire, muchos ojos, mamas que besan
el suelo, cuernos color ceniza, escamas palpitantes, joroba-
das pezuñas que chirrían como barrenos en la losa, trompas
velludas, babas y lenguas aureoladas de moscas. Tienen labios leporinos, costras sanguinolentas, narices de las que
penden hilachas de mocos y pies acorazados de callos, en-
crespados de uñeros y juanetes, y pelambres como púas
donde piojos gigantes se balancean y saltan igual que monitos en el bosque. Pantaleón Pantoja decide *echarse el alma a
la espalda* y huir. El terror le arranca los dientes que rebotan
sobre sus rodillas como granos de maíz: han atado sus manos y pies a la baranda y no podrá moverse hasta que *ellos*
pasen frente al puesto de mando. Está rogando que alguien
dispare, *le vuele la tapa de los sesos* y acabe con este suplicio
de una vez.

Pero ha vuelto a resonar el gong—su eco interminable
vibra en cada uno de sus nervios—y ahora el primer núme-

ro está pasando en cámara lenta frente al puesto de mando.
Atado, afiebrado, amordazado, Pantaleón Pantoja ve: no
es un perro ni un monstruo. La figura encadenada que le
sonríe con picardía es una señora Leonor en cuyos rasgos
se han injertado, sin sustituirlos, los de Leonor Curinchila,
y a cuyo flaco esqueleto se han añadido —"una vez más",
piensa, tragando hiel, Pantaleón Pantoja— las tetas, las nalgas, los rollos y el andar protuberante de Chuchupe. "No
importa que Pocha se haya ido, hijito, yo te seguiré cuidan-
do", dice la señora Leonor. Hace una reverencia y se aleja.
No tiene tiempo de reflexionar pues ahí está el segundo número: la cara es la del Sinchi, y también la corpulencia, la
desenvoltura animal y el micrófono que lleva en la mano.
Pero el uniforme y las estrellas de general son del Tigre Collazos y asimismo la manera de bombear el pecho, de rascar-
se el bigote y el aplomo campechano de la sonrisa y el transparente don de mando. Se detiene un instante, justo el tiempo necesario para llevarse el micro a la boca y rugir: "Ánimo, capitán Pantoja: Pochita será la estrella del Servicio de
Visitadoras de Chiclayo. En cuanto a Gladycita, la nombra-
remos mascota de nuestros convoyes". El número da un
tirón a la cadena y el Sinchi Collazos se aleja saltando en un
pie. Ahora está frente a él, calvo, diminuto en su uniforme
verde, mostrándole la espada desenvainada que rutila menos que sus ojos sarcásticos, el general Chupito Scavino.
Ladra: "¡Viudo, cornudo, cojudo! ¡Pantaleón, maricón,
huevón!". Se aleja a paso ligero, moviendo airosamente la
cabeza en su collar. Pero ahí está ya, admonitivo y severo en
su sotana oscura, bendiciéndolo fríamente, un comandante
Beltrán de ojos rasgados y voz amermelada: "En el nomble
del máltil de Molonacocha lo condeno a quedase sin mujel
y sin hijita pala siemple, señol Pantaleón". Tropezando en

la orla de su sotana y sacudido de risa el padre Porfirio se aleja tras de los otros. Y ahí está la que cierra el desfile. Pantaleón Pantoja lucha, muerde, trata de zafarse las manos para pedir perdón soltarse la mordaza para suplicar, pero sus esfuerzos son inútiles y la figura de graciosa silueta, negra cabellera, tez leonada y labios carmesí está allí abajo, nimbada de una inacabable tristeza. Piensa: "Te odio, Brasileña". La figurilla sonríe afligida y su voz se llena de melancolía: "¿Ya no reconoces a tu Pochita, Panta?". Da media vuelta y se aleja, arrastrada por el número, que tira de la cadena con fuerza. Se siente borracho de soledad, furor y espanto mientras el gong martilla estrepitosamente en sus oídos.

8

—Despierta, hijito, ya son las seis—toca la puerta, entra al dormitorio, besa a Panta en la frente la señora Leonor—. Ah, ya te levantaste.

— Estoy bañado y afeitado hace una hora, mamá—bosteza, hace un gesto de fastidio, se abotona la camisa, se inclina Panta—. Dormí muy mal, otra vez las malditas pesadillas. ¿Me preparaste todo?

—Te he puesto ropa para tres días—asiente, sale, regresa arrastrando una maleta, muestra las prendas ordenadas la señora Leonor—. ¿Te bastará?

—De sobra, no tardaré más que dos—se pone una gorrita jockey, se mira en el espejo Panta—. Voy al Huallaga, donde Mendoza, un viejo condiscípulo. Hicimos juntos la Escuela de Chorrillos. Siglos que no lo veo.

—Bueno, hasta ahora no había querido darle importancia, porque parecía que no la tenía—lee telegramas, consulta a oficiales, estudia expedientes, asiste a reuniones, habla por radio el general Scavino—. La Guardia Civil nos pide ayuda hace meses, no se dan abasto para tanto fanático. Sí, claro, del Arca. ¿Recibiste los informes? La cosa se pone fea. Dos nuevos intentos de crucifixión esta semana. En Puerto América y en Dos de Mayo. No, Tigre, no los han pescado.

—Pero toma la leche, Pantita—llena la taza, echa azúcar, corre a la cocina, trae panes la señora Leonor—. ¿Y las tostaditas que te hice? Les pongo mantequilla y un poquito de mermelada. Come algo, hijito, te ruego.

—Un poco de café y nada más—permanece de pie, bebe

un trago, mira su reloj, se impacienta Panta—. No tengo
hambre, mamá.

—Te vas a enfermar—sonríe afligida, vuelve a la carga
con dulzura, lo coge del brazo, lo obliga a sentarse la señora Leonor—. No pruebas bocado, estás puro hueso y pellejo. Me tienes con los nervios deshechos, Panta. No comes,
no duermes, trabajas todo el santo día. No puede ser, te vas
a tocar del pulmón.

—Calla, mamá, no seas zonza—se resigna, bebe la taza de
un trago, mueve la cabeza, come una tostada, se limpia la
boca Panta—. Pasados los treinta, el secreto de la salud es
ayunar. Estoy muy bien, no te preocupes. Aquí te dejo un
poco de plata, por si necesitas.

—Ya estás otra vez silbando "La Raspa"—se tapa los oídos la señora Leonor—. No sabes cómo he llegado a odiar
esa bendita musiquita. También a Pocha la volvía loca.
¿No puedes silbar otra cosa?

—¿Estaba silbando? Ni me di cuenta—enrojece, tose, va
a su dormitorio, mira apenado una foto, alza la maleta, vuelve al comedor Panta—. A propósito de Pocha, si llegara carta de ella …

—No me gusta meter al Ejército en esta vaina—reflexiona, se preocupa, vacila, trata de cazar una mosca, fracasa el
Tigre Collazos—. Combatir a brujos y fanáticos es trabajo
de curas o, en todo caso, de policías. No de soldados. ¿Se
ha puesto tan grave la cosa?

—Te la guardo con el mayor cuidado hasta tu regreso,
claro que lo sé, no me hagas recomendaciones tontas—se
enoja, se pone de rodillas, saca lustre a sus zapatos, le escobilla el pantalón, la camisa, le toca la cara la señora Leonor—. Ven que te dé la bendición. Anda con Dios, hijito,
y procura, haz lo posible …

—Ya lo sé, ya lo sé, no las miraré, no les dirigiré la palabra—cierra los ojos, aprieta los puños, tuerce la cara Panta—. Les daré las órdenes por escrito y de espaldas. Tú tampoco me hagas recomendaciones tontas, mamá.

—Qué le he hecho a Dios para que me mande este castigo—solloza, levanta las manos al techo, se exaspera, zapatea la señora Leonor—. Mi hijo entre perdidas las veinticuatro horas del día y por orden del Ejército. Somos la comidilla de todo Iquitos, en las calles me señalan con el dedo.

—Calma, mamacita, no llores, te suplico, no tengo tiempo ahora—le pasa el brazo por los hombros, la acariña, la besa en la mejilla Panta—. Perdóname si te levanté la voz. Ando un poco nervioso, no me hagas caso.

—Si tu padre y tu abuelo estuvieran vivos, se morirían del espanto—se limpia los ojos con el ruedo de la falda, señala un retrato amarillento la señora Leonor—. Deben saltar en sus tumbas al ver lo que te han encargado. En su época a los oficiales no los rebajaban a esas cosas.

—Hace ocho meses que me repites lo mismo cuatro veces al día—grita, se arrepiente, baja la voz, sonríe sin ganas, explica Panta—. Soy militar, tengo que cumplir las órdenes y, mientras no me den otro, mi obligación es hacer bien este trabajo. Ya te he dicho que, si prefieres, puedo mandarte a Lima, mamacita.

—Bastante sorprendente, sí, mi general—escarba en una bolsa, saca un puñado de cartones y fotos, hace un paquete, lo lacra, ordena despáchenme esto a Lima el coronel Peter Casahuanqui—. En la última revista de prendas descubrimos que la mitad de los soldados tenían oraciones del Hermano Francisco o estampitas del niño-mártir. Ahí le mando unas muestras.

—No soy como ciertas personas que abandonan el hogar a la primera contrariedad, no me confundas—se endereza, agita el índice, adopta una postura beligerante la señora Leonor—. No soy de las que se mandan mudar de la noche a la mañana sin decir ni adiós, de las que le roban la hija a su padre.

—No comiences ahora con Pocha—avanza por el pasadizo, tropieza con un macetero, maldice, se soba el tobillo Panta—. Se ha vuelto otro de tus temas, mamá.

—Si ella no se hubiera robado a Gladycita tú no estarías así—abre la puerta de calle la señora Leonor—. ¿Acaso no veo cómo te consumes de pena por la chiquita, Panta? Anda, parte de una vez.

—No aguanto más, rápido, rápido—sube la escalerilla de *Eva*, baja al camarote, se tumba en la litera, susurra Pantita—. Donde me gusta, pues. En el pescuezo, en la orejita. No sólo pellizcos, también los mordisquitos despacitos. Anda, pues.

—Yo encantada, Pantita—suspira, lo observa desganada, señala el embarcadero, corre la cortina del ojo de buey la Brasileña—. Pero al menos espera que parta *Eva*. El suboficial Rodríguez y los marineros están entrando y saliendo a cada rato. No es por mí sino por tí, rapaz.

—No espero ni un minuto—se arranca la camisa, se baja los pantalones, se quita los zapatos y las medias, se ahoga Pantaleón Pantoja—. Cierra el camarote, ven. Pellizquitos, mordisquitos.

—Ah, Jesús, eres incansable, Pantita—cierra el pestillo, se desnuda, trepa a la litera, se columpia la Brasileña—. Tú solo me das más trabajo que un regimiento. Qué chasco me llevé contigo. La primera vez que te vi pensé que no habías engañado nunca a tu mujer.

—Y era cierto, pero ahora cállate—jadea, se ladea, sube, baja, entra, sale, vuelve, se sofoca Pantita—. Te he dicho que me distraigo, caray. En la orejita, en la orejita.

—¿Sabes que te puedes volver tuberculoso tanto jugar bolero?—se ríe, se mueve, se aburre, se mira las uñas, se para, se agacha, se apura la Brasileña—. La verdad, últimamente estás más flaco que un bagre. Pero ni por ésas, cada vez más arrechito. Sí, ya sé, me callo, bueno, en la orejita.

—Pfuuu, por fin, pfuuu, que rico—explosiona, palidece, respira, goza Pantita—. Se me sale el corazón y tengo vértigo.

—Con toda la razón del mundo, Tigre, a mí tampoco me gusta mezclar a la tropa en operaciones policiales—toma aviones, remonta ríos en motoras, inspecciona pueblos y campamentos, exige detalles, envía mensajes el general Scavino—. Por eso he aguantado la cosa hasta ahora. Pero lo de Dos de Mayo es para inquietarse. ¿Leíste el parte del coronel Dávila?

—¿Cuántas veces por semana, Pantita?—se incorpora, llena recipientes, se lava y enjuaga, se viste la Brasileña—. Más que una visitadora, seguro. Y cuando hay examen de candidatas, para de contar. Con la costumbre que has agarrado de la ¿cómo se llama? ¿revista profesional? Qué conchudo eres.

—Eso no es diversión sino trabajo—se despereza, se sienta en la litera, toma ánimos, arrastra los pies hacia el excusado, orina Panta—. No te rías, es la verdad. Además, tú eres la culpable, me diste la idea cuando te tomé examen de presencia. Antes no se me había ocurrido. ¿Crees que esa broma es fácil?

—Dependerá con quién—tira al suelo la sábana, escruta el colchón, lo frota con una esponja, lo sacude la Brasileña—. Con muchas ni se te parará el pajarito.

—Claro que no, a esas las elimino de entrada —se jabona, se seca con papel higiénico, jala la cadena Pantaleón Pantoja—. La manera más justa de seleccionar a las mejores. Con el pajarito no hay trampas.

—Ya estamos partiendo, comenzó a zamaquearse *Eva*— abre el ojo de buey, mueve el colchón para que el sol toque lo mojado la Brasileña—. Arrímate, déjame abrir la ventana, nos ahogamos, cuándo vas a comprar un ventilador. Y que ahora no te venga el arrepentimiento, Pantita.

—Clavaron a la anciana Ignacia Curdimbre Peláez en la placita de Dos de Mayo siendo las doce de la noche y estando presentes los doscientos catorce habitantes de la localidad —dicta, revisa, firma y despacha su informe el coronel Máximo Dávila—. A dos guardias civiles que trataron de disuadir a los 'hermanos', les dieron una paliza terrible. Según los testimonios, la agonía de la viejita duró hasta el amanecer. Lo peor es lo que sigue, mi general. La gente se embadurnaba caras y cuerpos con la sangre de la cruz y hasta se la bebían. Ahora han comenzado a adorar a la víctima. Ya circulan estampitas de la Santa Ignacia.

—Es que yo no era así —se sienta en la litera, se coge la cabeza, recuerda, se lamenta Pantaleón Pantoja—. Yo no era así, maldita sea mi suerte, no era así.

—Nunca habías metido cuernos a tu fiel esposa y sólo embocabas el bolero cada quince días —sacude, lava, exprime, tiende la sábana la Brasileña—. Me lo sé de memoria, Panta. Llegaste aquí y te despercudiste. Pero demasiado, rapaz, te pasaste al otro extremo.

—Al principio, le echaba la culpa al clima —se pone el calzoncillo, la camiseta, las medias, se calza Pantaleón Pantoja—. Creía que el calor y la humedad inflamaban al macho.

Pero he descubierto algo rarísimo. Lo que le pasa al pajarito es culpa de este trabajo.

—¿Quieres decir el estar tan cerquita de la tentación? —se toca las caderas, se mira los pechos, se envanece la Brasileña—. ¿Que por mí aprendió a hacer pío pío? Qué piropo, Panta.

—No lo puedes entender, ni yo lo entiendo—se observa en el espejo, se alisa las cejas, se peina Panta—. Es algo muy misterioso, algo que nunca le ha pasado a nadie. Un sentido de la obligación malsano, igualito a una enfermedad. Por que no es moral sino biológico, corporal.

—O sea que ya ves, Tigre, los fanáticos se las traen—sube al jeep, cruza lodazales, preside entierros, consuela a víctimas, instruye a oficiales, habla por teléfono el general Scavino—. La cosa no es de grupitos. Son millares. La otra noche pasé por la cruz del niño-mártir, en Moronacocha, y me quedé asombrado. Había un mar de gente. Hasta soldados en uniforme.

—¿Quieres decir que tienes ganas todo el día por sentido de la obligación?—queda petrificada y boquiabierta, suelta una carcajada la Brasileña—. Mira, Panta, he conocido muchos hombres, tengo más experiencia que tú en estas cosas. Te aseguro que a ningún tipo en el mundo se le para el pajarito por pura obligación.

—No soy como todo el mundo, ésa es mi mala suerte, a mí no me pasa lo que a los demás—deja caer el peine, se abstrae, piensa en voz alta Pantaleón Pantoja—. De muchacho era más desganado para comer que ahora. Pero apenas me dieron mi primer destino, los ranchos de un regimiento, se me despertó un apetito feroz. Me pasaba el día comiendo, leyendo recetas, aprendí a cocinar. Me cambiaron de misión y pssst, adiós la comida, empezó a interesarme la sastrería, la ropa, la moda, el jefe de cuartel me creía marica. Era que me habían encargado del vestuario de la guarnición, ahora me doy cuenta.

—Ojalá nunca te pongan a dirigir un manicomio, Panta, lo primero que harías sería loquearte—señala el ojo de buey la Brasileña—. Mira esas bandidas, espiándonos.

—¡Fuera de ahí, Sandra, Viruca!—corre a la puerta, abre el pestillo, ruge, acciona Pantaleón Pantoja—. ¡Cincuenta soles a cada una, Chupito!

—¿Y para qué están los curas, para qué pagamos capellanes?—pasea a trancos por su despacho, examina balances, suma, resta, se indigna el Tigre Collazos—. ¿Para que se rasquen la barriga? Cómo va a ser posible que las guarniciones de la Amazonía se estén llenando de 'hermanos' Scavino.

—No saques tanto el cuerpo, Pantita—lo coge de los hombros, lo regresa al camarote, cierra la puerta la Brasileña—. ¿Te olvidas que estás medio calato?

—¿Olvidarme de tí?—codea a marineros y soldados, sube saltando a bordo, abre los brazos el capitán Alberto Mendoza—. Cómo se te ocurre, hermano. Ven para acá, déjame darte un apretón. Después de tantos años, Panta.

—Qué gusto, Alberto—palmea, desembarca, estrecha manos de oficiales, responde al saludo de suboficiales y soldados el capitán Pantoja—. Estás igualito, los años no te hacen mella.

—Vamos a tomar un trago al comedor de oficiales—lo coge del brazo, lo guía a través del campamento, empuja una puerta con tela metálica, elige una mesa bajo el ventilador el capitán Mendoza—. No te preocupes por la cachadera. Todo está preparado y aquí la cosa funciona siempre como un tren. Alférez, usted se ocupa de todo y cuando la fiesta haya terminado nos avisa. Así, mientras los números se despiedran nos aventamos una cerveciola. Que alegrón verte de nuevo, Panta.

—Oye, Alberto, ahora me acuerdo—observa por la ventana a las visitadoras entrando a las tiendas de campaña, las colas de soldados, los controladores que toman posición el capitán Pantoja—. No sé si sabes que a la visitadora ésa, la que le dicen, ejém...

—Brasileña, ya sé, a ella sólo los diez del reglamento, ¿crees que no me leo tus instrucciones?—le da un falso puñete, ordena, abre botellas, sirve los vasos, brinda el capitán Mendoza—. ¿Cerveza para ti también? Dos, bien heladas. Pero es absurdo, Panta. Si esa hembra te gusta y te friega que la toquen, por qué no la exceptúas totalmente del servicio. ¿Para qué eres jefe, si no?

—Eso no—tose, se ruboriza, tartamudea, bebe el capitán Pantoja—. No quiero faltar a mi deber. Además, te aseguro que esa visitadora y yo, en realidad.

—Todos los oficiales lo saben y les parece muy bien que tengas una querida—se chupa la espuma del bigote, enciende un cigarrillo, bebe, pide más cerveza el capitán Mendoza—. Pero nadie comprende ese sistema tuyo. Se entiende que no te haga gracia que la tropa se tire a tu hembra. Para qué entonces ese formalismo ridículo. Diez polvos es lo mismo que cien, hermano.

—Diez es lo que obliga el reglamento—ve salir de las carpas a los primeros soldados, entrar a los segundos, a los terceros, traga saliva el capitán Pantoja—. ¿Cómo lo voy a violar? Lo hice yo mismo.

—No puedes con tu genio, cerebro electrónico—echa la cabeza atrás, entrecierra los ojos, sonríe nostálgico el capitán Mendoza—. Todavía me acuerdo que, en Chorrillos, el único cadete que se lustraba los zapatos para salir a embarrárselos en las maniobras eras tú.

—La verdad es que, desde que pidió su baja el cura Beltrán, el Cuerpo de Capellanes Castrenses deja mucho que desear—recibe quejas, atiende recomendaciones, oye misas, entrega trofeos, monta caballos, juega bochas el general Scavino—. Pero, en fin, Tigre, es un fenómeno general en la Amazonía, los cuarteles no se podían librar del contagio. De todas maneras, no te preocupes. Estamos tratando el asunto con mano firme. Por estampa del niño-mártir o de la Santa Ignacia, treinta días de rigor; por foto del Hermano Francisco, cuarentaicinco.

—Estoy en Lagunas por el incidente de la semana pasada, Alberto—ve salir a los cuartos, entrar a los quintos, a los sextos el capitán Pantoja—. Leí tu parte, claro. Pero me pareció lo bastante grave como para venir a ver sobre el terreno qué había ocurrido.

—No valía la pena que te dieras el trabajo—se afloja la correa del pantalón, pide un sandwich de queso, come, bebe el capitán Mendoza—. Lo que ocurre es muy sencillo. En estos pueblecitos vez que se acerca un convoy de visitadoras es la loquería. La sola idea hace que a todos los gallitos de la vecindad se les ponga tieso el espolón. Y, a veces, cometen disparates.

—Meterse a un campamento militar es demasiado disparate—ve a Chupito recogiendo los grabados y las revistas de los números el capitán Pantoja—. ¿Acaso no había guardia?

—Reforzada, como ahora, porque siempre que llega el convoy es lo mismo—lo jala afuera, le muestra las tranqueras, los centinelas con bayonetas, los racimos de civiles el capitán Mendoza—. Ven, vamos para que veas. ¿Te das cuenta?

Todos los pingalocas del pueblo amontonados alrededor del campamento. Mira allá, ¿los ves? Subidos a los árboles, vaciándose por los ojos. Qué quieres, hermano, la arrechura es humana. Si hasta te ha pasado a ti, que parecías la excepción.

—¿No tuvieron algo que ver en este asunto, esos locos del Arca?—ve salir a los séptimos, entrar a los octavos, a los novenos, a los décimos y murmura al fin el capitán Pantoja—. No me repitas el parte, Alberto, cuéntame lo que realmente sucedió.

—Ocho tipos de Lagunas se metieron al campamento y pretendieron raptar a un par de visitadoras—ametralla el aparato de radio el general Scavino—. No, no hablo de los 'hermanos' sino del Servicio de Visitadoras, la otra calamidad de la selva. ¿Te das cuenta adónde estamos llegando, Tigre?

—No volverá a ocurrir, hermano—paga la cuenta, se pone el quepí, anteojos oscuros, deja salir primero a Panta el capitán Mendoza—. Ahora, desde la víspera de la llegada del convoy, duplico la guardia y pongo centinelas en todo el perímetro. La compañía entra en zafarrancho de combate para que los números cachen en paz, puta qué cómico.

—Cálmate y bájame la voz—compara informes, ordena encuestas, relee cartas el Tigre Collazos—. No te pongas histérico, Scavino. Lo sé todo, aquí tengo el parte de Mendoza. La tropa rescató a las visitadoras y se acabó. Bueno, no es para suicidarse. Un incidente como cualquier otro. Peores cosas hacen los 'hermanos' ¿no?

—Es que no es el primero de este tipo que ocurre, Alberto—ve salir de una carpa a la Brasileña, la ve cruzar el descampado entre silbidos, la ve subir a *Eva* el capitán Pantoja—. Hay constantes interferencias del elemento civil. En todos los pueblos brota una efervescencia del carajo cuando aparecen los convoyes.

—Se armó una trompeadera feroz entre soldados y civiles, por ese par de mujeres —recibe llamadas, va a la cárcel, interroga a detenidos, se desvela, toma calmantes, escribe, llama el general Scavino—. ¿Has oído bien? Entre sol-da-dos-y-ci-vi-les. Los raptores consiguieron sacarlas del campamento y la pelea fue en pleno pueblo. Hay cuatro hombres heridos. En cualquier momento puede ocurrir algo muy serio, Tigre, por este maldito Servicio.

—No es para menos, hermano —señala a los mirones, a las visitadoras que abandonan las carpas y regresan al embarcadero flanqueadas por guardias el capitán Mendoza—. A estos selváticos que ni siquiera conocen Iquitos, esas mujeres les parecen ángeles caídos del cielo. Los soldados también tienen culpa. Van y cuentan cosas en el pueblo, antojan a los otros. Se les ha prohibido hablar de esto, pero no entienden.

—Me fastidia que ocurra esto ahora, cuando tengo casi listo un proyecto para ampliar el Servicio y darle más categoría —se mete las manos en los bolsillos, camina cabizbajo pateando piedrecitas el capitán Pantoja—. Algo muy ambicioso, me ha costado muchos días de reflexión y de números. Y mi plan hasta quizá solucionaría el problema de los civiles pingalocas, hermano.

—Pero me triplicaría usted el otro, Pantoja, el de los curas y las beatas de Iquitos que andan fregando la paciencia a Scavino —llama a su ordenanza, lo manda comprar cigarrillos, le da una propina, pide fuego el Tigre Collazos—. No, demasiado. Cincuenta visitadoras son suficientes. No podemos reclutar más, al menos por el momento.

—Con un equipo operacional de cien visitadoras y tres

barcos navegando de manera permanente en los ríos amazónicos—contempla los preparativos para la partida de *Eva* el
capitán Pantoja—, nadie podría prever la llegada de los convoyes a los centros usuarios.

—Se está volviendo demente—prende un encendedor y
lo acerca a la cara del Tigre Collazos el general Victoria—.
El Ejército tendría que dejar de comprar armas para contratar más rameras. No hay presupuesto que aguante las fantasías de este angurriento.

—Estudie el plan que le mandé, mi general—escribe a
máquina con dos dedos, hace cálculos, dibuja cuadros si-
nópticos, pasa malas noches, borra, añade, insiste el capitán
Pantoja—. Crearíamos un "sistema de rotación inordinaria
irregular". La llegada del convoy sería siempre imprevista,
nunca habría ocasión de incidentes. Sólo los jefes de unidad
conocerían las fechas de llegada.

—Y pensar que costó tanto trabajo hacerle aceptar la
misión de crear el Servicio de Visitadoras—busca por el
despacho un cenicero y lo pone junto al Tigre Collazos el
coronel López López—. Ahora está en su elemento. Se
mueve entre las putas como pez en el agua.

—Eso sí, la única forma de controlar eficazmente ese sistema sería desde el aire —cifra memorándums, prepara
termos de café, multiplica, divide, se rasca la cabeza, despacha anexos el capitán Pantoja—. Haría falta otro avión. Y,
al menos, un oficial de Intendencia más. Bastaría un subte-
niente, mi general.

—Se le ha aflojado un tornillo, no hay duda—lee *El
Oriente*, oye La Voz del Sinchi, recibe anónimos, llega al
cine tarde y se sale antes que termine la película el general
Scavino—. Si esta vez le das gusto y apruebas ese proyecto,
te advierto que pido mi baja, como Beltrán. Entre los faná-

ticos del Arca y las visitadoras de Pantoja van a acabar conmigo. Sobrevivo a punta de valeriana, Tigre.

—Lamento darle una mala noticia, mi general—parte en expedición, invade un pueblo desierto, carajea, ayuda a desclavar, ordena volver a marchas forzadas, muchachos el coronel Augusto Valdés—. Antenoche, en el caserío de Frailecillos, a dos horas de surcada de mi guarnición, crucificaron al suboficial Avelino Miranda. Estaba de permiso, iba de civil y es posible que ignoraran su condición de soldado. No, aún no ha muerto pero los médicos dicen que es cuestión de horas. Todo el caserío, treinta o cuarenta personas. Se han metido al monte, sí.

—Cálmese, Scavino, la cosa no puede ser para tanto —escucha y hace bromas sobre visitadoras en el Casino Militar, tranquiliza a su madre sobre los clavados de la selva el general Victoria—. ¿De veras andan tan alborotados esos provincianos con las niñas de Pantoja?

—¿Alborotados, mi general?—se toma el pulso, se mira la lengua, dibuja cruces sobre el secante el general Scavino—. Esta mañana se me presentó aquí el obispo, con su estado mayor de curas y monjas.

—Tengo el pesar de anunciarle que si el llamado Servicio de Visitadoras no desaparece, excomulgaré a todos los que trabajan en él o lo utilizan—entra al despacho, hace una venia, no sonríe, no se sienta, limpia su anillo y lo ofrece el Obispo—. Se han violado ya los límites mínimos de la decencia y el decoro, general Scavino. La misma madre del capitán Pantoja ha venido hasta a mí, llorando su tragedia.

—Comparto enteramente ese criterio y Su Eminencia lo sabe—se levanta, hace una genuflexión, besa el anillo, habla suave, ofrece gaseosas, despide a los visitantes en la calle el general Scavino—. Si de mí dependiera, ese Servicio no ha-

bría nacido. Les ruego un poco de paciencia. En cuanto a
Pantoja, no me lo nombre, Monseñor. Qué tragedia ni tragedia. El hijito de esa señora que va a llorarle, tiene gran
parte de culpa en lo que ocurre. Si al menos hubiera organizado la cosa de una manera mediocre, defectuosa. Pero ese
idiota ha convertido el Servicio de Visitadoras en el organismo más eficiente de las Fuerzas Armadas.

—No hay vuelta que darle, Panta—sube a bordo, curiosea el puente de mando, observa la brújula, manipula el ti-
món el capitán Mendoza—. Eres el Einstein del cache.

—Sí, naturalmente, he mandado varios grupos de caza a
perseguir a los fanáticos—va a la enfermería, alienta a la
víctima, clava banderitas en un mapa, dicta instrucciones,
desea buena suerte a los oficiales que parten el coronel Augusto Valdés—. Con orden de que me traigan al caserío
entero a rendir cuentas. No ha sido necesario, mi general.
Mis hombres están indignados, el suboficial Avelino Miranda siempre fue muy querido por la tropa.

—Tarde o temprano el Tigre acabará por aceptar mi plan
—muestra los compartimentos de *Eva* al capitán Mendoza,
la bodega, las máquinas, escupe y pisa el capitán Pantoja—.
El crecimiento del Servicio es inevitable. Con tres barqui-
tos, dos aviones, un equipo operacional de cien visitadoras
y dos oficiales adjuntos, haré maravillas, Alberto.

—En Chorrillos creíamos que tu vocación no era ser militar, sino una computadora—baja la rampa de desembarco,
regresa con Panta del brazo al campamento, pregunta ¿ya
me preparó el parte estadístico, alférez? el capitán Mendoza—. Ahora veo que estábamos equivocados. Tu sueño es
ser el Gran Alcahuete del Perú.

—Te equivocas, desde que nací sólo he querido ser soldado, pero soldado-administrador, que es tan importante co-

mo artillero o infante. Al Ejército yo lo tengo aquí—examina el rústico despacho, la lámpara de kerosene, los mosquiteros, la hierba que crece en los resquicios del entarimado, se toca el pecho el capitán Pantoja—. Tú te ríes y lo mismo Bacacorzo. Te aseguro que algún día se llevarán una sorpresa. Funcionaremos en todo el territorio nacional, con una flota de barcos, ómnibus y centenares de visitadoras.

—He puesto al frente de los grupos de caza a los oficiales más enérgicos—sigue y dirige por radio el desplazamiento de los expedicionarios, cambia de posición las banderitas en el mapa, habla con los médicos el coronel Augusto Valdés—. Con el calentón que tienen encima, los soldados necesitan que los contengan. No sea que linchen a los fanáticos por el camino. En cuanto al suboficial Miranda, parece que se salva, mi general. Eso sí, quedará manco y cojito.

—Habrá que crear una especialidad nueva en el Ejército —recibe el parte estadístico, lo relee, lo corrige, se señala la bragueta el capitán Mendoza—. Artillería, Infantería, Caballería, Ingeniería, Intendencia y ¿Polvos Militares? ¿Bulines Castrenses?

—Tendría que ser un nombre más discreto—se ríe, divisa a través de la tela metálica al corneta que llama a rancho, a los soldados que entran a un galpón de madera el capitán Pantoja—. Pero por qué no, algún día, quién sabe.

—Mira, ya terminó la vaina y ahí están tus pollitas cantando "La Raspa"—señala a *Eva*, a la sirena que pita, a las visitadoras acodadas en cubierta, al suboficial Rodríguez que ha subido al puente de mando el capitán Mendoza—. Cada vez que oigo su himno me cago de risa, hermano. ¿Regresas a Iquitos ahora mismo?

—Ahora mismo—abraza a Mendoza, sube a *Eva* de dos trancos, cierra el camarote, se zambulle en la litera el capitán Pantoja—. En la orejita, en el cuello, en mis tetitas. Rasguños, pellizquitos, mordisquitos.

—Ay, Panta, qué pesado eres—reniega, taconea, corre la cortina, suspira mirando al techo, avienta su ropa al suelo con furia la Brasileña—. ¿No ves que estoy cansada, que acabo de trabajar? Y después ya sé lo que vendrá, la gran escena de celos.

—Chitón, cierra ese piquito, ya sabes que, más arribita —se encoge, se estira, se mece, se arrulla, se desmaya, se deslíe Panta—. Ahicito mismo, ay qué riquito.

—Pero tengo que decirte una cosa, Panta—sube a la litera, se acuclilla, se tiende, se prende, desprende la Brasileña—. Estoy harta de que me hagas perder plata con tu manía de que sólo me den diez.

—Pfuu—se sosiega, transpira, traga aire a bocanadas Pantita—. ¿No puedes estar callada ni siquiera este momento?

—Es que por tu culpa estoy perdiendo plata y yo también tengo que cuidar mis intereses—se aparta, se lava, se viste, abre el ojo de buey, saca la cabeza y respira la Brasileña—. Estas cosas que te gustan se acaban con los años. ¿Y después? Todas tuvieron hoy veinte, el doble que yo.

—Caracoles, como si su Servicio no significara ya bastante gasto para Intendencia—recibe el telegrama, lo lee, lo agita el coronel López López—. ¿Sabe con qué nos viene ahora Pantoja, mi general? Con que se estudie la posibilidad de dar una prima de riesgo a las visitadoras cuando salen en convoy. Resulta que tienen miedo a los fanáticos.

—Pero tú recibes doble porcentaje que ellas y eso compensa la diferencia, te lo he probado, te he hecho una evaluación—sube a cubierta, ve a Viruca y Sandra echándose cremas en la cara, a Chupito durmiendo en una mecedora Pantaleón Pantoja—. Qué cansado me quedé, qué taqui-

227

cardia. ¿Perdiste el organigrama que te hice? ¿Te has olvidado que, además, cada mes te doy el 15 por ciento de mi sueldo para reforzar tus ingresos?

—Ya lo sé, Panta—apoya los brazos en la proa, mira los árboles de la ribera, las aguas terrosas, la estela de espuma, las nubes rosadas la Brasileña—. Pero tu sueldo es una buena porquería. No te enojes, es la verdad. Y, de otro lado, con tu manía ésa, todas me odian. No tengo ni una amiga entre las chicas. Hasta Chuchupe me dice privilegiada apenas te das vuelta.

—Lo eres y es la gran verguenza de mi vida—pasea por cubierta, pregunta ¿llegaremos a Iquitos temprano?, oye al suboficial Rodríguez decir por supuesto el señor Pantoja—. No te quejes tanto, no es justo. Debería lamentarme yo. Por tu culpa he roto con un principio que había respetado desde que tengo uso de razón.

—¿No ves? Ya comenzaste—sonríe a Peludita que escucha radio bajo el toldo de popa, a un marinero que enrolla unos cabos la Brasileña—. Por qué no eres más franco y en vez de hablar de principios reconoces que tienes celos de los diez soldaditos de Lagunas.

—¿Creías que disminuían? Nada de eso, Tigre, aumentan como un incendio en el bosque—se viste de civil, merodea entre las gentes, huele a cebolla y a incienso, ve el chisporroteo de los candiles, siente la pestilencia de las ofrendas el general Scavino—. No sabes lo que fue el aniversario del niño-mártir. Una procesión como no se ha visto nunca en Iquitos. Todas las orillas de Moronacocha cubiertas por una muchedumbre compacta. Y lo mismo la laguna. No cabía una lancha, un bote.

—Yo nunca había faltado a mi deber, maldita sea mi estampa—dice hola a Pechuga y Rita que juegan naipes al pleno sol, se recuesta en un salvavidas, ve ponerse el sol en el horizonte Pantaleón Pantoja—. Había sido siempre un tipo recto, un tipo justo. Antes de que aparecieras tú ni siquiera este clima de zánganos me había hecho romper mi sistema.

—Si me dices que tienes ganas de insultarme por los diez soldaditos, te lo aguanto—mira su reloj, hace un mohín, dice se paró otra vez, le da cuerda la Brasileña—. Pero si sigues hablando de tu sistema te vas a la mierda y me bajo al camarote a descansar.

—Este trabajo y tú han sido mi ruina—se demuda, no responde al saludo del marinero que conversa con Pichuza, escruta el río, el cielo que oscurece Pantaleón Pantoja—. Si no fuera por ustedes, no habría perdido a mi esposa, a mi hijita.

—Qué pesado eres, Panta—lo toma del brazo, lo lleva al camarote, le alcanza unos sandwichs, una coca-cola, le pela una naranja, bota las cáscaras al río, enciende la luz la Brasileña—. ¿Ahora te va a venir el llanto por tu esposa y tu hijita? Cada vez que te ocupas conmigo te dan unos arrepentimientos que no hay quien te aguante. No te pongas tonto, rapaz.

—Me hacen falta, las extraño mucho—come, bebe, se pone el pijama, se acuesta, se le quiebra la voz a Panta—. La casa está tan vacía sin Pocha y sin Gladycita. No me acostumbro.

—Ven, rapaz, ven, no seas lloroncito—se queda en enagua, se tiende junto a Panta, apaga la luz, abre los brazos la Brasileña—. Lo único que tienes es celos de los soldaditos. Ven, acomódate aquí, déjame rascarte la cabecita.

—Hasta corría la voz que se iba a presentar el Hermano Francisco en persona—observa a los apóstoles de blanco, a los fieles arrodillados con los brazos extendidos, a los inválidos, los ciegos, los leprosos, los enanos, los moribundos que rodean la cruz el general Scavino—. Mejor que no lo hiciera. Nos iba a poner en un apuro. Era imposible mandarlo detener ante veinte mil personas dispuestas a morir por él. Dónde diablos andará. No, no hay rastros de ese loco.

—El balco es una cunita, yo soy Pochita, tú eles Gladycita—entona, se mece, mira la luna que cruza el ojo de buey y platea el extremo de la litera la Brasileña—. Qué bebita tan bonita. Yo le lasco cabecita, yo le doy besitos. ¿Quiele chupal su tetita?

—Ahora la tiene en la cabeza, ahí mismo, bah, se voló—empuja la puerta del Museo y Acuario Amazónico y cede el paso al capitán Pantoja el teniente Bacacorzo—. ¿Le llegó a picar? Creo que era una avispa.

—Más abajito, más despacito—cambia de ánimo, se aniña, se entibia, se endulza, se acurruca Pantita—. En la espaldita, en el cuellito, en la olejita. Insista en la puntita, señolita.

—Ah, la maté—manotea contra la pileta de La Vaca Marina o Manatí el teniente Bacacorzo—. Avispa no, una mosca parda. Son peligrosas, la gente dice que trasmiten la lepra.

—Debo tener la sangre ácida porque jamás me pican los bichos—pasa junto al Bufeo Loco, al Bufeo Cenizo, al Bufeo Colorado, se detiene ante La Hormiga Curhuinse, lee "es nocturna, muy dañina, en una noche puede arrasar una chacra, andan en cientos de miles, cuando adultas echan alas y se ponen barrigonas" el capitán Pantoja—. En cambio, mi pobre madre, es terrible, sale a la calle y la devoran.

—¿Sabe que a esas hormigas aquí se las comen tostadas,

con sal y plátano?—pasa el dedo por la cresta de una iguana disecada, por las plumas multicolores de un tucán el teniente Bacacorzo—. Tiene que cuidarse, está usted muy flaco. Debe haber bajado lo menos diez kilos en estos últimos meses. Qué pasa, mi capitán. ¿Trabajo, preocupaciones?

—Un poco de las dos cosas—se inclina y busca en vano los ocho ojos de la grande, saltarina y ponzoñosa Araña Viuda el capitán Pantoja—. Cuando todo el mundo me lo dice, debe ser cierto. Voy a ponerme en sobrealimentación, para recuperar los kilitos perdidos.

—Lo siento mucho, Tigre, pero he tenido que dar orden de que la tropa ayude a la Guardia Civil en la captura de los fanáticos—recibe peticiones, quejas, denuncias, investiga, vacila, consulta, toma una decisión, informa el general Scavino—. Cuatro clavados en seis meses es demasiado, estos locos están convirtiendo a la Amazonía en una tierra bárbara y ha llegado el momento de usar la mano dura.

—No le está usted sacando el jugo a la soltería—empuña la luna de aumento y agranda a la Avispa Huayranga, a la Campana Avispa y a la Avispa Shiro-shiro el teniente Bacacorzo—. En vez de estar feliz y contento con la libertad recobrada, anda más triste que un murciélago.

—Es que a mí la soltería no me sirve de gran cosa—se adelanta a la esquina de los felinos y roza con su cuerpo al Tigre Negro, al Otorongo o Príncipe de la Selva, al Ocelote, al Puma y al moteado Tigrillo el capitán Pantoja—. Yo sé que la mayor parte de los hombres, después de un tiempo, se hartan de la monotonía familiar y dan cualquier cosa por zafarse de sus mujeres. A mí no me había pasado. La verdad, me apenó que Pocha se fuera. Y, sobre todo, llevándose a mi hijita.

—Ni decirlo tiene que lo apenó, se le ve en la cara—"los camaleones chiquitos viven en los árboles, los grandes en el agua" oye el teniente Bacacorzo—. En fin, son las cosas de la vida, mi capitán. ¿Ha tenido noticias de su esposa?

—Sí, me escribe todas las semanas. Está viviendo con su hermana Chichi, allá en Chiclayo—cuenta las culebras, la Yacumama o Madre del Agua, la Boa Negra, la Mantona, la Sachamama o Madre de la Selva el capitán Pantoja—. No estoy resentido con Pocha, la entiendo muy bien. Mi misión resultaba muy fregada para ella. Ninguna mujer decente lo hubiera aguantado. ¿De qué se ríe? No es ningún chiste, Bacacorzo.

—Perdone, pero es que no deja de ser gracioso—enciende un cigarrillo, sopla el humo entre los barrotes de la jaula del Paucar, lee "imita el cántico de las demás aves y ríe y llora como los niños" el teniente Bacacorzo—. Usted tan maniático, tan puntilloso en cuestiones morales. Y con la fama más negra que se pueda imaginar. Aquí en Iquitos todos lo creen un terrible forajido.

—Cómo no iba a tener razón para irse, señora, no se ciegue—entrega la madeja de lana a la señora Leonor, hace un ovillo, comienza a tejer Alicia—. Las mamás encierran a sus hijas con llave cuando ven pasar a su Pantita, se persignan y ponen contra. Sépalo de una vez y, más bien, compadézcase de Pocha.

—¿Cree que no lo sé?—se entretiene dando de comer a los peces ornamentales, viendo fosforescer al tornasolado Neón Tetra el capitán Pantoja—. El Ejército me hizo un flaco servicio confiándome este trabajo.

—Nadie se imaginaría que lo lamenta, al verlo trabajar en el Servicio de Visitadoras con tanto ímpetu—observa el transparente Blue Tetra, el escamoso Limpiavidrios y la carnívora Piraña el teniente Bacacorzo—. Sí, ya sé, su sentido del deber.

—Regresaron las dos primeras patrullas, mi general —recibe a los expedicionarios en la puerta del cuartel, los felicita, les invita una cerveza, silencia a los prisioneros que gritan, los manda encerrar en la Prevención el coronel Peter Casahuanqui—. Traen media docena de fanáticos, uno de ellos con tercianas. Estuvieron en la clavada de la viejita, en Dos de Mayo. ¿Los guardo aquí, los entrego a la policía, los despacho a Iquitos?

—Oiga, todavía no me ha dicho para qué me citó en este Museo, Bacacorzo —mide con la vista al Paiche, el Pez Más Grande de Agua Dulce Que se Conoce en el Mundo el Capitán Pantoja.

—Para darle una mala noticia entre ofidios y arácnidos —echa un vistazo indiferente a la Anguila, a la Raya a las Charapas o Tortugas de agua el teniente Bacacorzo—. Scavino quiere verlo urgentemente. Lo espera en la Comandancia, a las diez. Tenga cuidado, le advierto que está echando chispas.

—Sólo los impotentes, los eunucos y los asexuados pueden pretender que —sube y baja entre arpegios, declama, se encabrita La Voz del Sinchi—los esforzados defensores de la Patria, que se sacrifican sirviendo allá, en las intrincadas fronteras, vivan en castidad viuda.

—Siempre está echando chispas, al menos conmigo —sale al Malecón, mira el río destellando bajo el sol homicida, las motoras y balsas que llegan al puerto de Belén el capitán Pantoja—. ¿Sabe de qué es ahora la rabieta?

—Por la maldita emisión del Sinchi de ayer —no responde a su saludo, no lo invita a sentarse, coloca una cinta y enciende la grabadora el general Scavino—. El zamarro no

233

hizo más que hablar de usted, le dedicó los treinta minutos del programa. ¿Le parece poca cosa, Pantoja?

—¿Deben nuestros valientes soldados recurrir al debilitante onanismo?—duda, danza con los compases del vals "La Contamanina", espera una respuesta, interroga de nuevo La Voz del Sinchi—. ¿Regresar a la auto-gratificación infantil?

—¿La Voz del Sinchi?—oye crujir, tartamudear, estropearse a la grabadora, ve al general Scavino sacudirla, golpearla, probar todos los botones el capitán Pantoja—. ¿Está seguro, mi general? ¿Me atacó de nuevo?

—Lo defendió, lo defendió de nuevo—descubre que el enchufe se ha soltado, murmura qué estúpido, se agacha, conecta el aparato otra vez el general Scavino—. Y es mil veces peor que si lo atacara. ¿No comprende? Esto deja en ridículo y enloda al Ejército al mismo tiempo.

—Sí, las he cumplido al pie de la letra, mi general—conferencia con el alférez jefe de Intendencia, revisa el almacén de provisiones, compone menús con el sargento cocinero el coronel Máximo Dávila—. Sólo que ha surgido un grave problema de abastecimiento. Son cincuenta fanáticos detenidos y si los alimento tendria que racionar a la tropa. No sé qué hacer, mi general.

—Le tengo terminantemente prohibido que siquiera me nombre—ve encenderse una lucecita amarilla, girar los carretes, oye ruidos metálicos, ecos, se enfurece el capitán Pantoja—. No me lo explico, le aseguro que …

—Cállese y escuche—ordena, cruza los brazos, las piernas, mira con odio la grabadora el general Scavino—. Es de dar náuseas.

—El Supremo Gobierno debería condecorar con la Orden del Sol al señor Pantaleón Pantoja—estalla, rutila entre

Lux el Jabón que Perfuma, Coca-cola la Pausa que Refresca y Sonrisas Kolynosistas, dramatiza y exige La Voz del Sinchi —. Por la encomiástica labor que realiza en procura de la satisfacción de las necesidades íntimas de los centinelas del Perú.

—Lo oyó mi esposa y mis hijas tuvieron que darle sales —apaga la grabadora, recorre la habitación con las manos a la espalda el general Scavino—. Nos está convirtiendo en el hazmerreir de todo Iquitos con sus peroratas. ¿No le ordené tomar medidas para que La Voz del Sinchi no se ocupara más del Servicio de Visitadoras?

—La única manera de taparle la boca a ese sujeto es dándole un balazo o plata —escucha la radio, ve a las visitadoras preparando los maletines para embarcar, a Chuchupe montando a *Dalila* Pantaleón Pantoja —. Cargármelo me traería muchos líos, no queda más remedio que calentarle la mano con unos cuantos soles. Anda díselo, Chupito. Que se presente aquí en el término de la distancia.

—¿Quiere decir que destina parte del presupuesto del Servicio de Visitadoras a sobornar periodistas? —lo examina de pies a cabeza, ancha las aletas de la nariz, arruga la frente, muestra los incisivos el general Scavino—. Muy interesante, capitán.

—Ya tengo aquí, en salmuera, a los que crucificaron al suboficial Miranda —atomiza las patrullas, duplica las horas de guardia, suprime permisos y licencias, extenúa, encoleriza a sus hombres el coronel Augusto Valdés—. El ha identificado a la mayoría, sí. Sólo que tanto movilizar a mi gente detrás de los Hermanos del Arca, tengo desguarnecida la frontera. Ya sé que no hay peligro, pero si algún enemigo quisiera entrar, se nos metería hasta Iquitos de un paseo, mi general.

—Del presupuesto no, eso es sagrado—distingue un ratoncito cruzando veloz el alféizar de la ventana a pocos centímetros de la cabeza del general Scavino el capitán Pantoja—. Usted tiene copia de la contabilidad y puede comprobarlo. De mi propio sueldo. He tenido que sacrificar el 5 % mensual de mis haberes para callar a ese chantajista. No entiendo por qué ha hecho esto.

—Por escrúpulos profesionales, por indignación moral, por solidaridad humana, amigo Pantoja—entra al centro logístico dando un portazo, sube la escalerilla del puesto de mando como un ventarrón, intenta abrazar al señor Pantoja, se quita el saco, se sienta en el escritorio, ríe, truena, arenga el Sinchi—. Porque no puedo soportar que haya gente aquí, en esta ciudad donde mi santa madre me botó al mundo, que menosprecie su labor y que todo el día eche sapos y culebras contra usted.

—Nuestro compromiso era clarísimo y usted lo ha violado—estrella una regla contra un panel, tiene los labios llenos de saliva y los ojos incendiados, rechina los dientes Pantaleón Pantoja—. ¿Para qué carajo los quinientos soles mensuales? Para que se olvide de que existo, de que el Servicio de Visitadoras existe.

—Es que yo también soy humano, señor Pantoja, y sé asumir mis responsabilidades—asiente, lo calma, gesticula, oye roncar la hélice, ve a *Dalila* correr por el río levantando dos paredes de agua, la ve elevarse, perderse en el cielo el Sinchi—. Tengo sentimientos, impulsos, emociones. Donde voy, oigo pestes contra usted y me caliento. No puedo permitir que calumnien a alguien tan caballero. Sobre todo, siendo amigos.

—Voy a hacerle una advertencia muy seria, so grandísimo pendejo—lo coge de la camisa, lo zamaquea de atrás adelante, de adelante atrás, lo ve asustarse, enrojecer, temblar, lo suelta Pantaleón Pantoja—. Ya sabe lo que ocurrió la vez pasada, cuando sus ataques al Servicio. Tuve que contener a las visitadoras, querían sacarle los ojos y clavarlo en la Plaza de Armas.

—Lo sé de sobra, amigo Pantoja—se arregla la camisa, trata de sonreir, recupera el aplomo, se aprieta el cuello el Sinchi . ¿Cree que no me enteré que habían pegado mi foto en la puerta de Pantilandia y que la escupían al entrar y salir?

—La verdad, es un señor problema, Tigre —imagina motines, cargas de fusilería, muertos y heridos, titulares sangrientos, destituciones, juicios, sentencias y lágrimas el general Scavino—. En tres semanas, hemos echado mano a cerca de quinientos fanáticos que andaban escondidos en la selva. Pero ahora no sé qué hacer con ellos. Mandarlos a Iquitos sería un escándalo, habría manifestaciones, miles de 'hermanos' andan sueltos. ¿Qué piensa el Estado Mayor?

—Pero ahora ellas están felices con los piropos que les echo en mi emisión, señor Pantoja—se pone el saco, va hasta la baranda, hace adiós al Chino Porfirio, vuelve al escritorio, soba el hombro del señor Pantoja, cruza los dedos y jura el Sinchi—. Cuando me ven en la calle, me mandan besitos volados. Vamos, amigo Pan-Pan, no lo tome a lo trágico, yo quería servirlo. Pero, si prefiere, La Voz del Sinchi no lo mentará nunca más.

—Porque la primera vez que me nombre, o hable del Servicio, le echaré encima a las cincuenta visitadoras y le advierto que todas tienen uñas largas—abre un cajón del escritorio, saca un revólver, lo carga y descarga, hace girar el tambor, encañona el pizarrón, el teléfono, las vigas Pantaleón Pantoja—. Y si ellas no acaban con usted, lo remato yo, de un tiro en la cabeza. ¿Comprendido?

—A la perfección, amigo Pantoja, ni una palabra más— multiplica las venias, las sonrisas, los adioses, baja la escalerilla de espaldas, echa a correr, desaparece en la trocha a Iquitos el Sinchi—. Clarísimo como el sol. ¿Quién es el señor Pan-Pan? No se le conoce, no existe, no se oyó nunca. ¿Y el Servicio de Visitadoras? Qué es eso, cómo se come eso. ¿Correcto? Vaya, nos entendemos. Los quinientos solifacios de este mes ¿como siempre, con Chupito?

—No, no, eso sí que no—secretea con Alicia, corre donde los agustinos, escucha confidencias del director, regresa sofocada a casa, recibe a Panta protestando la señora Leonor—. ¡Te presentaste con una de esas bandidas en la Iglesia! ¡Y en el San Agustín, nada menos! El padre José María me ha contado.

—Primero óyeme y trata de entender, mamá—arroja la gorrita al ropero, va a la cocina, bebe un jugo de papaya con hielo, se limpia la boca Panta—. No lo hago nunca, jamás me luzco por la ciudad con ninguna de ellas. Fue una circunstancia muy especial.

—El padre José María los vio entrar a los dos del brazo, con el mayor desparpajo—llena la bañera de agua fría, arranca la envoltura de un jabón, dispone toallas limpias la señora Leonor—. A las once de la mañana, justo cuando van a misa todas las señoras de Iquitos.

—Porque a esa hora son los bautizos, no es mi culpa, déjame explicarte—se quita la guayabera, el pantalón, la camiseta, el calzoncillo, se pone una bata, zapatillas, entra al baño, se desnuda, se sumerge en la bañera, entrecierra los ojos y murmura qué fresca está Pantita—. La Pechuga es una de mis colaboradoras más antiguas y eficientes, estaba obligado a hacerlo.

—No podemos fabricar mártires, basta con los que ellos

hacen—revisa cartapacios de recortes de periódicos marca-
dos con lápiz rojo, celebra conciliábulos con oficiales del
Servicio de Inteligencia, de la Policía de Investigaciones,
propone un plan al Estado Mayor y lo ejecuta el Tigre Collazos—. Tenlos ahí en los cuarteles un par de semanas,
a pan y agua. Luego los asustas y los largas, Scavino. Salvo a unos diez o doce cabecillas, a ésos nos los mandas a
Lima.

—La Pechuga—revolotea por el dormitorio, la salita, se
asoma al cuarto de baño, ve a Panta moviendo los pies y
salpicando el piso la señora Leonor—. Mira con quiénes
trabajas, con quiénes te juntas. ¡La Pechuga, la Pechuga!
Cómo va a ser posible que te presentes en la Iglesia con una
perdida que encima tiene ese nombre. Ya no sé a qué santo
rogarle, hasta al niño-mártir he ido a pedirle de rodillas que
te saque de ese antro.

—Me pidió que fuera padrino de su hijito y no podía ne-
garme, mamá—se jabona la cabeza, la cara, el cuerpo, se enjuaga en la ducha, se envuelve en toallas, salta de la bañera,
se seca, se pone desodorante, se peina Pantita—. La Pechuga y Milcaras tuvieron el gesto simpático de ponerle mi
nombre a la criatura. Se llama Pantaleón y yo mismo lo hice
cristianizar.

—Cuánto honor para la familia—va a la cocina, trae un
escobillón y trapos, seca el cuarto de baño, entra al dormitorio, alcanza a Panta una camisa, un pantalón recién plan-
chado la señora Leonor—. Ya que tienes que hacer ese
trabajo tan espantoso, cumple al menos lo que me prome-
tiste. No te pasees con ellas, que la gente no te vea.

—Ya lo sé, mamacita, no seas machacona, upa, hasta el
techo, upa—se viste, echa la ropa sucia a una canasta, sonríe, se acerca a la señora Leonor, la abraza, la levanta en pe-

so Pantita—. Ah, me olvidaba mostrarte. Mira, llegó carta de Pocha. Manda fotos de Gladycita.

—A ver, presta mis anteojos—se acomoda la falda, la blusa, le arrebata el sobre, se acerca a la luz de la ventana la señora Leonor—. Uy, qué cosa más rica, mi nietecita linda, cómo ha engordado. Cuándo me vas a dar lo que te pido, Santo Cristo de Bagazán. Me paso las tardes en la iglesia, rezando, hago novenas para que nos saques de aquí y tú nada.

—En Iquitos te has vuelto una beata, viejita, en Chiclayo ni siquiera ibas a misa, sólo jugabas canasta—se sienta en la mecedora de paja, hojea un periódico, resuelve un crucigrama, se ríe Panta—. Creo que tus rezos no sirven porque mezclas la Iglesia con la superstición: el niño-mártir, el Santo Cristo de Bagazán, el Señor de los Milagros, la Santa Ignacia.

—No se olvide que hay que distraer gente y dinero para la caza y represión de los locos del Arca—toma aviones, jeeps y lanchas, recorre la Amazonía, vuelve a Lima, hace trabajar sobretiempos a los oficiales de Contabilidad y Finanzas, redacta un informe, se presenta al despacho del Tigre Collazos el coronel López López—. Eso significa gastos fuertes para el Ejército. Y el Servicio de Visitadoras es una hemorragia, trabaja a pura pérdida. Aparte de otros problemitas.

—Aquí está la carta de Pocha, son sólo cuatro letras, te la leo—oye música, da un paseo con la señora Leonor por la Plaza de Armas, trabaja en su dormitorio hasta medianoche, duerme seis horas, se levanta con las primeras luces Panta—. Se han ido a Pimentel, con Chichi, para pasar el verano en la playa. No habla nada de volver, mamá.

—¿A fojas cero?—se enfunda el quepí, deja salir antes

del despacho al general Victoria y al coronel López López, se sienta en la parte delantera del auto, ordena al chofer a "Rosita Ríos" volando el Tigre Collazos—. Sí, claro, es una de las soluciones posibles, la que Scavino elegiría en el acto. Pero ¿no es un poco precipitado? No veo la razón ni la urgencia de declarar que el Servicio de Visitadoras es un fracaso. Después de todo, los incidentes que ha provocado son insignificantes.

—No me preocupan las cosas negativas del Servicio de Visitadoras sino las positivas, Tigre—elige una mesa al aire libre, se sienta en la cabecera, se afloja la corbata, estudia el menú muy atento el general Victoria—. Lo grave son sus fantásticos éxitos. Para mí, el problema está en que, sin quererlo ni saberlo, hemos puesto en marcha un mecanismo infernal. López acaba de recorrer todas las guarniciones de la selva y su informe es inquietante.

—Me he visto en la imperiosa necesidad de reclutar diez visitadoras a toda urgencia—telegrafía el capitán Pantoja—. No para ampliar el Servicio, sino para mantener el ritmo de trabajo alcanzado hasta el presente.

—La verdad es que las visitadoras de Pantoja se han convertido en la preocupación central de todas las guarniciones, campamentos y puestos de la frontera—pide anticuchos y choclos sancochados para comenzar y de segundo un escabeche de pato con mucho ají el coronel López López—. No exagero lo más mínimo, mi general. Casi no he podido hablar de otra cosa con oficiales, suboficiales y soldados, créame. Hasta los crímenes del Arca pasan a segundo plano cuando se trata de las visitadoras.

—La razón son las numerosas patrullas y grupos de persecución y captura de los asesinos religiosos—pone en clave el capitán Pantoja—. Como la superioridad sabe, esos comandos se hallan internados en el monte, desarrollando una acción cívico-policial de primer orden.

—En este maletín están las pruebas, Tigre—se decide por el cebiche de corvina y los riñoncitos a la criolla con arroz blanco el general Victoria—. Adivina qué son estos papeles. ¿Informes sobre el estado de la defensa aero-terrestre-fluvial en las fronteras ecuatoriana, colombiana, brasileña y boliviana? Frío. ¿Sugerencias y planes para mejorar nuestro propio dispositivo de vigilancia y ataque en la Amazonía? Frío. ¿Estudios sobre comunicaciones, logística, etnografía? Frío, frío.

—El Servicio de Visitadoras creyó su obligación hacer llegar hasta esos comandos, allí donde se hallen, los convoyes de visitadoras—radia el capitán Pantoja—. Y lo hemos conseguido, gracias al esfuerzo entusiasta de todo el personal, sin excepción.

—Sólo solicitudes en relación con el s v g p f a, mi general —de postre alfajores de miel y maní y para tomar cerveza Pilsen bien heladita concluye el coronel López López—. Todos los suboficiales de la Amazonía han firmado memoriales pidiendo que se les permita utilizar el Servicio de Visitadoras. Aquí los tiene ordenados: 172 pliegos.

—Para ello he creado brigadas volantes de dos y tres visitadoras, y esa fragmentación del personal me hubiera impedido seguir asegurando la cobertura regular de los centros usuarios—telefonea el capitán Pantoja—. Espero no haberme excedido en mis atribuciones, mi general.

—Y la encuesta de López López entre la oficialidad es todavía más increíble—empuja con una rajita de pan, acompaña cada bocado con traguitos de cerveza, se enjuga la frente con la servilleta el general Victoria—. De capitán para abajo, el 95 por ciento de los oficiales también reclaman visitadoras. Y de capitán para arriba, un 55 por ciento. ¿Qué me dices de eso, Tigre?

—De acuerdo a las cifras que me ha comunicado el coronel López sobre su encuesta extraoficial, debo modificar totalmente el plan minimalista de ampliación del SVGPFA, mi general—se sobresalta, garabatea libretas, toma anfetaminas para amanecerse en el puesto de mando, despacha voluminosos sobres certificados el capitán Pantoja—. Le ruego que considere nulo y no recibido el proyecto que le mandé. Estoy trabajando día y noche en un nuevo organigrama. Espero enviárselo muy pronto.

—Porque, además, siento decirte que Pantoja, aunque está loco, tiene toda la razón del mundo, Tigre—ataca los riñones con ímpetu, bromea los franceses tienen razón, si uno encuentra el ritmo adecuado puede ingerir cualquier cantidad de platos, dieciocho, veinte el general Victoria—. Su argumentación es irrefutable.

—En vista de la duplicación potencial del número de usuarios, si se comprende a los suboficiales y mandos intermedios—discute con Chuchupe, Chupito y Chino Porfirio, pasa revista a candidatas, despide a 'lavanderas', conversa con cafiches, soborna a alcahuetas el capitán Pantoja—, debo comunicarle que el plan minimalista de prestaciones regulares, a un ritmo siempre por debajo del mínimo vital sexual, exigiría cuatro barcos del tonelaje de *Eva*, tres aviones tipo *Dalila* y un equipo operacional de 272 visitadoras.

—Si se les concede ese Servicio a los clases y soldados ¿por qué no a los suboficiales?—separa las cebollas, los huesos y termina el escabeche de pato en unos cuantos bocados, sonríe, mira pasar a una mujer, guiña un ojo y exclama qué escultura el coronel López López—. ¿Y si a éstos, por qué no a los oficiales? Es el platneamiento de todos. Y, la verdad, no tiene réplica.

—Naturalmente, si se considera la ampliación a la oficialidad, mis estimaciones registrarían nuevas variantes, mi general—visita a brujos, toma ayahuasca, tiene alucinaciones en las que ejércitos de mujeres desfilan por el Campo de Marte cantando "La Raspa", vomita, trabaja, exulta el capitán Pantoja—. Estoy haciendo un estudio posibilista, por si las moscas. Habría que crear una sección especial, un grupo de visitadoras exclusivas, por supuesto.

—Por supuesto—rechaza el postre, pide café, saca un frasquito de sacarina, echa dos pastillas, apura la taza de un trago, enciende un cigarrillo el general Victoria—. Y si se considera indispensable para la salud biológica y psicológica de la tropa que exista ese Servicio, habrá que aumentar cada mes el número de prestaciones. Porque, lo sabes de sobra, Tigre, la función hace al órgano. En este caso, la demanda irá siempre por delante de la oferta.

—Así es, mi general—pide la cuenta, intenta sacar su cartera, oye está usted loco, hoy son invitados del Tigre el coronel López López—. Queriendo tapar un hueco, hemos abierto una coladera y por ahí se va a desaguar todo el presupuesto de Intendencia.

—Y toda la energía de nuestros soldados—se traslada en misión especial a Lima, visita a políticos, pide audiencias, aconseja, intriga, amarra, retorna a Iquitos el general Scavino.

—A este hambre de visitadoras que se ha despertado en la selva no lo para ni Cristo, Tigre—abre la puerta del auto, pasa primero, dice lástima no poder echar una siestecita después de este almuerzo, ordena de vuelta al Ministerio el general Victoria—. O, para estar a la moda, ni el niño-mártir. A propósito, ¿saben que la devoción ya llegó a Lima? Ayer descubrí que mi nuera tenía un altarcito con estampas del niño-mártir.

—Podríamos comenzar con un equipo seleccionado de diez visitadoras para oficiales, mi general—habla solo por la calle, se queda dormido en su escritorio, fantasea, aterra a la señora Leonor con su flacura el capitán Pantoja—. Las reclutaríamos en Lima, naturalmente, para garantizar una alta categoría. ¿Le gustan las siglas SPO del SVGPFA? Sección para Oficiales del Servicio de Visitadoras. Le enviaré un proyecto en detalle.

—Caracho, creo que tienen razón—entra a su despacho, cavila, abre la correspondencia, se muerde una uña el Tigre Collazos—. Esta cojudez se está poniendo tenebrosa.

9

Número especial del diario El Oriente *(Iquitos, 5 de enero de 1959), dedicado a los graves acontecimientos de Nauta.*

Reportaje extraordinario de toda la redacción de El Oriente, *movilizada bajo la guía intelectual de su director, Joaquín Andoa, para llevar a los lectores del departamento de Loreto la versión más ágil, pormenorizada y fiel del trágico caso de la hermosa Brasileña, desde el asalto de Nauta hasta el entierro en Iquitos, con los sucesos que han electrizado la atención de la ciudadanía.*

Llanto y sorpresas despidieron restos
de bella asesinada

Ayer en la mañana, a las 11 horas aproximadamente, los restos mortales de la que fuera Olga Arellano Rosaura, conocida en el mundo del malvivir por el apodo de Brasileña, debido a sus años de residencia en la ciudad de Manaos (véase su biografía en la pág. 2, cols. 4 y 5), fueron enterrados en el histórico cementerio general de esta ciudad entre escenas de pesar y aflicción de compañeros de trabajo y amistades, que conmovieron a la numerosa concurrencia. Poco antes rindió honores militares a la finada una escolta de Infantería del campamento militar Vargas Guerra, en gesto insólito que no dejó de provocar considerable sorpresa, aun entre las personas más apenadas por la forma trágica en que perdió la vida esta joven y descarriada belleza loretana, a quien el *capitán* (*sic*) Pantaleón Pantoja llamó, en su perorata fúnebre, "desdichada mártir del cumplimiento del deber y víctima de la soecidad y villanía del hombre" (léase la perorata íntegra en la pág. 3, col. 1).

Sabedores de que el sepelio de la infortunada joven, iba a celebrarse ayer en la mañana, desde tempranas horas se habían congregado en las inmediaciones del cementerio (calles Alfonso Ugarte y Ramón Castilla), muchos curiosos que pronto bloquearon la entrada principal y el contorno del Monumento a los Caídos por la Patria. A las diez y treinta, más o menos, los presentes pudieron percatarse de la llegada de un camión del campamento militar Vargas Guerra, del que descendió una escolta de doce soldados, con casco, correaje y fusil, al mando del teniente de Infantería Luis Bacacorzo, el mismo que apostó a sus hombres a ambos lados de la puerta de ingreso al cementerio. Esta operación desató la curiosidad de las personas presentes, quienes no podían adivinar la razón de la comparecencia de una escolta del Ejército en esa hora, sitio y circunstancia. El enigma quedaría aclarado momentos después. En vista de que la aglomeración de curiosos y público en general obstruía por completo el acceso al cementerio, el teniente Bacacorzo ordenó a los soldados despejar la puerta, lo que éstos hicieron de inmediato sin contemplaciones.

A las 11 menos 15 minutos, la conocida carroza de lujo de la principal agencia funeraria de Iquitos, la "Modus Vivendi", hizo su aparición, totalmente recubierta de ofrendas florales, por la calle Alfonso Ugarte, seguida de gran número de taxis y vehículos particulares. El cortejo fúnebre, que avanzaba muy lento, había partido minutos antes del local del río Itaya llamado Servicio de Visitadoras, conocido generalmente con el sencillo mote de Pantilandia, donde había sido velada toda la noche anterior la malograda Olga Arellano Rosaura. Un impresionante silencio se extendió de inmediato por el barrio y la gente congregada abrió paso al cortejo por propia iniciativa a fin de que pudiera llegar hasta la misma entrada del camposanto. Gran número de personas—un centenar, a juicio de los observadores—acompañaban en su viaje a la última morada a la infeliz Olga, vistiendo muchas de ellas de oscuro y dando muestras, sobre todo sus compañeras de trabajo, las visitadoras y 'lavanderas' de Iquitos, de congoja en el rostro. Pudo notarse entre los componentes del cortejo fúnebre a la totalidad de mujeres que laboran en la mal afamada institución del río Itaya, siendo ellas, explicablemente, las que denotaban mayor dolor, vertiendo vivas lágrimas bajo los velos y mantillas negras. Puso una nota de emoción y dramatismo el que entre las visitadoras presentes estuvieran, en primera fila, las seis mujeres que vivieron con la extinta Brasileña los graves acontecimientos de Nauta en los que aquélla perdió la vida, e incluso la propia Luisa Cánepa, (a) Pechuga, que, como nuestros lectores saben, recibió heridas y contusiones bastante serias por mano de los asaltantes durante el luctuoso suceso (véase en la pág. 4 una recapitulación en detalle de la emboscada de Nauta y su sangriento final). Pero la sorpresa mayor de la ciudadanía allí reunida fue ver descender de la carroza funeraria, vestido con uniforme de capitán del Ejército y con anteojos oscuros, al promotor-jefe del llamado Servicio de Visitadoras, el muy conocido y poco apreciado señor Pantaleón Pantoja, del que hasta ahora nadie, al menos que este diario sepa, conocía su condición de oficial del Ejército. Lo cual, naturalmente, originó comentarios diversos entre el público.

Al ser bajado de la carroza, se pudo advertir que el ataúd tenía forma de cruz, como es costumbre entre los difuntos que en vida pertenecieron a la Hermandad del Arca, lo que debió parecer asombroso a mucha gente, por existir la sospe-

cha de que la muerte de la Brasileña se debió a cófrades de esa
secta religiosa, conjetura que, de otra parte, ha sido enérgicamente desmentida por el profeta máximo del Arca (véase
la "Epístola a los buenos sobre los malos" del Hermano Francisco, que publicamos en la pág. 3, cols. 3 y 4). El ataúd fue
bajado de la carroza e ingresado en el camposanto en hombros
del propio capitán Pantoja y de sus colaboradores del malque-
rido Servicio de Visitadoras, todos los cuales vestían riguroso
luto, a saber: Porfirio Wong, conocido como el Chino en
el barrio de Belén, el suboficial primero AP Carlos Rodríguez
Saravia (quien comandaba el barco *Eva* al registrarse el asalto
de Nauta), el suboficial FAP Alonso Pantinaya, (a) Loco,
famoso ex-as de la acrobacia aérea, los reclutas Sinforoso Caiguas y Palomino Rioalto y el enfermero Virgilio Pacaya.
Llevaron las cintas del ataúd, el mismo que lucía sobre la tapa
una elegante y solitaria orquídea, la célebre Leonor Curinchila, (a) Chuchupe, y varias pupilas de ese centro de mal obrar
del río Itaya, como ser Sandra, Viruca, Pichuza, Peludita y
otras, y el popular Juan Rivera, (a) Chupito, quien exhibía
los vendajes y huellas de las numerosas heridas que recibió
al pretender rechazar, con típica gallardía loretana, la agresión
de Nauta. Cogieron asimismo las cintas del ataúd, dos señoras
de cierta edad y de origen humilde, notoriamente condolidas,
que se negaron a dar sus nombres y a señalar su relación con
la occisa, y a quienes algunos rumores sindicaban como
familiares de Olga Arellano Rosaura, que preferían
ocultar su identidad debido a las poco recomendables
actividades a que se dedicó en vida la joven crucificada. Apenas estuvo alineado el cortejo en la forma que hemos dicho,
a una señal del capitán Pantoja el teniente Luis Bacacorzo,
con voz marcial, dio a los soldados de su escolta la orden de
¡*Presenten!* ¡*Armas!*, lo que aquéllos obedecieron al instante

con garbo y elegancia. Así, en hombros de sus colegas y amigos y entre una doble fila de fusiles que le rendían homenaje, entró al cementerio general de Iquitos la desgraciada Brasileña que perdió la vida a poca distancia de donde nace nuestro río-mar. El ataúd fue llevado hasta el pequeño podio, vecino al Monumento a los Caídos por la Patria, donde una placa recibe al visitante con este apóstrofe sombrío: "ENTRA, REZA, MIRA CON CARIÑO ESTA MANSIÓN; PUEDE QUE SEA TU ÚLTIMA MORADA". Allí, dando muestras de inexplicable malhumor y fastidio, que no dejaron de ser reprobados por la concurrencia, se hallaba el ex-capellán del Ejército y actual párroco encargado del cementerio de Iquitos, padre Godofredo Beltrán Calila. El religioso ofició con exagerada rapidez los responsos fúnebres, no pronunció sermón alguno, como se esperaba de él, y abandonó el lugar sin esperar el término de la ceremonia. Acabado el acto religioso, el capitán Pantaleón Pantoja, instalándose frente al ataúd de la malograda Olga Arellano Rosaura, pronunció la perorata que reproducimos en otro lugar de este diario (véase pág. 3, col. 1), la misma que llevó el funeral a su clímax de sensibilidad y patetismo, al verse interrumpido el capitán Pantoja, en varios momentos de su perorata, por sus propios sollozos, los mismos que eran coreados, como tristes ecos, por los de su colaboradores mencionados y muchas polillas presentes.

Inmediatamente después, el ataúd fue de nuevo levantado en hombros por los mismos que lo habían ingresado al camposanto, en tanto que otras personas, la mayoría visitadoras y 'lavanderas', se turnaban en el cogido de las cintas. El cortejo recorrió así el cementerio hasta el extremo sur, donde, en el Pabellón de Santo Tomás, cuartel 17, nicho superior, reposarán los restos de la desaparecida. La colocación del ataúd e instalación de la lápida (en la que sencillamente se lee, en letras doradas: *Olga Arellano Rosaura, llamada Brasileña (1936-1959) : sus desconsolados compañeros*), dio motivo a nuevas efusiones de sentimiento y dolor por su cruenta partida, habiendo prorrumpido muchas mujeres en inconsolable llanto. Luego de un padrenuestro y un avemaría que fueron entonados, a sugerencia de Leonor Curinchila, (a) Chuchupe, por la salud eterna de la fallecida loretana, el cortejo se deshizo. Comenzaban a dispersarse los asistentes hacia sus respectivos domicilios, cuando sobrevino una súbita lluvia, como si el cielo hubiera querido de pronto asociarse al duelo. Eran las doce del día.

Elegía fúnebre del capitán Pantaleón Pantoja en el entierro de la hermosa Olga Arellano, la visitadora clavada en el Nauta

Reproducimos a continuación, por considerarla del interés de nuestros lectores y por su desgarrada sinceridad y asombrosas revelaciones, la perorata fúnebre que pronunció en el sepelio de la victimada Olga Arellano Rosaura, (a) Brasileña, quien fuera su amigo y jefe, el tan mentado don Pantaleón Pantoja, y quien ha resultado desde ayer, ante la sorpresa general, capitán de Intendencia del Ejército Peruano.

LLORADA Olga Arellano Rosaura, recordada y muy querida Brasileña, como te llamábamos cariñosamente todos los que te conocíamos o frecuentábamos en el diario quehacer:

Hemos vestido nuestro glorioso uniforme de oficial del Ejército del Perú, para venir a acompañarte a éste que será tu último domicilio terrestre, porque era nuestra obligación proclamar ante los ojos del mundo, con la frente alta y pleno sentido de nuestra responsabilidad, que habías caído como un valeroso soldado al servicio de tu Patria, nuestro amado Perú. Hemos venido hasta aquí, para mostrar sin verguenza y con orgullo, que éramos tus amigos y superiores, que nos sentíamos muy honrados de compartir contigo la tarea que el destino nos había deparado, cual era la de servir, de manera nada fácil y más bien erizada de dificultades y sacrificios (como tú, respetada amiga, has experimentado en carne propia), a nuestros compatriotas y a nuestro país. Eres una desdichada mártir del cumplimiento del deber, una víctima de la soecidad y villanía de ciertos hombres. Los cobardes que, aguijoneados por el demonio del alcohol, los bajos instintos de la lascivia o el fanatismo más satánico, se apostaron en la Quebrada del Cacique Cocama, en las afueras de Nauta, para, mediante el rastrero engaño y la vil mentira, abordar piratescamente nuestro transporte fluvial *Eva* y luego aplacar con bestial brutalidad sus inclementes deseos, no sabían que esa belleza tuya, que a ellos los acicateaba delictuosamente, la habías consagrado con exclusividad generosa, a los esforzados soldados del Perú.

LLORADA Olga Arellano Rosaura, recordada Brasileña: Estos soldados, *tus* soldados, no te olvidan. Ahora mismo, en los rincones más indómitos de nuestra Amazonía, en las quebradas donde es monarca y señorea el anófeles palúdico, en los claros más apartados del bosque, allí donde el Ejército Peruano se ha hecho presente para manifestar y defender nuestra soberanía, y allí donde tú no vacilabas en llegar, sin importarte los insectos, las enfermedades, la incomodidad, llevando el regalo de tu belleza y de tu alegría franca y contagiosa a los centinelas del Perú, hay hombres que te recuerdan con lágrimas en los ojos, y el pecho henchido de cólera hacia tus sádicos asesinos. Ellos no olvidarán nunca tu simpatía, tu graciosa malicia, y ese modo tan tuyo de compartir con ellos las servidumbres de la vida castrense, que, gracias a ti, se les hacían siempre a nuestros clases y soldados más gratas y llevaderas.

Llorada Olga Arellano Rosaura, recordada Brasileña, como te apodaban, por haber vivido en el país hermano al que te llevaron tus jóvenes inquietudes, aunque—debemos decirlo—no hubiera en ti ni una sola gota de sangre ni un solo cabello que no fueran peruanos:

Debes saber que, junto con los soldados melancólicos, disgregados a lo ancho y a lo largo de la Amazonía, también te lloran y evocan tus compañeras y tus compañeros de trabajo del Servicio de Visitadoras para Guarniciones, Puestos de Frontera y Afines, en cuyo centro logístico del río Itaya fuiste en todo momento una lujosa flor que lo enriquecía y perfumaba, y quienes siempre te admiramos, respetamos y quisimos por tu sentido del deber, tu infatigable buen humor, tu gran espíritu de camaradería y colaboración y tantas otras virtudes que te adornaban. En nombre de todos ellos quiero decirte, refrenando el llanto, que tu sacrificio no habrá sido vano: tu sangre todavía joven, salvajemente derramada, será el vínculo sagrado que nos una desde ahora con más fuerza y el ejemplo que nos guíe y estimule a diario para cumplir nuestro deber con la perfección y el desinterés con que tú lo hacías. Y, finalmente, en nombre propio, déjame darte las gracias más profundas, poniendo el corazón en la mano, por tantas pruebas de afecto y comprensión, por tantas enseñanzas íntimas que nunca olvidaré.

Llorada Olga Arellano Rosaura, recordada Brasileña:

¡DESCANSA EN PAZ!

El crimen de la Quebrada del Cacique Cocama, minuto a minuto: su cortejo de sangre, pasión, sadismo necrofílico e instintos desbocados

N. de la R.: El Oriente *quiere hacer público su más efusivo agradecimiento al coronel de la Guardia Civil Juan Amézaga Riofrío, jefe de la V Región de Policía y al Inspector Superior de Loreto de la Policía de Investigaciones del Perú (PIP), Federico Chumpitaz Fernández, quienes tienen bajo su responsabilidad la investigación de los trágicos sucesos de Nauta, por habernos facilitado con la mayor amabilidad, sacrificándonos muchos minutos de su precioso tiempo, toda la información disponible hasta el momento sobre dicho suceso. Queremos destacar la actitud de cooperación hacia la prensa libre y democrática de estos distinguidos jefes de Policía, a quienes otras autoridades del Departamento deberían tomar como ejemplo.*

La conspiración de Requena

A medida que progresa la investigación de los sucesos de Nauta, se descubren elementos que rectifican las primeras versiones difundidas por la prensa escrita y radial sobre lo acaecido. Así, a cada instante se debilita la tesis según la cual el asalto de Nauta y la muerte y crucifixión de Olga Arellano Rosaura, (a) Brasileña, fueron un rito de "sacrificio y purificación por la sangre", ordenado por la Hermandad del Arca, secta de la cual los siete sujetos habrían sido meros instrumentos. De este modo, la fogosa campaña de nuestro colega, Germán Láudano Rosales, en su programa La Voz del Sinchi, defendiendo a la Hermandad del Arca y rechazando como falsa la confesión de los delincuentes de haber obedecido órdenes del Hermano Francisco, está cobrando visos de verdad. La conjetura del Sinchi de que dicha confesión es una estratagema de los encarcelados para amortiguar su culpa, parece respaldada por los hechos. Asimismo, los primeros interrogatorios a que han sido sometidos en Iquitos los implicados —llegaron ayer a esta ciudad, por vía fluvial, procedentes de Nauta, donde habían permanecido detenidos desde el 2 de enero—, también han permitido a las autoridades de la Guardia Civil y de la PIP descartar la otra especie que circulaba, según la cual el asalto de Nauta fue producto de la inspiración del momento, hijo de los malos consejos del alcohol, y comprobar, sin lugar a dudas, que estuvo planeado con mucha antelación en sus más mínimos y macabros detalles.

Todo comenzó, al parecer, unos quince días antes de la fecha fatídica, en una reunión social —y no religiosa, como se dijo—, celebrada con caracteres de la mayor inocencia, entre un grupo de amigos del pujante pueblo de Requena. La fiesta habría tenido lugar el día 14 de diciembre pasado, en casa del ex-alcalde del lugar, Teófilo Morey, con motivo de cumplir éste su cincuentaicuatro aniversario. En el curso del ágape, al que asistieron todos los inculpados (es decir: Artidoro Soma, 23 años; Nepomuceno Quilca, 31 años; Caifás Sancho, 28 años; Fabio Tapayuri, 26 años; Fabriciano Pizango, 32 años y Renán Márquez Curichimba, 22 años), se libaron muchas copas de licor, habiendo alcanzado todos los nombrados el estado de embriaguez. Fue en el transcurrir de dicha fiesta que el propio ex-alcalde Teófilo Morey, individuo muy conocido en Requena por sus instintos sensuales, su afición a la buena mesa y a las bebidas espirituosas, así como a cosas parecidas, lanzó—según declaración de algunos de sus coacusados—, la idea de emboscar a un convoy de visitadoras, cuando éste se hallara de viaje hacia algún campamento militar, para disfrutar a la fuerza de los encantos de las descarriadas. (Como recordarán nuestros lectores, en un primer momento los asaltantes afirmaron que la idea del asalto había surgido durante una misa nocturna del arca de Requena, en la cual se sorteó a siete 'hermanos' para ejecutar la misión decidida por todos los asistentes a la ceremonia, más de un centenar, según dijeron). La idea fue recibida con muestras de aprobación y entusiasmo por los otros inculpados. Todos éstos han reconocido que el tema de las visitadoras era frecuente en sus vidas y reuniones, habiendo enviado varias veces protestas escritas a los altos mandos del Ejército, pidiéndoles autorizar a dichas mujeres de malvivir a recibir clientela civil en los pueblos amazónicos que recorrían, y habiéndose dirigido incluso, una vez, en comisión con otros jóvenes de Requena, donde el jefe de la base naval de Santa Isabel, vecina de ese pueblo, para dejar sentada su protesta por el monopolio, a su juicio abusivo, de las Fuerzas Armadas sobre esas expediciones de polillas. Con estos antecedentes se comprende que la sugerencia del ex-alcalde Morey, brindándoles la oportunidad de volcar sus contenidas ansias, fuera recibida con júbilo y verdadero frenesí por los detenidos. No se ha podido determinar todavía si los siete conjurados eran seguidores del Hermano Francisco y asistían con frecuencia a los ritos clandestinos del arca de Requena, como han dicho, o si esto es totalmente falso, como han afirmado varios apóstoles de la secta, por medio de comunicados enviados a la prensa desde sus escondites, y lo ha refrendado incluso el propio Hermano Francisco (véase pág. 3, cols. 3 y 4). En esa misma fiesta, se dice, los siete amigos llegaron a trazar los primeros planes y acordaron perpetrar su torcido designio lejos de Requena, para no comprometer el buen nombre del pueblo y para despistar a las autoridades si había una investigación. Asimismo, decidieron averiguar de manera disimulada las fechas de arribo de los próximos convoyes de visitadoras a Nauta o Bagazán, cuyas inmediaciones consideraron ya, desde esa vez, las más propicias para asestar el golpe. El propio ex-alcalde Morey se ofreció a conseguir los datos pertinentes, gracias a la estrecha relación que, debido a su cargo edilicio, había mantenido con los oficiales de la base de Santa Isabel.

Y, sin más, poniéndose manos a la obra, los acusados perfeccionaron su plan en el curso de dos o tres reuniones posteriores. Teófilo Morey consiguió, efectivamente, sonsacar mediante mañas al teniente primero de la Armada, Germán Urioste, que un convoy fluvial de seis visitadoras, procedente de Iquitos, recorrería en los primeros días de enero los puestos de Nauta, Bagazán y Requena, estando fijada la llegada al primero de los puntos nombrados el día 2 a eso del mediodía. Reunidos nuevamente en casa del ex-alcalde, los siete individuos ultimaron su criminal proyecto, decidiendo emboscar al convoy en las afueras de Nauta, para hacer pensar a las víctimas y a la policía, que los autores del latrocinio sexual eran vecinos de aquella histórica localidad. Al parecer, en este momento habrían concebido la idea de dejar como pista falsa en las cercanías del lugar de la emboscada, una cruz con un animal clavado, para hacer suponer que la operación era obra de los 'hermanos' del arca de Nauta. A este fin, se equiparon de los correspondientes clavos y martillos, sin sospechar —así

lo afirman ellos—que el azar iba a favorecer terriblemente
sus planes, ofreciéndoles no un animal para clavar sino el cuerpo de una joven y bella polilla. Los siete sujetos decidieron
dividirse en dos grupos y dar cada cual una explicación distinta a los familiares y conocidos para ausentarse de Requena.
Es así como un grupo, integrado por Teófilo Morey, Artidoro Soma, Nepomuceno Quilca y Renán Márquez Curichimba, abandonó el lugar el día 29 de diciembre, en una lancha
con motor fuera de borda, propiedad del primero de los nombrados, haciendo creer a todo el mundo que se dirigían hacia
el lago de Carahuite, donde pensaban pasar las fiestas
de fin de año consagrados al sano deporte de la pesca del sába-
lo y la gamitana. El otro grupo—Caifás Sancho, Fabio Tapayuri y Fabriciano Pizango—partió sólo el 1 de enero al amanecer, en un deslizador perteneciente a este último, asegurán-
do a los conocidos que iban de cacería en la dirección de Bagazán, donde recientemente se había descubierto, merodeando
no lejos del pueblo, una manada de jaguares.

Tal como lo habían programado, los dos grupos se dirigieron río abajo, hacia Nauta, pasando sin detenerse ante este
pueblo, igual que lo habían hecho ante Bagazán, pues su objetivo era alcanzar, sin ser vistos, un punto situado unos tres
kilómetros aguas abajo del nacimiento del Amazonas, nuestro
gran río-mar, es decir la Quebrada del Cacique Cocama, denominada así por la leyenda según la cual en ese lugar, los días
de mucha lluvia, se divisa flotando cerca de la orilla el fantas-
ma del célebre cacique cocama don Manuel Pacaya, quien,
un 30 de abril de 1840, fundara pioneramente, en la confluen-
cia de los ríos Marañón y Ucayali, el progresista pueblo de
Nauta. Los siete inculpados habían elegido este lugar, pese
al temor que inspiraba a algunos de ellos la superstición mencionada, porque la abundante vegetación que cubre parte del

cauce era muy conveniente para su propósito de pasar desa-
percibidos. Los dos grupos se encontraron en la Quebrada
del Cacique Cocama al atardecer del 1 de enero, acampando
allí en un bajío y divirtiéndose esa noche en improvisada fiesta. Pues, muy sabidos, habían viajado provistos no sólo de
revólveres, carabinas, clavos y mantas para dormir, sino también de sendas botellas de anisado y cerveza, lo que les permitió embriagarse, mientras, sin duda muy excitados y lengua-
races, se extasiaban pensando en el nuevo día que vería con-
vertirse en realidad sus enfermizas maquinaciones y anhelos.

Piratería en la Quebrada del Cacique Cocamo

Desde muy temprano, los siete sujetos estuvieron vigilando, subidos a los árboles, las aguas del Amazonas. Para ello
se habían premunido de unos prismáticos que se pasaban de
mano en mano a fin de tener una visión más aguzada del río.
Estuvieron así buena parte del día, pues sólo a las cuatro de
la tarde Fabio Tapayuri divisó a lo lejos los colores verdirojos
del barco *Eva*, que remontaba las aguas ocres del río-mar
con su codiciada carga. Inmediatamente, los individuos procedieron a ejecutar sus arteros planes. Mientras que cuatro
de ellos—Teófilo Morey, Fabio Tapayuri, Fabriciano Pizango
y René Márquez Curichimba— ocultaban la lancha con motor fuera de borda en la vegetación de la orilla y permanecían
allí escondidos, Artidoro Soma, Nepomuceno Quilca y Caifás
Sancho subían al deslizador y avanzaban hacia el centro de la
corriente para interpretar su astuto teatro. Yendo a muy poca
velocidad se aproximaron a *Eva*, a la vez que Soma y Quilca
comenzaban a hacer adèmanes y a dar grandes gritos pidiendo
auxilio para Caifás Sancho, diciendo que necesitaba con urgencia ayuda médica por una picadura de víbora. El suboficial primero Carlos Rodríguez Saravia, al escuchar el clamor

de los sujetos, ordenó parar la máquina e hizo que subieran al enfermo a bordo de *Eva* (pues dispone de un botiquín) con el loable propósito de prestar ayuda al simulador Caifás Sancho.

Apenas los tres sujetos consiguieron mediante dicho ardid hallarse a bordo, se quitaron los pacíficos antifaces, sacaron los revólveres que llevaban escondidos y conminaron al suboficial Rodríguez Saravia y a sus cuatro hombres a prestarles obediencia en lo que ordenaran. En tanto que Artidoro Soma obligaba al grupo de seis visitadoras (Luisa Cánepa, Pechuga; Juana Barbichi Lu, Sandra; Eduviges Lauri, Eduviges; Ernesta Sipote, Loreta; María Carrasco Lunchu, Flor, y la infausta Olga Arellano Rosaura, Brasileña) y a Juan Rivero, Chupito, que comandaba el grupo, a permanecer encerrados en un camarote, Nepomuceno Quilca y Caifás Sancho, con insultos soeces y amenazas de muerte, exigían a la tripulación de *Eva* poner nuevamente en marcha el motor y dirigir el barco hacia la Quebrada, donde se hallaba al acecho el resto de la banda. Fue en estas circunstancias, mientras se ejecutaba la maniobra prescrita por los asaltantes, que el avispado timonel Isidoro Ahuanari Leiva, consiguió mediante una ingeniosa mentira (una necesidad natural del organismo) abandonar un momento la cubierta, entrar al puesto de radio y lanzar un desesperado S.O.S. a la base de Nauta, la que, aunque no entendió cabalmente el mensaje, decidió enviar de inmediato río abajo un deslizador con un práctico y dos soldados para ver qué le ocurría a *Eva*. La nave, mientras tanto, se había inmovilizado en la Quebrada del Cacique Cocama, sitio estratégicamente elegido, pues gracias a la abundante maleza quedaba medio oculta y no era fácil que pudiera ser reconocida desde el centro de la corriente, por las lanchas y motoras de pescadores que recorren nuestro río-mar.

El cobarde atropello: violaciones y heridos

Con matemática precisión se cumplían, una tras otra, las etapas del maquiavélico plan de los delincuentes. Una vez en la Quebrada del Cacique Cocama, los cuatro hombres que habían quedado en tierra se apresuraron a subir a bordo y, junto con sus tres compañeros de delito, amarraron y amordazaron con la mayor rudeza al suboficial Rodríguez Saravia y a los cuatro tripulantes, a quienes, luego, a empujones y malostratos, encerraron en la bodega de la nave, diciendo a troche y moche que estaban allí por orden del Arca para hacer un escarmiento en razón de las actividades pecaminosas del Servicio de Visitadoras. De inmediato, los siete piratas— quienes, según el testimonio de sus víctimas, denotaban subido estado etílico y tembloroso nerviosismo— se dirigieron hacia el camarote donde tenían encerradas a las visitadoras para satisfacer sus desaforados deseos. En ese instante se produjo el primer hecho de sangre. En efecto, al descubrir las criminales intenciones de los individuos, las aventureras les opusieron viva resistencia, siguiendo el ejemplo del bravo Juan Rivera, Chupito, quien sin arredrarse ni ponerse a parar mientes en su baja estatura y endeblez física, arremetió contra los piratas a cabezazos y patadas, increpándoles su mal proceder, pero, por desgracia, su quijotesca acción no duró mucho, ya que aquéllos lo desmayaron muy pronto, golpeándolo con las cachas de sus revólveres y pateándolo en el suelo hasta destrozarle la cara. Suerte parecida sufrió la visitadora Luisa Cánepa, (a) Pechuga, quien también demostró mucha energía, enfrentándose a los secuestradores como un verdadero varón, arañándolos y mordiéndolos hasta que éstos la golpearon con tanta ferocidad que perdió el sentido. Una vez dominada la resistencia de las extraviadas mujeres, los piratas las obligaron, a punta de revólver y carabina, a complacerlos en sus viciosos deseos, para lo cual cada uno de los asaltantes escogió una víctima, habiéndose registrado un amago de pugilato entre ellos al aspirar todos a la posesión de la infortunada Olga Arellano Rosaura, la que, finalmente, fue cedida a Teófilo Morey en consideración a su mayor edad.

Tiroteo y rescate: muere la bella visitadora

Entretanto, al tiempo que los siete individuos celebraban en medio de la violencia su gran orgía, el deslizador enviado desde la base de Nauta había recorrido un buen tramo del río sin encontrar trazas de *Eva* y se disponía a regresar, cuando milagrosamente los arreboles del crepúsculo hicieron percibir a lo lejos, brillando entre los árboles de la Quebrada del Cacique Cocama, los colores rojo y verde del barco. El deslizador se dirigió de inmediato a su encuentro, siendo recibido ante la estupefacción del grupo, con una lluvia de balas, una de las cuales hirió en el muslo izquierdo y parte inferior del glúteo, al soldado raso Felicio Tanchiva. Apenas recuperados del asombro, los soldados replicaron al fuego, estallando entonces un tiroteo que se prolongó por espacio de algunos minutos y en el curso de los cuales cayó mortalmente herida—por balas de los soldados, según ha determinado la autopsia—Olga Arellano Rosaura, (a) Brasileña. Viendo que se hallaban en inferioridad de condiciones, los soldados decidieron retornar a Nauta en busca de refuerzos. Al observar que la patrulla se alejaba, los delincuentes, presa del pánico por la muerte ocurrida, mostraron una gran confusión. El primero en reaccionar fue, al parecer, Teófilo Morey quien exhortó a sus compinches a guardar calma, indicándoles que mientras la patrulla llegaba a Nauta tenían tiempo no sólo para huir sino, incluso, completar su plan. Fue entonces cuando alguien—no se ha podido saber quién : el propio Morey, según unos, Fabián Tapayuri según otros— sugirió que clavaran a la Brasileña en vez de un animal. Los delincuentes procedieron a ejecutar su sangriento designio, arrojando a la orilla el cadáver de Olga Arellano y decidiendo, para ahorrar tiempo, no fabricar una cruz sino utilizar un árbol cualquiera. Estaban entregados a su macabro quehacer cuando cuatro deslizadores con soldados se hicieron visibles en el horizonte. Los delincuentes se dieron de inmediato a la fuga, internándose en la maleza. Sólo dos de ellos—Nepomuceno Quilca y Renán Márquez Curichimba—pudieron ser capturados en ese momento. Al subir a *Eva*, los soldados se encontraron con un espectáculo escalofriante : mujeres aterrorizadas y semidesnudas que corrían en estado de histeria, algunas con huellas de haber sufrido sevicias en el rostro y en el cuerpo (Pechuga) y un poco más allá, a unos pasos de la orilla, el bello cuerpo de Olga Arellano Rosaura clavado en el tronco de una lupuna. Las balas habían alcanzado a la desdichada al comenzar el tiroteo, interesándole órganos cruciales, como corazón y cerebro, lo que terminó instantáneamente con sus días. La infeliz fue desclavada, cubierta con mantas y subida al barco, en medio del horror y llanto frenético de las otras víctimas.

Apenas liberados, el suboficial primero Rodríguez Saravia y la tripulación alertaron por radio a Nauta, Requena e Iquitos sobre lo sucedido, movilizándose de inmediato todos los puestos, bases navales y guarniciones de la región en inmensa cacería de los cinco prófugos. Todos fueron capturados en veinticuatro horas. Tres de ellos—Teófilo Morey, Artidoro Soma y Fabio Tapayuri—cayeron al anochecer, en las afueras de Nauta, adonde pretendían introducirse subrepticiamente, después de haber recorrido, destrozándose las ropas y ensangrentándose el cuerpo, muchos kilómetros de maleza. Los otros dos—Caifás Sancho y Fabriciano Pizango—fueron capturados en las primeras horas de la mañana, cuando remontaban el Ucayali en un deslizador robado en el puerto de Nauta. Uno de ellos, Caifás Sancho, se hallaba herido de cierta gravedad, al haberle arrancado una bala parte de la boca.

Las víctimas de la agresión fueron trasladadas a Nauta, donde Luisa Cáncpa y Chupito recibieron las curaciones que requerían, demostrando ambos mucho espíritu y ánimo en su afligida situación. Allí mismo se tomaron las primeras declaraciones a las víctimas sobre la terrible experiencia que acababan de pasar. El cadáver de la infeliz Olga Arellano Rosaura, sólo pudo ser traído a Iquitos el día 4, debido a las diligencias judiciales, lo mismo que se hizo por aire, en el hidroavión *Dalila*, habiéndose trasladado a Nauta para acompañar los restos y hacer las primeras investigaciones el entonces todavía únicamente *señor* Pantaleón Pantoja. El resto de las visitadoras retornó a Iquitos por vía fluvial, en el barco *Eva*, el que no sufrió averías de importancia durante el asalto, en tanto que los siete detenidos permanecían dos días más en Nauta, sometidos a interrogatorios exhaustivos por parte de las autoridades. Ayer, bajo fuerte escolta, llegaron a Iquitos en un hidroavión de la FAP y se hallan actualmente en los calabozos de la cárcel central de la calle Sargento Lores, donde, sin duda, permanecerán todavía bastante tiempo, a causa de su canallesco proceder.

Inquieta y escandalosa
fue la vida de la visitadora fallecida

Nació el 17 de abril de 1936, en el entonces retirado caserío
de Nanay (todavía no existía la carretera que une el balneario
a Iquitos), siendo hija de doña Hermenegilda Arellano Rosaura y de padre desconocido. Fue bautizada el 8 de mayo del
mismo año en la iglesia de Punchana, con el nombre de Olga
y los dos apellidos de la madre. Esta ejercía en Nanay, según
cuentan personas del barrio que la recuerdan, oficios diversos,
como empleada doméstica de la base naval de Punchana y
de bares y restaurantes del lugar, trabajos de donde siempre
la despedían por su afición a la bebida, al extremo de que,
dicen, era usual el espectáculo de la tambaleante figura de
Traguito Hermes, como la apodaban, recorriendo el barrio
entre las risas de la gente y seguida por su menor hija Olguita.
Con un poco de suerte para ésta, cuando la niña tendría unos
ocho o nueve años, Traguito Hermes desapareció de Nanay
abandonando a la desamparada chiquilla, la que fue recogida
caritativamente por los Adventistas del Séptimo Día en su
pequeño orfelinato de la esquina Samanez Ocampo y Napo,
donde actualmente queda sólo la iglesia. En dicha institución,
esa pobre niña que hasta entonces se había criado como ani-
malito chusco, en la suciedad y en la ignorancia, recibió las
primeras enseñanzas, aprendió a leer, escribir y contar, y llevó
una vida modesta pero sana y pulcra, regulada por los severos
preceptos morales de esa iglesia. ("No serán esos preceptos

tan sólidos como los pintan, a juzgar por la foja de servicios de la damisela", comentó a uno de nuestros redactores, con su severidad característica, un religioso católico antaño vinculado al Ejército, célebre por las constantes ironías de sus sermones contra las numerosas iglesias protestantes avecindadas en Iquitos, y que nos ha pedido no revelar su nombre).

El drama de un joven misionero

"La recuerdo muy bien" —nos ha dicho, por su parte, el pastor adventista, Reverendo Abraham MacPherson, quien dirigía el orfelinato en los años que permaneció en él la joven Olga Arellano Rosaura—. "Era una morochita alegre, de inteligencia rápida y espíritu vivaz, que seguía dócilmente las prédicas de sus celadores y maestros, y de quien esperábamos muchas cosas buenas. Lo que la perdió fue, sin duda, la gran belleza física con que la dotó la naturaleza a partir de la adolescencia. Pero, en fin, oremos por ella e inspirémonos en su caso para enmendar nuestras propias vidas, en vez de recordar cosas tristes y amargas que a nadie sirven y a nada conducen". El reverendo Abraham MacPherson alude, veladamente, a un suceso que en esa época hizo mucho ruido en Iquitos: la sensacional fuga del orfelinato de los Adventistas del Séptimo Día, de la bella quinceañera que era entonces Olguita Arellano Rosaura, con uno de sus celadores, el joven pastor adventista Richard Jay Pierce Jr., recién llegado por aquellos días a Iquitos desde su lejana tierra, Norteamérica, para hacer aquí sus primeras armas misioneras. El episodio terminó trágicamente, como recordarán muchos lectores de *El Oriente*, pues fue a este diario, ya entonces el más prestigioso de Iquitos, al que el atormentado misionero dirigió su carta de excusas a la opinión pública loretana, antes de poner fin a sus días, desesperado del remordimiento por haber sucum-

bido ante la belleza adolescente de Olguita, ahorcándose en
una palmera aguaje, en las afueras del caserío de San Juan
(*El Oriente* publicó íntegra la carta, en su medio inglés medio
español, el 20 de septiembre de 1949).

El tobogán de la vida airada

Luego de esta precoz y desdichada aventura sentimental,
Olga Arellano Rosaura empezó a rodar por la pendiente de las
malas costumbres y la vida airada, para la que incuestionable-
mente la ayudaban sus encantos físicos y su gran simpatía.
Es así que, desde esa época, fue habitual distinguir su bella
silueta en los lugares nocturnos de Iquitos, como el "Mao
Mao", "La Selva" y el desaparecido antro "El Vergel Flori-
do", que las autoridades debieron cerrar en su día por haberse
comprobado que el citado bar, haciendo honor a su nombre,
era una casa de citas donde perdían la virtud, de cuatro a siete
de la tarde, alumnas de los colegios secundarios de Iquitos. Su
propietario, el casi mitológico Humberto Sipa, (a) Moquitos,
que pasó unos meses en la cárcel, ha hecho luego una exitosa
carrera en ese campo de los negocios, como es de todos conocido. Sería largo, por supuesto, trazar el itinerario sentimental
de la agraciada Olguita Arellano Rosaura, a quien en esos años
la murmuración y las habladurías atribuían incontables protectores y amigos pudientes, muchos de ellos casados, con
quienes la muchacha no vacilaba en lucirse en público. Uno
de esos rumores inverificables, asegura que Olguita fue expulsada de Iquitos, discretamente, a fines de 1952, por el entonces
prefecto del departamento, don Miguel Torres Salamino,
debido a los apasionados amores que mantenía con la traviesa
Olguita, un hijo del prefecto, el estudiante de ingeniería Mi-
guelito Torres Saavedra, cuya muerte, en las espesas aguas de
la laguna de Quistococha muchas mentes calificaron de suici-

dio, por las repetidas muestras de desolación que daba el joven desde la partida de su amada, aunque la familia desmintió enérgicamente ese rumor. En todo caso, la inquieta Olguita partió a la brasileña ciudad de Manaos, donde lo único que se supo de ella fue que, en los años que permaneció allí, en vez de corregir su conducta la empeoró, dedicándose al mal vivir a plena luz, pues empezó a ejercer de lleno, en lugares aparentes —lupanares y casas de cita—, el milenario oficio de la prostitución.

Regreso a la Patria

Avezada en esos indecentes menesteres y más bella que nunca, Olga Arellano Rosaura, a quien la inventiva loretana motejó de inmediato con el seudónimo de Brasileña, regresó hace un par de años a su nativa Iquitos, ingresando casi inmediatamente, a través del conocido enganchador de mujeres de ese lugar, el Chino Porfirio del barrio de Belén, al Servicio de Visitadoras, esa institución que acarrea mujeres de mal vivir, como si fueran piezas de ganado o artículos de primera necesidad, a las guarniciones de la frontera. Pero, poco antes, la incorregible Olguita protagonizó otro ruidoso escándalo, al haber sido sorprendida en la última fila del cine Bolognesi, en función de noche, efectuando malos tocamientos y acciones indecorosas, con un teniente de la Guardia Civil, quien debió ser mutado de Loreto a causa de lo ocurrido. Hubo incluso —recordarán nuestros lectores—un intento de agresión por parte de la esposa del oficial, que arremetió contra la Brasileña, un jueves de retreta, cruzando ambas golpes e insultos sobre el césped de nuestra Plaza de Armas.

Olga Arellano Rosaura se convertiría muy pronto, gracias a sus atractivos físicos, en la visitadora estrella del mal afamado recinto del río Itaya, y en la *amiga dilecta* del administradorgerente del establecimiento, el quien hasta ayer, ingenuamente, suponíamos paisano común y corriente, don Pantaleón Pantoja, y quien había resultado ser, para perplejidad y confusión de muchos, nada menos que *capitán* de nuestro Ejército. Para nadie es un secreto, en esta ciudad, la estrecha e íntima relación que existió entre la hermosa finada y el señor (perdón), el capitán *en activo* Pantoja, pareja a la que no era raro ver, paseándose muy acarameladita en la Plaza 28 de Julio o abrazándose con furor, a la caída de la tarde, en el Malecón Tarapacá. Involuntaria sembradora de tragedias, se dice que Olguita Arellano Rosaura, la seductora Brasileña, fue la razón de la partida de Iquitos de la desatendida esposa del capitán Pantoja, sentido drama familiar que fuera revelado por un colega nuestro, destacado comentarista radial de esta ciudad.

Fin trágico

Y así llegamos al desenlace de esta vida, que, todavía en plena juventud, encontró en el atardecer del segundo día del año 1959, en la Quebrada del Cacique Cocama, de las afueras de Nauta, prematuro y espantoso final, debido a balas traicioneras que, acaso hechizadas por su belleza como tantos hombres, la prefirieron a ella en su mortífera trayectoria, y a los clavos de unos degenerados o fanáticos. Las muchas personas que acudieron al mal afamado local del río Itaya, donde la Funeraria "Modus Vivendi" había instalado una capilla ardiente de primera clase, para asistir al velorio de Olga Arellano Rosaura, al acercarse al ataúd admiraban intacta, a través del transparente vidrio, resplandeciendo bajo los cirios fúnebres, ¡la hermosura morenita de la BRASILEÑA!

Epístola a los buenos sobre los malos
del hermano Francisco

*Publicamos a continuación, como primicia exclu-
siva, un texto llegado a nuestra Redacción anoche,
y escrito de puño y letra por el celebérrimo Hermano
Francisco, profeta y jefe máximo de la Hermandad
del Arca, a quien busca la policía de cuatro países
como cerebro pensante agazapado detrás de las
crucifixiones que, de un tiempo a esta parte, vienen
ensangrentando nuestra querida Amazonía. El
Oriente está en condiciones de garantizar la auten-
ticidad de este sensacional documento.*

En el nombre del Padre, del Espíritu Santo y del HIJO QUE
MURIÓ EN LA CRUZ, me vierto a la opinión pública de todo
el Perú y el mundo, para, con el permiso y la inspiración de las
voces del cielo que espera a los BUENOS, desmentir y negar
como malvadas, calumniosas y adolecentes de toda verdad,
las acusaciones de los MALOS que pretenden desposar a las
HERMANAS y HERMANOS DEL ARCA con la violación, muerte
y posterior CRUCIFIXIÓN de la señorita Olga Arellano Rosaura, tristemente ocurridas en la Quebrada del Cacique Cocama de
las vecindades de Nauta. Desde mi apartado refugio donde
sobrellevo la CRUZ que el Señor ha querido destinarme, en su
generosa e infinita sabiduría, manteniéndome lejos de las
manos impías que no pueden ni podrán nunca atraparme ni
alejarme del pueblo creyente, santo, BUENO, de las Hermanas
y los Hermanos, unidos en cópula divina en el amor a Dios y
en el odio al MALO, levanto mi mano y, moviéndola enérgicamente de izquierda a derecha y de derecha a izquierda, digo,
acompañando el grito al gesto, ¡NO! No es verdad que las Her-

manas y los Hermanos del Arca, cuyo objetivo es hacer el BIEN y prepararse para subir al cielo cuando el Padre, el Espíritu Santo y el HIJO QUE MURIÓ EN LA CRUZ decidan que este mundo lleno de MALDAD y de impiedad se termine por el fuego y por el agua como está anunciado en el libro BUENO de la Biblia, lo que ocurrirá muy pronto porque así me lo han dicho las voces que escucho y que no vienen de este mundo, hayan tenido algo que ver con el crimen que cometieron los MALOS y que quieren atribuirnos para desviar sus culpas y hacer más gruesos y puntiagudos nuestros CLAVOS y más áspera la MADERA de nuestras CRUCES. Ninguno de los acusados de la muerte de la señorita Arellano, ha pertenecido nunca a nuestra HERMAN-DAD de gentes BUENAS, y ni siquiera ha asistido ninguno de ellos, en calidad de simple espectador o curioso a las reuniones que han celebrado las ARCAS de la región donde han vivido, o sea las de Nauta, Bagazán y Requena, como me lo han confirmado los BUENOS Apóstoles de esas Arcas. Nunca se vio a ninguno de esos acusados presente en cuerpo en las reuniones celebradas para rendir alabanza al Padre, al Espíritu Santo y al HIJO QUE MURIÓ EN LA CRUZ y pedirles perdón por sus pecados para estar con el alma lavada cuando llegue el MOMENTO FINAL. Las Hermanas, los Hermanos no matan, no violan, no asaltan, no roban y sólo odian la violencia del MAL, como les ha enseñado el cielo por mi boca. Nunca se nos podrá echar en cara un sólo acto contrario al BIEN y no es cierto que prediquemos el crimen como nos imputan los que nos persiguen y nos obligan a escondernos y a vivir como fieras dañinas en el fondo de las espesuras. Pero nosotros los perdonamos porque ellos son simples esclavos obedientes en manos del cielo, que los usa como CRUCES que a nosotros nos ganarán la inmortalidad de la gloria eterna. Y a la pobre Olga Arellano, aunque no había escuchado todavía la palabra, desde ya la incorpora-

mos a nuestras oraciones y desde ahora la recordaremos junto
con nuestros mártires y santos que nos ven, nos oyen, nos
hablan, nos protejen y gozan merecidamente allá arriba de la
paz celestial junto al Padre, al Espíritu Santo y al HIJO QUE
MURIÓ EN LA CRUZ.

HERMANO FRANCISCO

Nota de la Redacción. Efectivamente, durante el entierro se vieron
circular en el cementerio general de Iquitos estampas con la imagen
de Olga Arellano Rosaura, semejantes a las que existen con las de
otros crucificados del Arca, como el célebre niño-mártir de Moronacocha y la Santa Ignacia.

Atropello contra diarista loretano

(Editorial de *El Oriente*, 6 de enero de 1959)

La publicación, como primicia exclusiva, en nuestra edición
de ayer, de la "Epístola a los buenos sobre los malos", enviada
a nuestra redacción desde su escondite secreto en algún lugar
de la selva, por el Hermano Francisco, líder y conductor espiritual máximo de los 'cruces' o 'hermanos' del Arca, ha sido
motivo para que nuestro director, el conocido periodista de
prestigio internacional Joaquín Andoa, fuera objeto de un
incalificable atropello por parte de las autoridades policiales
del departamento de Loreto y viniera a engrosar la adiposa
lista de víctimas de la libertad de prensa. En efecto, nuestro
director fue convocado ayer en la mañana por el coronel de la
Guardia Civil Juan Amézaga Riofrío, jefe de la V Región de

Policía (Loreto) y por el inspector superior de Loreto de la policía de investigaciones del Perú (PIP), Federico Chumpitaz Fernández. Dichas autoridades le exigieron que revelara la manera por la cual el diario *El Oriente* había obtenido la misiva del Hermano Francisco, sujeto perseguido por la justicia como eminencia gris de los varios casos de crucifixiones ocurridos en la Amazonía. Al responder nuestro director, respetuosa pero firmemente, que las fuentes de información de un periodista constituyen secreto profesional y son por lo mismo tan sagradas e inviolables como las revelaciones habidas en confesión por el sacerdote, los dos jefes policiales se desataron en improperios de una vulgaridad sin precedentes contra el señor Joaquín Andoa, amenazándolo, incluso, con castigos corporales ("Te daremos una pateadura" fueron sus palabras textuales) si no respondía a sus preguntas. Como nuestro Director se negara dignamente a faltar a la ética profesional fue encerrado en un calabozo de la comisaría por espacio de ocho horas, es decir hasta las siete de la tarde, en que se le excarceló por gestión del propio prefecto del departamento. La redacción en pleno de *El Oriente*, unida como un solo hombre en la defensa de la libertad de prensa, del secreto profesional y la ética informativa, protesta por este abuso cometido contra un destacado intelectual y periodista loretano y comunica que ha enviado telegramas denunciando el hecho a la Federación Nacional de Periodistas del Perú y a la Asociación Nacional de Periodistas del Perú, nuestros máximos organismos gremiales en el país.

Asesinos de la Quebrada Cacique Cocama
no irán tribunal militar

Iquitos, 6 de enero. —Una fuente bien informada y muy próxima a la Comandancia General de la V Región Militar (Amazonía) desmintió esta mañana los tenaces rumores que circulaban en Iquitos en el sentido de que los siete asaltantes de Nauta serían transferidos al fuero castrense para ser juzgados por un tribunal militar, mediante procedimiento sumario. Según dicha fuente, las Fuerzas Armadas no han reclamado en ningún momento que se les confiara la tarea de enjuiciar y sancionar a los delincuentes, de manera que éstos permanecerán sometidos al fuero regular de la justicia civil.

Al parecer, el origen del desmentido rumor, fue una solicitud elevada a las instancias superiores del Ejército por el capitán de Intendencia Pantaleón Pantoja —cuyas funciones son de sobra conocidas en esta ciudad— para que el fuero jurídico castrense exigiera la instrucción procesal y castigo de los responsables del asalto de Nauta, con el argumento de que el barco *Eva* y sus tripulantes pertenecían a la Marina Nacional y de que el convoy de polillas formaba parte de un organismo militarizado cual sería el caso del desprestigiado Servicio de Visitadoras que ese oficial dirige. Las Fuerzas Armadas habrían desestimado como "peregrina" —es el calificativo empleado por nuestro informante— la solicitud del capitán Pantoja, indicando que el transporte *Eva* y sus tripulantes, al ser víctimas del asalto, no efectuaban servicio militar alguno sino tareas estrictamente civiles, y que el llamado Servicio de Visitadoras no es ni podría ser en ningún caso una institución militarizada, sino una empresa comercial civil, que ha tenido eventuales y meramente toleradas, pero nunca auspiciadas ni oficializadas, relaciones con el Ejército. A este respecto, añadió la misma fuente, se lleva a cabo actualmente, con la discreción necesaria, una investigación que habría ordenado el propio Estado Mayor del Ejército sobre dicho Servicio de Visitadoras, a fin de poner en descubierto su origen, composición, funciones y beneficios, determinar su licitud y, si fuera el caso, las responsabilidades y sanciones pertinentes.

—Ah, ya estás levantado, hijito —pasa la noche sobresaltada, en su sueño una cucaracha es comida por un ratón que es comido por un gato que es comido por un lagarto que es comido por un jaguar que es crucificado y cuyos despojos devoran cucarachas, se levanta al amanecer, pasea por la sala a oscuras retorciéndose las manos, cuando oye seis campanadas toca el dormitorio de Panta la señora Leonor—. Cómo ¿te has puesto el uniforme otra vez?

—Todo Iquitos me ha visto uniformado, mamá —comprueba que la guerrera se ha desteñido y que le baila el pantalón, se mira en distintas poses en el espejo y se llena de melancolía Pantita—. No tiene sentido continuar con esta mentira del señor Pantoja.

—Eso tendría que decidirlo el Ejército, no tú —equivoca las llaves de la cocina, derrama la leche, recuerda que ha olvidado el pan, no puede impedir que la bandeja tiemble en sus manos la señora Leonor—. Ven, siquiera toma un poco de café. No salgas con el estómago vacío, no seas mula.

—Está bien, pero sólo media taza —va muy calmado al comedor, coloca quepí y guantes sobre la mesa, se sienta, bebe a sorbitos Panta—. Anda, dame un beso. No pongas esa cara, mamacita, me contagias tu angustia.

—Toda la noche he tenido pesadillas terribles —se derrumba en el sofá, se lleva la mano a la boca, tiene la voz griposa y torturada la señora Leonor—. ¿Y ahora qué te va a pasar, Panta? ¿Qué va a ser de nosotros?

—No va a pasar nada —saca unos soles de su billetera, los pone en la bata de la señora Leonor, abre una persiana, ve

gente yendo al trabajo, al mendigo ciego de la esquina instalado ya con su platillo y su flauta Panta.— Y, además, si pasa, no me importa.

—¿Han oído la radio?—rebota de estupor en el asiento
del taxi, oye exclamar al chofer y repite no es posible, qué
desgracia, paga, baja, entra a Pantilandia dando un portazo,
aúlla Iris—. !Lo agarraron al Hermano Francisco¡ Estaba
escondido por el río Napo, cerca de Mazán. Me da una pena,
qué le irán a hacer.

—No lamento nada de lo que he hecho—ve salir de su casa al fabricante de lápidas y al marido de Alicia, ve pasar
autos, chiquillos con uniformes y libros, una viejita que
ofrece loterías, se siente extraño, se abotona la guerrera
Panta—. He actuado según mi conciencia y ése también es
el deber de un soldado. Haré frente a lo que venga. Ten confianza en mí, mamá.

—Siempre la he tenido, hijito—lo escobilla, lo lustra, lo
arregla, abre los brazos, lo besa, lo aprieta, mira a los bigo-
tudos del viejo retrato la señora Leonor—. Una fe ciega en
ti. Pero con este asunto ya no sé qué pensar. Te volviste loco, Panta. !Vestirse de militar para pronunciar un discurso
en el entierro de una pe! ¿Tu padre, tu abuelo hubieran
hecho una cosa así?

—Mamá, por favor, no vuelvas sobre lo mismo—ve sa-
ludarse a la vendedora de loterías y al ciego, ve a un hombre
que camina leyendo un periódico, a un perro que orina cau-
dalosamente, da media vuelta y avanza hacia la puerta Panta—. Creo haberte dicho que estaba terminantemente prohibido tocar nunca más ese tema.

—Está bien, me callo, yo sí sé obedecer a la superioridad
—le da la bendición, lo despide en la vereda, regresa a su
dormitorio, se echa en la cama sacudida por sollozos la seño-

ra Leonor—. Quiera Dios que no te arrepientas, Panta. Rezo para que no ocurra, pero la barbaridad que has hecho nos va a traer desgracias, estoy segura.

—Bueno, en cierto sentido sí, al menos a mí—sonríe apenas, pasa entre los familiares agolpados a la puerta de la cárcel esperando la hora de visita, aparta a un niño que vocea tortugas, monitos el teniente Bacacorzo—. He perdido el ascenso que me tocaba este año, de eso no hay duda. Pero, en fin, la cosa está hecha y no se puede dar marcha atrás.

—Yo le ordené llevar la escolta, yo le ordené rendir honores a esa pobre mujer—se inclina para anudarse un zapato, distingue en la puerta del Banco Amazónico la divisa "El dinero de la selva para la selva" el capitán Pantoja—. Toda la responsabilidad es mía y sólo mía. Así se lo recuerdo en esta carta al general Collazos y así se lo voy a decir personalmente a Scavino. Usted no tiene culpa ninguna, Bacacorzo: los reglamentos son muy claros.

—Lo encontraron durmiendo—se sienta en la hamaca de Sinforoso Caiguas, habla en el centro de un círculo de visitadoras Penélope—. Se había hecho una cuevita con ramas y hojas, se pasaba el día rezando, no comía nada de lo que le llevaban los apóstoles. Sólo raíces, yerbitas. Es un santo, es un santo.

—La verdad es que no debí hacerle caso—hunde las manos en los bolsillos, entra a la heladería "El Paraíso", pide un cafecito con leche, oye al capitán Pantoja preguntarle ¿no es ése el profesor, el brujo?, responde ese mismo el teniente Bacacorzo—. Entre nosotros, lo que me pidió era un soberano disparate. Una persona con cinco dedos de frente hubiera ido a contarle a Scavino lo que pretendía hacer, para que le aguantara la mano. Tal vez ahora me lo agradecería, capitán.

—Tarde para lamentarse—oye al profesor aconsejar a una señora si quieres que tu recién nacido no tarde en hablar le reventarás granos de maíz en la boca el capitán Pantoja—. Si pensaba así, por qué carajo no lo hizo, Bacacorzo. Me habría librado de los remordimientos que voy a tener si no le dan ese nuevo fideo por mi culpa.

—Porque sólo tengo cuatro dedos aquí—se toca la frente, bebe su café con leche, paga, escucha al profesor recomendar a su cliente y si a tu hijito le muerde la víbora, lo curas con mamaderas de hiel de majaz, sale a la calle el teniente Bacacorzo—. Me lo dice siempre mi mujer. Hablando en serio, lo vi tan afectado con la muerte de esa visitadora, que se me ablandó el corazón.

—El director de *El Oriente* se mata diciendo que él no delató al Hermano, jura y llora que no contó nada a la policía —llega la última a Pantilandia, anuncia traigo noticias, se sienta en la hamaca, se atropella Coca—. Es por gusto, ya le quemaron el auto y casi le queman su periódico. Si no se va de Iquitos, los 'hermanos' lo matarán. ¿Ustedes creen que el señor Andoa sabía el escondite del Hermano Francisco?

—Además, esa idea de rendir honores a una puta, precisamente por lo demencial, resultaba tan fascinante—lanza una carcajada, camina entre los vendedores ambulantes y las tiendas atestadas del jirón Lima, advierte que el "Bazar Moderno" ha colgado un nuevo rótulo: "Artículos afamados por su durabilidad y aspecto memorable" el teniente Bacacorzo—. No sé qué me pasó, me contagiaría usted su delirio.

—No hubo tal delirio, fue una decisión tomada con calma y raciocinio—patea una latita, cruza el asfalto, esquiva una camioneta, pisa la sombra de las pomarrosas de la Plaza de Armas el capitán Pantoja—. Pero ésa es otra historia. Le prometo hacer lo imposible para evitar que esto lo perjudique, Bacacorzo.

—Una buena anécdota para contar a los nietos, aunque no me la creerán—sonríe, se apoya en la Columna de los Héroes, nota que los nombres están borrados o manchados por caca de pájaros el teniente Bacacorzo—. Aunque sí, para eso sirven los periódicos. ¿Sabe que no me acostumbro a verlo uniformado? Me parece otra persona.

—A mí me pasa lo mismo, me siento raro. Tres años es mucho tiempo—contornea el Banco de Crédito, escupe ante la Casa de Fierro, divisa al propietario del Hotel Imperial persiguiendo a una muchacha el capitán Pantoja—. ¿Ha visto ya a Scavino?

—No, no lo he visto—mira las ventanas de brillosos azulejos de la Comandancia, entra al Malecón Tarapacá, se detiene para ver salir del Hotel de Turistas a un grupo de extranjeros con cámaras fotográficas el teniente Bacacorzo—. Me mandó decir que había terminado la misión especial, o sea mi trabajo con usted. Tengo que presentarme el lunes en su despacho.

—Le quedan cuatro días para tomar fuerzas y prepararse a la tormenta—pisa una cáscara de plátano, observa las paredes desconchadas del antiguo colegio San Agustín, la yerba que lo devora, pulveriza una familia de hormigas que arrastraban una hojita el capitán Pantoja—. De modo que ésta es nuestra última entrevista oficial.

—Le voy a contar un chisme que le va a dar risa—prende un cigarrillo junto al Monumento del Rotary Club, descubre en la explanada del Malecón a unas alumnas jugando volley el teniente Bacacorzo—. ¿Sabe qué cuento corrió durante buen tiempo entre la gente que nos pescaba viéndonos a solas y en sitios apartados? Que éramos maricones, figúrese. Vaya, ni por ésas se ríe.

—Lo tienen en Mazán y han rodeado el pueblo de soldados—está con la oreja pegada a la radio, repite a gritos lo que oye, corre al embarcadero, señala el río Pichuza—. Toda la gente se va a Mazán a salvar al Hermano Francisco. ¿Han visto? Qué cantidad de lanchas, de deslizadores, de balsas. Miren, miren.

—En estos años de charlas medio secretas, he llegado a apreciarlo mucho, Bacacorzo—le pone la mano en el hombro, ve a las colegialas saltar, golpear la pelota, correr, siente cosquillas en la oreja, se rasca el capitán Pantoja—. Es el único amigo que he hecho aquí hasta ahora, por esta situación tan rara que tengo. Quería que lo supiera. Y, también, que le estoy muy agradecido.

—Usted lo mismo, me cayó bien desde el primer momento —consulta su reloj, para un taxi, abre la portezuela, sube, se va el teniente Bacacorzo—. Y tengo la impresión que soy el único que lo conoce tal como es. Buena suerte en la Comandancia, le espera algo bravo. Chóquese esos cinco, mi capitán.

—Adelante, lo estaba esperando—se pone de pie, va a su encuentro, no le da la mano, lo mira sin odio, sin rencor, inicia una caminata eléctrica en torno suyo el general Scavino—. Y con la impaciencia que se imaginará. A ver, comience a vomitar las justificaciones de su hazaña. Vamos, de una vez, empiece.

—Buenos días, mi general—choca los tacos, saluda, piensa no parece furioso, qué raro el capitán Pantoja—. Le ruego que eleve esta carta a la superioridad, después de leerla. En ella asumo yo solo la responsabilidad de lo ocurrido en el cementerio. Quiero decir, el teniente Bacacorzo no ha tenido la menor ...

—Alto, no hable de ese sujeto que se me revuelve el hígado—queda inmóvil un segundo, levanta una mano, reanuda su paseo circular, enoja ligeramente la voz el general Scavino—. Le prohibo mentarlo más en mi presencia. Lo creía un oficial de mi confianza. Él debía vigilarlo, frenarlo, y acabó siendo un adicto suyo. Pero le juro que va a lamentar haber llevado esa escolta al entierro de la puta.

—No hizo más que obedecer mis órdenes—sigue en posición de firmes, habla con suavidad, pronuncia despacio todas las letras el capitán Pantoja—. Lo explico con detalle en esta carta, mi general. Yo obligué al teniente Bacacorzo a presentar esa escolta en el cementerio.

—No se ponga a defender a nadie, es usted quien necesita que lo defiendan—se vuelve a sentar, lo considera con ojos lentos y triunfales, revuelve unos periódicos el general Scavino—. Supongo que ya ha visto los resultados de su gracia. Habrá leído estos recortes, claro. Pero todavía no conoce los de Lima, los editoriales de *La Prensa*, de *El Comercio*. Todo el mundo pone el grito en el cielo por el Servicio de Visitadoras.

—Si no me mandan refuerzos, puede pasar algo muy feo, mi coronel—coloca centinelas, ordena calar las bayonetas, previene a los forasteros un paso más y disparo, manipula el aparato de radio portátil, se asusta el teniente Santana—. Déjeme trasladar el chiflado a Iquitos. A cada momento desembarca más y más gente y aquí en Mazán estamos al descubierto, usted conoce. En cualquier momento intentarán asaltar la cabaña donde lo tengo.

—No piense que trato de quitarle el cuerpo a mis actos, mi general—se pone en descanso, siente que sus manos transpiran, no mira los ojos sino la calva con lunares pardos del Scavino, murmura el capitán Pantoja—. Pero permítame recordarle que radios y periódicos habían hablado del Servicio de Visitadoras antes del episodio de Nauta. No he cometido ninguna indiscreción. Mi ida al cementerio no delató al Servicio. Su existencia era vox populi.

—De modo que aparecer vestido de oficial de Ejército, en un cortejo de meretrices y de cafiches es un incidente sin importancia—se muestra teatral, comprensivo, benevolente, hasta risueño el general Scavino—. De modo que rendir honores a una mujerzuela, como si se tratara …

—De un soldado caído en acción—alza la voz, hace un ademán, da un paso adelante el capitán Pantoja—. Lo siento, pero ése es ni más ni menos el caso de la visitadora Olga Arellano Rosaura.

—¡Cómo se atreve a gritarme¡—ruge, enrojece, vibra en el asiento, desordena la mesa, se calma al instante el general Scavino—. Bájeme esa voz si no quiere que lo haga arrestar por insolente. Con quién carajo cree que está hablando.

—Le ruego que me perdone—retrocede, se cuadra, hace sonar los tacos, baja los ojos, susurra el capitán Pantoja—. Lo siento mucho, mi general.

—La Comandancia quería tenerlo allá hasta recibir órdenes de Lima, pero si en Mazán la cosa se pone tan fea, sí, lo mejor será llevarlo a Iquitos—consulta con sus adjuntos, estudia el mapa, firma un vale para combustible aéreo el coronel Máximo Dávila—. De acuerdo, Santana, le mando un hidroavión para sacar de ahí al profeta. Mantenga la cabeza serena y procure que la sangre no llegue al río.

—De modo que las idioteces de su discurso, las piensa de veras—recobra la compostura, la sonrisa, la superioridad, silabea el general Scavino—. No, ya lo voy conociendo mejor. Es usted un gran cínico, Pantoja. ¿Acaso no sé que la ramera era su querida? Montó ese espectáculo en un momento de desesperación, de sentimentalismo, porque estaba encamotado de ella. Y ahora, qué tal concha, viene a hablarme de soldados caídos en acción.

—Le juro que mis sentimientos personales por esa visitadora no han influído lo más mínimo en este asunto —enrojece, siente brasas en las mejillas, tartamudea, se hunde las uñas en la palma de las manos el capitán Pantoja—. Si en vez de ella, la víctima hubiera sido otra, habría procedido igual. Era mi obligación.

—¿Su obligación? —chilla con alegría, se levanta, pasea, se detiene ante la ventana, ve que llueve a cántaros, que la bruma oculta el río el general Scavino—. ¿Cubrir de ridículo al Ejército? ¿Hacer el papel de un fantoche? ¿Revelar que un oficial está actuando de alcahuete al por mayor? ¿Esa era su obligación, Pantoja? ¿Qué enemigo le paga? Porque eso es puro sabotaje, pura quintacolumna.

—¿No ven? Qué les aposté, los 'hermanos' lo salvaron —palmotea, clava una ranita en una cruz de cartón, se arrodilla, ríe Lalita—. Acabo de oírlo, el Sinchi lo contaba en la radio. Iban a meterlo a un avión para llevárselo a Lima, pero los 'hermanos' se les echaron encima a los soldados, lo rescataron y huyeron a la selva. Ah, qué felicidad, ¡Viva el Hermano Francisco!

—Hace apenas un par de meses el Ejército rindió honores al médico Pedro Andrade, que murió al ser arrojado de un caballo, mi general —recuerda, ve los cristales de la ventana acribillados de gotitas, oye roncar el trueno el capitán Pantoja—. Usted mismo leyó un elogio fúnebre magnífico en el cementerio.

—¿Trata de insinuar que las putas del Servicio de Visitadoras están en la misma condición que los médicos asimilados al Ejército? —siente tocar la puerta, dice adelante, recibe un impreso que le alcanza un ordenanza, grita que no me interrumpan el general Scavino—. Pantoja, Pantoja, vuelva a la tierra.

—Las visitadoras prestan un servicio a las Fuerzas Armadas no menos importante que el de los médicos, los abogados o los sacerdotes asimilados—ve viborear al rayo entre nubes plomizas, espera y oye el estruendo del cielo el capitán Pantoja—. Con su perdón, mi general, pero es así y se lo puedo demostrar.

—Menos mal que el cura Beltrán no oye esto—se desmorona en un sofá, hojea el impreso, lo echa a la papelera, mira al capitán Pantoja entre consternado y temeroso el general Scavino—. Lo hubiera usted dejado tieso con lo que acaba de decir.

—Todos nuestros clases y soldados rinden más, son más eficientes y disciplinados y soportan mejor la vida de la selva desde que el Servicio de Visitadoras existe, mi general—piensa el lunes Gladycita cumplirá dos años, se emociona, se apena, suspira el capitán Pantoja—. Todos los estudios y *surveys* que hemos hecho lo prueban. Y a las mujeres que llevan a cabo esa tarea con verdadera abnegación, nunca se les ha reconocido lo que hacen.

—Entonces, esas siniestras patrañas se las cree de verdad —se pone súbitamente nervioso, camina de una a otra pared, habla solo haciendo muecas el general Scavino—. De verdad cree que el Ejército debe estar agradecido a las putas por dignarse cachar con los números.

—Lo creo con la mayor firmeza, mi general—ve las trombas de agua barriendo la calle desierta, lavando los techos, las ventanas y los muros, ve que aun los árboles más robustos se cimbran como papeles el capitán Pantoja—. Yo trabajo con ellas, soy testigo de lo que hacen. Sigo paso a paso su

labor difícil, esforzada, mal retribuída y, como se ha visto,
llena de peligros. Después de lo de Nauta, el Ejército tenía
el deber de rendirles un pequeño homenaje. Había que levantarles la moral de algún modo.

—No puedo calentarme de puro asombrado que estoy—
se toca las orejas, la frente, la calva, menea la cabeza, encoge los hombros, pone cara de víctima el general Scavino—.
No me da la cólera para tanto. Tengo la sensación de estar
soñando, Pantoja. Me hace usted sentir que todo es irreal,
una pesadilla, que me he vuelto idiota, que no entiendo nada de lo que pasa.

—¿Han habido tiros, muertos?—se aterra, junta las ma-
·nos, reza, congrega a las visitadoras, pide que la consuelen
Pechuga—. Santa Ignacia, que no le haya pasado nada al
Milcaras. Sí, está allá, se fue a Mazán como todo el mundo
para ver al Hermano Francisco. No es que sea 'hermano',
él fue por curioso.

—Supuse que esta iniciativa no tendría el visto bueno de
la superioridad y por eso procedí sin consultar a la vía jerár-
quica—ve cesar la lluvia, despejarse el cielo, ponerse muy
verdes los árboles, llenarse la calle de gente el capitán Pantoja—. Sé que merezco una sanción, por supuesto. Pero no
lo hice pensando en mí, sino en el Ejército. Sobre todo, en
el futuro del Servicio. Lo ocurrido podía provocar una desbandada de visitadoras. Había que templarles el ánimo, in-
yectarles un poco de energía.

—El futuro del Servicio—deletrea, se le acerca mucho,
lo observa con conmiseración y gloria, habla casi besándole
la cara el general Scavino—. De modo que usted cree que el
Servicio de Visitadoras tiene todavía futuro. Ya no existe,
Pantoja, el maldito murió. Kaputt, finish.

—¿El Servicio de Visitadoras?—siente un ramalazo de

frío, que el suelo se mueve, ve que ha brotado el arcoiris, tiene ganas de sentarse, de cerrar los ojos el capitán Pantoja—. ¿Ya murió?

—No sea ingenuo, hombre—sonríe, busca su mirada, habla con fruición el general Scavino—. ¿Creía que iba a sobrevivir a semejante escándalo? El mismo día de los sucesos de Nauta, la Naval nos retiró su barco, la FAP su avión, y Collazos y Victoria entendieron que había que acabar con ese absurdo.

—Ordené que dispararan pero no me obedecieron, mi coronel—pega dos tiros al aire, carajea a los soldados, ve desaparecer a los últimos 'hermanos', llama al radio-operador el teniente Santana—. Había demasiados fanáticos, sobre todo fanáticas. Quizá fuera preferible, hubiera habido una masacre. No pueden andar lejos. Apenas lleguen los refuerzos, salgo tras ellos y les echo el guante, ya verá.

—Esa medida debe ser rectificada cuanto antes—balbucea sin convicción, siente un mareo, se apoya en el escritorio, ve que la gente saca a baldazos el agua de las casas el capitán Pantoja—. El Servicio de Visitadoras está en pleno auge, comienza a rendir frutos la labor de tres años, vamos a ampliarlo a suboficiales y oficiales.

—Muerto y enterrado para siempre, gracias a Dios—se pone de pie el general Scavino.

—Presentaré estudios detallados, estadísticas—sigue balbuceando el capitán Pantoja.

—Ha sido la parte buena del asesinato de la puta y del escándalo del cementerio—contempla la ciudad iluminada por el sol pero todavía goteante el general Scavino—. El maldito Servicio de Visitadoras estuvo a punto de terminar conmigo. Pero se acabó, volveré a caminar tranquilo por las calles de Iquitos.

—Organigramas, encuestas —no emite sonidos, no mueve los labios, nota que se le velan las cosas el capitán Pantoja—. No puede ser una decisión irrevocable, aún hay tiempo de rectificarla.

—Moviliza a toda la Amazonía si es necesario, pero captúrame al Mesías en veinticuatro horas —es reprendido por el Ministro, reprende al jefe de la V Región el Tigre Collazos—. ¿Quieres que se rían de ti en Lima? ¿Qué clase de oficiales tienes que cuatro brujas les arrebatan un prisionero de las manos?

—Y a usted le recomiendo que pida su baja —ve aparecer en el río las primeras motoras, elevarse el humo de las cabañas de Padre Isla el general Scavino—. Es un consejo amistoso. Su carrera está terminada, profesionalmente se suicidó con la broma del cementerio. Si se queda en el Ejército, con ese manchón en la foja de servicios se pudrirá de capitán. Oiga, qué le pasa. ¿Está llorando? Más pantalones, Pantoja.

—Lo siento, mi general —se suena, solloza otra vez, se frota los ojos el capitán Pantoja—. La excesiva tensión de estos últimos días. No he podido contenerme, le ruego que excuse esta debilidad.

—Debe cerrar hoy mismo el local del Itaya y entregar las llaves en Intendencia antes del mediodía —hace un gesto de ha terminado la entrevista, ve a Pantoja ponerse en atención el general Scavino—. Parte a Lima en el avión Faucett de mañana. Collazos y Victoria lo esperan en el Ministerio a las seis de la tarde, para que les cuente su proeza. Y, si no ha perdido la razón, siga mi consejo. Pida su baja y búsquese algún trabajo en la vida civil.

—Eso nunca, mi general, no abandonaré jamás el Ejército por mi propia voluntad —aún no recupera la voz, aún no alza la vista, aún sigue pálido y avergonzado el capitán Pantoja—. Ya le dije una vez que el Ejército era lo que más me importaba en la vida.

—Allá usted, entonces—condesciende a darle velozmente la mano, le abre la puerta, se queda mirándolc alejarse el general Scavino—. Antes de salir, límpiese otra vez los mocos y séquese los oojs. Caracho, nadie me va a creer que he visto llorar a un capitán del Ejército porque clausuraban una casa de putas. Puede retirarse, Pantoja.

—Con su permiso, mi capitán—sube corriendo al puesto de mando, blande un martillo, un desentornillador, se cuadra, tiene el overol cubierto de tierra Sinforoso Caiguas—. ¿Retiro también el mapa grande, el de las flechitas?

—También, pero ése no lo rompas—abre el escritorio, extrae un fajo de papeles, hojea, rasga, echa al suelo, ordena el capitán Pantoja—. Lo devolveremos a la oficina de Cartografía. ¿Terminaste con esos cuadros y organigramas, Palomino?

—Ay, Dios mío, arrodíllense, lloren, persígnense—agita los cabellos, forma una cruz con sus brazos Sandra.— Se murió, lo mataron, no se sabe. De veras, de veras. Dicen que el Hermano Francisco está clavado en las afueras de Indiana. ¡Ayyyyy!

—Sí, mi capitán, ya los descolgué—salta desde un banquillo, alza un cajón repleto, va hasta el camión estacionado en la puerta, deposita su carga, regresa a paso ligero, patea el suelo Palomino Rioalto—. Todavía queda este pocotón de fichas, libretas, cartapacios. ¿Qué se hace con esto?

—Romperlos, también—corta la luz, desconecta el aparato de trasmisiones, lo envuelve en su funda, lo confía a Chino Porfirio el capitán Pantoja—. O, mejor, llévense ese alto de basura al descampado y hagan una buena fogata. Pe-

ro rápido, vamos, vivo, vivo. ¿Qué pasa, Chuchupe? ¿O-
tra vez pucheros?

—No, señor Pantoja, ya le he prometido que no—tiene
un pañuelo floreado en la cabeza y un delantal blanco, hace
paquetitos, dobla sábanas, apila almohadas en un baúl Chuchupe—. Pero no sabe cuánto me cuesta aguantarme.

—En unos segunditos se hacen polvo tantas horas de trabajo, señor Pantoja—emerge de un caos de biombos, cajas
y maletas, señala las llamas, el humo del descampado Chupito—. Cuando pienso las noches que se ha pasado haciendo
esos organigramas, esos ficheros.

—Yo también siento una pena que no se imagina, señol
Pantoja—se echa una silla, un atado de hamacas y un rollo
de afiches a la espalda el Chino Porfirio—. Estaba encaliña-
do con esto como si fuela mi casa, se lo julo.

—Al mal tiempo, buena cara—desenchufa una lámpara,
empaqueta unos libros, desarma un estante, carga una pizarra Pantaleón Pantoja—. La vida es así. Apurémonos, ayú-
denme a sacar todo esto, a botar lo que no sirve. Tengo
que entregar el depósito a Intendencia antes del mediodía.
A ver, carguen ustedes el escritorio.

—No, no fueron los soldados, fueron los mismos 'hermanos'—llora, se abraza a Iris, coge la mano de Pichuza, mira
a Sandra Peludita—, los que lo estaban salvando. El se lo
pidió, se lo ordenó: no dejen que me agarren de nuevo,
clávenme, clávenme.

—Le voy a decil una cosa, señol Pantoja—se agacha,
cuenta un, dos, ¡fuelza! y levanta el Chino Porfirio—. Pa
que sepa lo contento que he estado aquí. Nunca aguanté un
jefe ni siquiela un mes. ¿Y cuánto llevo con usted? Tles
años. Y si pol mí fuela, toda la vida.

—Gracias, Chino, ya lo sé—coge un balde, borra a brochazos de yeso las divisas, refranes y consejos de la pared el señor Pantoja—. A ver, cuidadito con la escalera. Así, igualen los pasos. Yo también me había acostumbrado a esto, a ustedes.

—Le digo que durante mucho tiempo no voy a poner los pies por aquí, señor Pantoja, se me saltarían las lágrimas— mete irrigadores, bacinicas, toallas, batas, zapatos, calzones al baúl Chuchupe—. Qué idiotas, parece mentira que se les ocurra cerrar esto en su mejor momento. Con los planes tan bonitos que teníamos.

—El hombre propone y Dios dispone, Chuchupe, qué se le va a hacer—desengancha persianas, enrolla esteras, cuenta las cajas y bultos del camión, espanta a los curiosos que rodean la entrada del centro logístico—. A ver, Chupito, ¿te dan las fuerzas para sacar este archivo?

—La culpa ha sido de Teófilo Moley y sus compinches, si no es pol ellos nos dejaban en paz—trata de cerrar el baúl, no lo consigue, sienta encima a Chupito, asegura la armella el Chino Porfirio—. Malditos, ellos nos hundielon, ¿no, señol Pantoja?

—En parte sí—pasa una cuerda alrededor del baúl, hace nudos, ajusta Pantaleón Pantoja—. Pero tarde o temprano esto se iba a acabar. Teníamos enemigos muy poderosos dentro del propio Ejército. Veo que te quitaron las vendas, Chupito, ya mueves el brazo como si tal cosa.

—La yerba mala nunca muere—ve las venas saltadas de la frente del Chino Porfirio, el sudor del señor Pantoja Chupito—. Quién va a entender una cosa así. Enemigos por qué. Eramos la felicidad de tanta gente, los soldaditos se ponían tan contentos al vernos. Me hacían sentir un Rey Mago cuando llegaba a los cuarteles.

—El mismo escogió el árbol—junta las manos, cierra los

ojos, bebe el cocimiento, se golpea el pecho Rita—, dijo éste, córtenlo y hagan la cruz de este tamaño. El mismo escogió el sitio, uno bonito, junto al río. Les dijo párenla, aquí ha de ser, aquí me lo manda el cielo.

—Los envidiosos que nunca faltan—trae y reparte cocacolas, ve a Sinforoso y Palomino alimentando la fogata con más papeles Chuchupe—. No podían tragarse lo bien que funcionaba esto, señor Pantoja, los progresos que hacíamos gracias a sus invenciones.

—Usted es un genio pa estas vainas—bebe a pico de botella, eructa, escupe el Chino Porfirio—. Todas las chicas lo dicen: encima del señol Pantoja, sólo el Hemano Fancisco.

—¿Y esos casilleros, Sinforoso?—se quita el overol y lo arroja a las llamas, se limpia con kerosene la pintura de manos y brazos el señor Pantoja—. ¿Y el biombo de la enfermería, Palomino? Rápido, súbeme todo eso al camión. Vamos, muchachos, vivo.

—¿Por qué no acepta usted nuestra propuesta, señor Pantoja?—guarda bolsas de papel higiénico, frascos de alcohol y mercurio cromo, vendas y algodón Chupito—. Sálgase del Ejército, que le paga tan mal sus esfuerzos, y quédese con nosotros.

—Esas bancas también, Chino—comprueba que no queda nada en la enfermería, arranca la cruz roja del botiquín el señor Pantoja—. No, Chupito, ya les he dicho que no. Sólo dejaré el Ejército cuando el Ejército me deje a mí o me muera. También el cuadrito, por favor.

—Nos vamos a hacer ricos, señor Pantoja, no desperdicie la gran oportunidad—arrastra escobas, plumeros, ganchos de ropa, baldes Chuchupe—. Quédese. Será nuestro jefe y usted ya no tendrá jefes. Le obedeceremos en todo, fijará las comisiones, los sueldos, lo que le parezca.

—A ver, este caballete entre nosotros, ¡arriba, Chino!
—resopla, ve que los curiosos han vuelto, se encoge de
hombros Pantaleón Pantoja—. Ya te he explicado, Chuchupe, esto lo organicé por orden superior, como negocio no
me interesa. Además, yo necesito tener jefes. Si no tuviera,
no sabría qué hacer, el mundo se me vendría abajo.

—Y a los que llorábamos nos consolaba su voz de santo,
no lloren, hermanos, no lloren, hermanos —se limpia
las lágrimas, no ve a Pechuga abrazada por Mónica y Penélope, besa el suelo Milcaras—. Lo vi todo, yo estaba ahí, tomé una gota de su sangre y se me quitó el cansancio de caminar horas y horas por el monte. Nunca más probaré hombre ni mujer. Ay, otra vez siento que me llama, que subo,
que soy ofrenda.

—No dé la espalda a la fotuna, señol —ve que los curiosos
se acercan, coge un palo, oye al señor Pantoja decir déjalos,
ya no hay nada que ocultar el Chino Porfirio—. Llevando
visitadolas a soldados y civiles, vamos a ganal montones.

—Compraremos deslizadores, lanchas, y apenas podamos, un avioncito, señor Pantoja —pita como una sirena,
ronca como una hélice, silba "La Raspa", marcha y saluda
Chupito. —No necesita poner medio. Chuchupe y las chicas invierten sus ahorros y con eso alcanza de sobra para
comenzar.

—Si hace falta nos empeñaremos, pediremos plata presta-
da a los bancos —se quita el delantal, el pañuelo de la cabeza,
tiene el cabello erupcionado de ruleros Chuchupe—. Todas
las chicas están de acuerdo. No le pediremos cuentas, usted
podrá hacer y deshacer. Quédese y ayúdenos, no sea malo.

—Con nuestlo capitalito y su coco, levantalemos un im-
pelio, señol Pantoja —se enjuaga las manos, la cara y los pies
en el río el Chino Porfirio—. Ande, decídase.

—Está decidido y es no —examina las paredes desnudas, el espacio vacío, arrincona los últimos objetos inútiles junto a la puerta Pantaleón Pantoja—. Vamos, no pongan esas caras. Si están tan entusiastas, monten el negocio entre ustedes y ojalá les vaya bien, se lo deseo de veras. Yo vuelvo a mi trabajo de siempre.

—Tengo mucha fe y creo que la cosa saldrá bien, señor Pantoja —saca una medallita de su pecho y la besa Chuchupe—. Le he hecho una promesa al niño mártir para que nos ayude. Pero, claro, nunca como si usted se quedara de jefazo.

—Y dicen que no dio ni un grito, ni soltó una lágrima ni sentía dolor ni nada —lleva al Arca a su hijo recién nacido, pide al apóstol que lo bautice, ve al niño lamer las gotitas de sangre que vierte el padrino Iris—. A los que clavaban les decía más fuerte, 'hermanos', sin miedo, 'hermanos', me están haciendo un bien, 'hermanos'.

—Tenemos que sacar adelante ese proyecto, mamá —tira una piedra a la calamina del techo y ve aletear y alejarse un gallinazo Chupito—. ¿Qué nos queda, si no? ¿Volver a abrir un bulín en Nanay? Iríamos muertos, ya no se le puede hacer la competencia a Moquitos, nos sacó mucha ventaja.

—¿Otra casa en Nanay, volver a las de antes? —toca madera, pone contra, se persigna Chuchupe—. ¿Otra vez enterrarse en una cueva, otra vez ese negocio tan aburrido, tan miserable? ¿Otra vez romperse los lomos para que nos chupen toda la sangre los soplones? Ni muerta, Chupón.

—Aquí nos hemos acostumbrado a trabajar a lo grande, como gente moderna —abraza el aire, el cielo, la ciudad, la selva Chupito—. A la luz del día, con la frente alta. Para mí, lo bacán de esto es que siempre me parecía estar haciendo una buena acción, como dar limosna, consolar a un tipo que ha tenido desgracias o curar un enfermo.

—Lo único que pedía era apúrense, claven, claven, antes de que vengan los soldados, quiero estar arriba cuando lleguen —levanta un cliente en la Plaza 28 de Julio, lo atiende en el Hotel Requena, le cobra 200 soles, lo despide Penélope—. Y a las 'hermanas' que se revolcaban llorando, les decía pónganse contentas, más bien, allá he de seguir con ustedes, 'hermanitas'.

—Las chicas siempre lo repiten, señor Pantoja —abre la portezuela del camión, sube y se sienta Chuchupe—. Nos hace sentir útiles, orgullosas del oficio.

—Las dejó mueltas cuando les anunció que se iba —se pone la camisa, se instala en el volante, calienta el motor el Chino Porfirio—. Ojalá en el nuevo negocio podamos enchufales ese optimismo, ese espílitu. Es lo fundamental ¿no?

—¿Y dónde anda el equipo? Desaparecieron —cierra la puerta del embarcadero, asegura la tranca, echa un vistazo final al centro logístico Pantaleón Pantoja—. Quería darles un abrazo, agradecerles su colaboración.

—Se han ido a la "Casa Mori" a comprarle un regalito —susurra, señala Iquitos, sonríe, se pone sentimental Chuchupe—. Una esclava de plata, con su nombre en letras doradas, señor Pantoja. No les diga que le he contado, hágase el que no sabe, quieren darle una sorpresa. Se la llevarán al aeropuerto.

—Caramba, qué cosas —hace girar su llavero, asegura el portón principal, sube al camión Pantaleón Pantoja—. Van a acabar poniéndome tristón con estas ocurrencias. ¡Sinforoso, Palomino! Salgan o los dejo adentro, nos vamos. Adiós Pantilandia, hasta la vista río Itaya. Arranca, Chino.

—Y dicen que en el mismo momento que murió se apagó el cielo, eran sólo las cuatro, todo se puso tiniebla, comenzó a llover, la gente estaba ciega con los rayos y sorda con los truenos —atiende el bar del "Mao Mao", viaja en busca de clientes a campamentos madereros, se enamora de un afilador Coca—. Los animales del monte se pusieron a gruñir, a rugir, y los peces se salían del agua para despedir al Hermano Francisco que subía.

—Ya tengo hecho el equipaje, hijito —sortea bultos, paquetes, camas deshechas, hace el inventario, entrega la casa la señora Leonor—. He dejado fuera únicamente tu pijama, tus cosas de afeitar y la escobilla de dientes.

—Muy bien, mamá —lleva maletas a la oficina de Faucett, las despacha como equipaje no acompañado Panta—. ¿Pudiste hablar con Pocha?

—Costó un triunfo, pero lo conseguí —telegrafía a la pensión reserven habitaciones familia Pantoja la señora Leonor—. Se oía pésimo. Una buena noticia: viajará mañana a Lima, con Gladycita, para que la veamos.

—Iré para que Panta abrace a la bebe, pero le advierto que esta última perrada no se la perdonaré nunca a su hijito, señora Leonor —oye las radios, lee las revistas, escucha los chismes, siente que la señalan en las calles, cree ser la comidilla de Chiclayo Pochita—. Todos los periódicos siguen hablando aquí del cementerio y ¿sabe qué le dicen? ¡Cafiche! Sí, sí, CAFICHE. No me amistaré nunca con él, señora. Nunca, nunca.

—Me alegro, tengo tantas ganas de ver a la chiquita —recorre las tiendas del jirón Lima, compra juguetes, una muñeca, baberos, un vestido de organdí con una cinta celeste Panta—. Cómo habrá cambiado en un año ¿no, mamá?

—Dice que Gladycita está regia, gordita, sanísima. La oí

jugando en el teléfono, ay mi nietecita linda —va al Arca de
Moronacocha, abraza a los 'hermanos', compra medallas
del niño-mártir, estampas de Santa Ignacia, cruces del Hermano Francisco la señora Leonor—. Pochita se alegró mucho al saber que te sacaban de Iquitos, Panta.

—¿Ah, sí? Bueno, era lógico —entra en la florería "Loreto", escoge una orquídea, la lleva al cementerio, la cuelga
en el nicho de la Brasileña Panta—. Pero no se habrá alegra-
do tanto como tú. Has perdido veinte años desde que te di
la noticia. Sólo te falta echarte a cantar y bailar por las calles.

—En cambio tú no pareces alegrarte nada —copia recetas
de comidas amazónicas, compra collares de semillas, de escamas, de colmillos, flores de plumas de ave, arcos y flechas
de hilos multicolores la señora Leonor—, y eso sí que no lo
entiendo, hijito. Parece que te diera pena dejar ese trabajo
sucio y volver a ser un militar de verdad.

—Y en eso llegaron los soldados y los bandidos se queda-
ron secos al verlo muerto en la cruz —juega a la lotería, se
enferma del pulmón, trabaja como sirvienta, pide limosna
en las iglesias Pichuza—. Los judas, los herodes, los malditos. Qué han hecho, locos, qué han hecho, locos, se mataba diciendo ese de Horcones que ahora es teniente. Los
'hermanos' ni le oían: de rodillas, con las manos en alto, rezaban y rezaban.

—No es que me dé pena —pasa la última noche en Iquitos
deambulando solo y cabizbajo por las calles desiertas Pantita—. Después de todo, son tres años de mi vida. Me dieron una misión difícil y la saqué adelante. A pesar de las dificultades, de la incomprensión, hice un buen trabajo. Cons-
truí algo que ya tenía vida, que crecía, que era útil. Ahora
lo echan abajo de un manotazo y ni siquiera me dan las gracias.

—¿No ves que te da pena? Te has acostumbrado a vivir entre bandidas y forajidos —regatea por una hamaca de shambira, decide llevarla en la mano junto con el maletín de viaje y la cartera la señora Leonor—. En lugar de estar feliz de salir de aquí, estás amargado.

—Por otra parte, no te hagas muchas ilusiones —llama al teniente Bacacorzo para despedirse, regala al ciego de la esquina la ropa vieja, contrata un taxi para que los recoja al mediodía y los lleve al aeropuerto Panta—. Dudo mucho que nos manden a un sitio mejor que Iquitos.

—Iré feliz a cualquier parte, con tal que no tengas que hacer las cochinadas de aquí —cuenta las horas, los minutos, los segundos que faltan para la partida la señora Leonor—. Aunque sea al fin del mundo, hijito.

—Está bien, mamá —se acuesta al amanecer pero no pega los ojos, se levanta, se ducha, piensa hoy estaré en Lima, no siente alegría Panta—. Salgo un momento, a despedirme de un amigo. ¿Quieres algo?

—Lo vi partir y se me ocurrió que era una buena ocasión, señora Leonor —le entrega una carta para Pocha y este regalito para Gladycita, la acompaña al aeropuerto, la besa y la abraza Alicia—. ¿La llevo rapidito al cementerio para que vea dónde está enterrada esa pe?

—Sí, Alicia, démonos una escapadita —se empolva la nariz, estrena sombrero, tiembla de cólera en el aeropuerto, sube al avión, se asusta en el despegue la señora Leonor—. Y después acompáñame al San Agustín, a despedirme del padre José María. El y tú son las únicas personas que voy a recordar con cariño de aquí.

—Tenía la cabeza sobre el corazón, los ojitos cerrados, se le habían afilado las facciones y estaba muy pálido —es aceptada por Moquitos, trabaja siete días a la semana, contrae dos purgaciones en un año, cambia tres veces de cafiche Rita—. Con la lluvia se había lavado la sangre de la cruz, pero los 'hermanos' recogían esa agua santa en trapos, baldes, platos, se la tomaban y quedaban puros de pecado.

—Entre el contento de unos y las lágrimas de otros, odiado y querido por la ciudadanía dividida —engola la voz, usa ronquido de aviones como fondo sonoro el Sinchi—, hoy a mediodía partió a Lima, por vía aérea, el discutido capitán Pantaleón Pantoja. Lo acompañaban su señora madre y las emociones controvertidas de la población loretana. Nosotros nos limitamos, con la proverbial cortesía iquiteña, a desearle ¡buen viaje y mejores costumbres, capitán!

—Qué verguenza, qué verguenza —ve una sábana verde, nubes espesas, los picos nevados de la Cordillera, los arenales de la costa, el mar, acantilados la señora Leonor—. Todas las pes de Iquitos en el aeropuerto, todas llorando, todas abrazándote. Hasta el último momento tenía que darme colerones esta ciudad. Todavía me arde la cara. Espero no ver nunca más en mi vida a nadie de Iquitos. Oye, fíjate, ya vamos a aterrizar.

—Perdone que la moleste de nuevo, señorita —toma un taxi hasta la pensión, hace planchar su uniforme, se presenta en la Jefatura de Administración, Intendencia y Servicios Varios del Ejército, se sienta en un sillón tres horas, se inclina el capitán Pantoja—. ¿Está segura que debo seguir esperando? Me citaron a las seis y son las nueve de la noche. ¿No habrá habido ninguna confusión?

—Ninguna confusión, capitán —deja de lustrarse las uñas la señorita—. Están reunidos ahí y han ordenado que espere. Un poquito de paciencia, ya lo van a llamar. ¿Le presto otra foto-novela de Corín Tellado?

—No, muchas gracias —hojea todas las revistas, lee todos los periódicos, consulta mil veces su reloj, tiene calor, frío, sed, fiebre, hambre el capitán Pantoja—. La verdad es que no puedo leer, estoy un poco nervioso.

—Bueno, no es para menos —hace ojitos la señorita—. Lo que se está decidiendo ahí adentro es su futuro. Ojalá no le den un castigo muy fuerte, capitán.

—Gracias, pero no es sólo eso —se ruboriza, recuerda la fiesta donde conoció a Pochita, los años de noviazgo, el arco de sables que le hicieron sus compañeros de promoción el día del matrimonio el capitán Pantoja—. Estoy pensando en mi esposa y en mi hijita. Deben haber llegado hace rato ya, de Chiclayo. Un montón de tiempo que no las veo.

—Efectivamente, mi coronel —cruza y descruza la selva, llega a Indiana, pierde el habla, llama a sus superiores el teniente Santana—. Muerto hace un par de días y deshaciéndose como una mazamorra. Un espectáculo para ponerle los pelos de punta a cualquiera. ¿Dejo que se lo lleven los fanáticos? ¿Lo entierro aquí mismo? No está en condiciones de ser trasladado a ninguna parte, lleva dos o tres días ahí y la pestilencia da vómitos.

—¿No le importaría firmarme otro autógrafo? —le estira una libreta con tapas de cuero, una pluma fuente, le sonríe con admiración la señorita—. Me olvidaba de mi prima Charo, también colecciona celebridades.

—Con mucho gusto, si le he dado tres qué más da cuatro —escribe Con mis respetuosos parabienes a Charo y firma el capitán Pantoja—. Pero le aseguro que se equivoca, no soy una celebridad. Sólo los cantantes dan autógrafos.

—Usted es más famoso que cualquier artista, con las cosas que ha hecho, jajá —saca un lápiz de labios, se pinta usando el vidrio del escritorio como espejo la señorita—. Nadie se lo creería, capitán, con la pinta de serio que tiene.

—¿Me presta su teléfono un momento?—mira una vez más al reloj, va hasta la ventana, ve los postes de luz, las casas borroneadas por la neblina, presiente la humedad de la calle el capitán Pantoja—. Quisiera llamar a la pensión.

—Deme el número y se lo marco—pulsa un botón, gira el disco la señorita—. ¿Con quién quiere hablar? ¿La señora Leonor?

—Soy yo, mamacita—coge el auricular, habla muy bajo, mira de reojo a la señorita el capitán Pantoja—. No, todavía no me reciben. ¿Llegaron Pocha y la bebe? ¿Cómo está la chiquita?

—¿Cierto que los soldados se abrieron campo hasta la cruz a culatazos?—opera en Belén, en Nanay, abre casa propia en la carretera a San Juan, tiene clientes a montones, prospera, ahorra Pechuga—. ¿Que la tiraron al suelo con un hacha? ¿Que botaron al río al Hermano Francisco con cruz y todo para que se lo comieran las pirañas? Cuenta, Milcaras, deja de rezar, qué viste.

—¿Aló? ¿Panta?—modula la voz como una cantante tropical, mira a su suegra sonriendo feliz, a Gladycita amurallada de juguetes Pocha—. Amor, cómo estás. Ay, señora Leonor, estoy tan emocionada que no sé ni qué decirle. Aquí tengo a mi lado a Gladycita. Está riquísima, Panta, ya vas a verla. Te digo que cada día se parece más a ti, Panta.

—Cómo estás, Pocha, amorcito—siente latir su corazón, piensa la quiero, es mi mujer, no nos separaremos nunca Panta—. Un beso a la bebe y otro para ti, muy fuerte. Estoy loco por verlas. No pude ir al aeropuerto, perdóname.

—Ya sé que estás en el Ministerio, tu mamá me explicó—canta, suelta unas lágrimas, cambia sonrisas cómplices con la señora Leonor Pochita—. No importa que no fueras, zonzo. ¿Qué te han dicho, amor, qué te van a hacer?

—No sé, ya veremos, todavía estoy en capilla—ve sombras tras los cristales, recobra la impaciencia, el miedo Panta—. Apenas salga, iré volando. Tengo que cortar, Pocha, se está abriendo la puerta.

—Pase, capitán Pantoja—no le da la mano, no le hace una venia, le vuelve la espalda, ordena el coronel López López.

—Buenas noches, mi coronel—entra, se muerde el labio, estrella los tacos, saluda el capitán Pantoja—. Buenas noches, mi general. Buenas noches, mi general.

—Creíamos que no mataba una mosca y resultó un pendejo de siete suelas, Pantoja—mueve la cabeza detrás de una cortina de humo el Tigre Collazos—. ¿Sabe por qué tuvo que esperar tanto? Se lo explicamos ahorita. ¿Sabe quiénes acaban de salir por esa puerta? Cuénteselo, coronel.

—El Ministro de Guerra y el jefe de Estado Mayor—echan chispas los ojos del coronel López López.

—Traer los restos a Iquitos era imposible porque ya apestaban y Santana y sus hombres podían pescar una infección de los mil diablos—pone visto bueno al informe, viaja a Iquitos en motora, se entrevista con el general Scavino, de regreso a su guarnición compra un chanchito el coronel Máximo Dávila—. Y, además, iban a seguirlo los chiflados, el entierro iba a ser monstruo. Creo que el río fue lo más sensato. No sé qué piensa usted, mi general.

—¿Adivina para qué vinieron?—gruñe, disuelve una pastilla en un vaso de agua, bebe, hace ascos el general Victoria—. A amonestar al Servicio por el escándalo de Iquitos.

—A reñirnos como si fuéramos reclutas frescos, capitán, a echarnos interjecciones con las canas que tenemos—se expulga los bigotes, enciende un cigarrillo con el pucho del anterior el Tigre Collazos—. No es la primera vez que tenemos el gusto de recibir aquí a esos caballeros. ¿Cuántas veces se han tomado la molestia de venir a jalarnos las orejas, coronel?

—Es la cuarta vez que el Ministro de Guerra y el jefe de Estado Mayor nos honran con su visita —bota a la papelera las colillas del cenicero el coronel López López.

—Y cada vez que se aparecen por esta oficina, nos traen de regalo un nuevo paquete de periódicos, capitán —se escarba las orejas, la nariz, con un pañuelo azulino el general Victoria—. En los que se habla flores de usted, naturalmente.

—En estos momentos, el capitán Pantoja es uno de los hombres más populares del Perú —coge un recorte, señala el titular "Elogia Prostitución Capitán del Ejército: Rindió Homenaje a Polilla Loretana" el Tigre Collazos—. ¿De dónde se imagina que viene este pasquín? De Tumbes, qué le parece.

—Es el discurso más leído en la historia de este país, sin la menor duda —revuelve, baraja, desparrama los diarios en el escritorio el general Victoria—. La gente recita párrafos de memoria, se hacen chistes sobre él en las calles. Hasta en el extranjero se habla de usted.

—En fin, en fin, las dos pesadillas de la Amazonía terminaron de una vez por todas —se desabotona la bragueta el general Scavino—. Pantoja mutado, el profeta muerto, las visitadoras hechas humo, el Arca disolviéndose. Esto va a ser otra vez la tierra tranquila de los buenos tiempos. Unos cariñitos en premio, Peludita.

—Siento mucho haber causado inconvenientes a la superioridad con esa iniciativa, mi general —no mueve un cabello, no pestañea, aguanta la respiración, mira fijamente la foto del Presidente de la República el capitán Pantoja—. No fue ésa mi intención, ni mucho menos. Hice una evaluación incorrecta de los pros y los contras. Reconozco mi responsabilidad. Aceptaré la sanción que se me dé por esa falta.

—El gran problema es que no hay castigo lo bastante grave para la monstruosidad que se le antojó hacer allá en Iquitos —cruza los brazos sobre el pecho el Tigre Collazos—. Hizo tanto daño al Ejército con este escándalo que ni fusilándolo le cobraríamos la revancha.

—Le he dado vueltas y más vueltas al asunto y cada vez sigo más lelo, Pantoja —apoya la cara en las manos, lo mira con malicia, sorpresa, envidia, recelo el general Victoria—. Sea sincero, díganos la verdad. ¿Por qué hizo semejante disparate? ¿Estaba loco de pena por la muerte de su querida?

—Le juro por Dios que mis sentimientos por esa visitadora no influyeron absolutamente en mi decisión, mi general —sigue rígido, no mueve los labios, cuenta seis, ocho, doce condecoraciones en el frac del Primer Mandatario el capitán Pantoja—. Lo que he escrito en el parte es la más estricta verdad: tomando esa iniciativa, creí servir al Ejército.

—Rindiendo honores militares a una puta, llamándola heroína, agradeciéndole los polvos prestados a las Fuerzas Armadas —arroja bocanadas de humo, tose, mira su cigarrillo con odio, murmura me estoy matando el Tigre Collazos—. No nos defiendas, compadre. Con otro servicio como éste, nos desprestigiaba para siempre.

—Me apresuré, retirándome en vez de dar la última batalla —recuesta la cabeza en la hamaca, mira al cielo y suspira el padre Beltrán—. Te confieso que extraño los campamentos, las guardias, los galones. En estos meses he soñado a diario con espadas, con la corneta de la diana. Estoy tratando de volver a vestir el uniforme y parece que la cosa tiene arreglo. No olvides las bolitas, Peludita.

—Mis colaboradoras estaban profundamente afectadas por la muerte de esa visitadora—desvía un milímetro los ojos, distingue el mapa del Perú, la gran mancha verde de la selva el capitán Pantoja—. Mi objetivo era levantarles la moral, animarlas, pensando en el futuro. Yo no podía suponer que el Servicio de Visitadoras iba a ser clausurado. Precisamente ahora, cuando funcionaba mejor que nunca.

—¿No pensó que ese Servicio sólo podía existir en la clandestinidad más absoluta? —pasea por la habitación, bosteza, se rasca la cabeza, oye campanadas, dice es tardísimo el general Victoria—. Se le advirtió hasta el cansancio que la primera condición de su trabajo era el secreto.

—La existencia y las funciones del Servicio de Visitadoras eran conocidas de todo el mundo en Iquitos, mucho antes de mi iniciativa—mantiene los pies juntos, las manos pegadas al cuerpo, la cabeza inmóvil, trata de localizar Iquitos en el mapa de la pared, piensa es ese punto negro el capitán Pantoja—. Muy a pesar mío. Le aseguro que tomé todas las precauciones para evitarlo. Pero en una ciudad tan pequeña era imposible, al cabo de unos meses la noticia tenía que saberse.

—¿Era esa una razón para que convirtiera los rumores en una verdad apocalíptica?—abre la puerta, indica puede partir cuando quiera, Anita, yo cerraré el coronel López López—. Si quería discursear, por qué no lo hizo en nombre propio y vestido de civil.

—¿Así que todas lo extrañan mucho? Yo también, éramos buenos amigos, el pobre debe estar helándose de frío —se tiende boca arriba el teniente Bacacorzo—. Pero al menos no lo sacaron del Ejército, se hubiera muerto de tristeza. Sí, hoy así. Manos a la cadera, cabeza echada para atrás y a moverse, Coca.

—Por una equivocada evaluación de las consecuencias, mi coronel—no ladea la cabeza, no mira de soslayo, piensa qué lejos parece todo eso el capitán Pantoja—. Estaba atormentado con la idea de que hubiera una desbandada en el Servicio después de lo de Nauta. Y cada vez resultaba más difícil reclutar visitadoras, al menos de calidad. Quería retenerlas, reavivar su confianza y cariño por la institución. Siento mucho haber cometido ese error de cálculo.

—Su equivocación nos viene costando una semana de colerones y de malas noches—enciende un nuevo cigarrillo, chupa, bota humo por la boca y la nariz, tiene los cabellos alborotados, los ojos enrojecidos y fatigados el Tigre Collazos—. ¿Es verdad que pasaba personalmente por las armas a todas las candidatas al Servicio de Visitadoras?

—Era parte del examen de presencia, mi general—enrojece, enmudece, articula atorándose, tartamudea, se clava las uñas, se muerde la lengua el capitán Pantoja—. Para verificar las aptitudes. No podía fiarme de mis colaboradores. Había descubierto favoritismos, coimas.

—No sé cómo no acabó tuberculoso—aguanta la risa, ríe, se pone serio, vuelve a reir, tiene los ojos con lágrimas el Tigre Collazos—. Todavía no descubro si es usted un pelotudo angelical o un cínico de la gran flauta.

—El Servicio de Visitadoras al agua, el Arca al agua, ya no hay a quien defender y nadie me afloja ni medio—se golpea la barriga, se tuerce, retuerce, chasquea la lengua el Sinchi—. Hay una conspiración general para que me muera de hambre. Esa es la razón de que no te responda y no tu falta de encantos, cara Penélope.

—Terminemos este asunto de una vez—da un golpecito en la mesa el general Victoria—. ¿Es cierto que se niega a pedir su baja?

—Me niego terminantemente, mi general—recobra la energía el capitán Pantoja—. Toda mi vida está en el Ejército.

—Le estábamos regalando una salida cómoda—abre un cartapacio, alcanza al capitán Pantoja un pliego escrito a máquina, espera que lo lea, lo guarda el general Victoria—. Porque podríamos someterlo a consejo de disciplina y ya supone la sentencia: degradación infamante, expulsión.

—Hemos decidido no hacerlo, porque ya está bien de escándalo y por sus antecedentes personales—humea, tose, va a la ventana, la abre, escupe a la calle el Tigre Collazos—. Si prefiere quedarse en el Ejército, allá usted. Se dará cuenta que con ese parte que hemos añadido a su foja de servicios va a pasar una buena temporada sin que sus galones tengan crías.

—Haré todo lo posible para rehabilitarme, mi general —se alegran la voz, el corazón, los ojos del capitán Pantoja—. Ningún castigo será peor que el remordimiento de haber causado un daño involuntario al Ejército.

—Está bien, no vuelva a meter nunca más la pata de esa manera—mira su reloj, dice son las diez, yo me voy el general Victoria—. Le hemos encontrado un nuevo destino bien lejos de Iquitos.

—Se va usted allá mañana mismo y no se mueve de ese sitio lo menos un año, ni siquiera por veinticuatro horas —se pone la guerrera, se sube la corbata, se alisa el cabello el Tigre Collazos—. Si quiere seguir en el Ejército, es indispensable que la gente se olvide de la existencia del famoso capitán Pantoja. Después, cuando nadie se acuerde del asunto, ya veremos.

—Los brazos amarraditos así, las patitas así, la cabeza caída sobre esta tetita—jadea, va, viene, decora, anuda, mide el teniente Santana—. Ahora ciérrame los ojos y hazte la muerta, Pichuza. Así mismo. Pobrecita mi visitadora, ay qué pena mi crucificada, mi 'hermanita' del Arca tan rica.

—La guarnición de Pomata, están necesitando un Intendente—cierra las cortinas, echa llave a los armarios, ordena los escritorios, coge un maletín el coronel López López—. En vez del río Amazonas tendrá el lago Titicaca.

—Y en vez del calor de la selva, el frío de la puna —abre la puerta, deja pasar a los otros el general Victoria.

—Y en vez de visitadoras, llamitas y vicuñas—se pone el quepí, apaga la luz, extiende una mano el Tigre Collazos—. Qué bicho raro me había resultado usted, Pantoja. Sí, ya puede retirarse.

—Brrrr, que frío, que frío—se estremece Pochita—. Dónde están los fósforos, dónde la maldita vela, qué horrible vivir sin luz eléctrica. Panta, despierta, ya son las cinco. No sé por qué tienes que ir tú mismo a ver los desayunos de los soldados, maniático. Es muy temprano, me muero de frío. Ay, idiota, me arañaste otra vez con esa esclava, por qué no te la quitas en las noches. Te he dicho que son las cinco. Despierta, Panta.

Impreso en el mes de junio de 1983
en Romanyà/Valls,
Verdaguer, 1
Capellades
(Barcelona)